漳州作家丛书

陈燕松／主编

说古悟理

张亚清／著

中国华侨出版社
·北京·

图书在版编目（CIP）数据

漳州作家丛书 / 陈燕松主编 .—北京：中国华侨出版社，2018. 10

ISBN 978-7-5113-7767-8

Ⅰ . ①漳… Ⅱ . ①陈… Ⅲ . ①中国文学—当代文学—作品综合集 Ⅳ . ① I217.1

中国版本图书馆 CIP 数据核字（2018）第 216910 号

漳州作家丛书：说古悟理

主　　编 / 陈燕松
著　　者 / 张亚清
责任编辑 / 黄　威
责任校对 / 孙　丽
经　　销 / 新华书店
开　　本 / 670 毫米 ×960 毫米　1/16　印张 /324　字数 /4281 千字
印　　刷 / 三河市华润印刷有限公司
版　　次 / 2018 年 11 月第 1 版　2020 年 2 月第 2 次印刷
书　　号 / ISBN 978-7-5113-7767-8
定　　价 / 980.00 元（全 24 册）

中国华侨出版社　北京市朝阳区西坝河东里 77 号楼底商 5 号　邮编：100028

法律顾问：陈鹰律师事务所

编辑部：（010）64443056　　64443979

发行部：（010）64443051　　传真：（010）64439708

网　址：www.oveaschin.com

E-mail：oveaschin@sina.com

《漳州作家丛书》总序

漳州是中国历史文化名城，历史悠久，文化深厚。在文化的星空，群星璀璨，先后涌现出黄道周、林语堂、许地山、杨骚等文化名人，令我们引以为傲。

四十年改革开放，四十年风雨兼程。漳州土地，生机盎然，文学创作也迎来繁荣发展的春天。应是春风吹拂，应是文脉相承，一支包括了老、中、青三代作家的队伍正在悄然形成。2004年，漳州市委宣传部、漳州市文联编辑出版了第一套《漳州作家丛书》，有十二人，十二本。时隔十多年，在祖国改革开放四十周年的今天，漳州市委宣传部、漳州市文联再次编辑出版第二套《漳州作家丛书》，展现活跃在省内外文坛的二十四位当代作家的创作风采。十二到二十四，这不仅是作家作品数量的增加，更是漳州文学创作水平质的飞跃。

《漳州作家丛书》的出版，旨在展现漳州作家的创作成果和创造实力。以期让更多的人，通过这套丛书，了解漳州，关注漳州，热爱漳州。同时，我们也希望，通过这套丛书的出版，能够激发漳州作家深入生活，体验人生，潜心于文学创作，用更好的作品回馈家乡，回馈人民，回馈时代。

《漳州作家丛书》编委会

2018年10月1日

自序

笔者作为早时被辱骂为“水鸭子”的九龙江连家船渔民子弟，托共产党的福，7岁离船上岸寄宿读书。上初中时却遇上国家“三年困难时期”，存米被盗，蒸饭被偷，肚子饿得受不了，加上老交不起学费，中学只读了一年又半个学期就辍学了，返回渔船帮着父母运鱼卖鱼以填饱饥肠。

也许是个人兴趣使然，我在读书时就养成了爱看课外书和爱看报的习惯。辍学后每逢渔船回港，常去“古书店”租看“古书”（连环画），还去县图书馆办了一本借书证。那时四部古典小说很难借到，但当时出版的红色经典小说我几乎都看过，还经常在图书馆阅览各种报刊杂志，并把一些好词好句好标题抄录在小笔记本上。担任老家渔村财会人员后，读书看报的机会多了，闲时本着“先模仿，后创造”的思路，学着舞文弄墨，除了学写工作总结和典型材料等“八股”文章，还学习文艺创作，从写诗歌和对口词，编相声和小剧本，到写短篇小说和散文，其中多篇被省级刊物和出版社刊用或收编入书。在参加省文艺创作培训班时，我带去了那本好词好句好标题的笔记本，竟被人家传为笑话。老家渔村成为全国、全省先进典型后，又学着写报道稿，多次被省、市报刊和电台采用；在主编渔村小报时，又学着写评论、杂谈、通讯、述评等。1979年以新闻报道通讯员的身份，被破格吸收为记者和报道组人员方可参加的省新闻工作者协会会员，1980年经漳州著名作家陈文和介绍，成为中国作家协会福建分会会员。由于在新闻和文字写作方面崭露头角，1979年12月被破格招干到龙海县委报道组工作，后来中央提出选拔干部要坚持“四化”的标准，无意中加入的这两个会员，竟成为笔者顶替文凭被破格提干的垫脚石。事后我笑称之为两粒“菜圆”（会员）顶替一粒“肉圆”（文凭）。

笔者招干后在报道组写了一段报道文章后，便转入秘书班子写“八股”文章，但还是喜欢闲来闹玩，不是玩扑克玩麻将，而是玩弄笔头写写文艺和新闻作品。积沙成塔，积水成河，在职和退休后先后出版了9本书，其中有散文集《九龙江·连家船》，文艺和新闻作品集《报端集》《拾杂集》，纪实文学《即将逝去的船影》《渔魂》，随笔《团团想》《读史札记》《谈古说今》《甲子回眸》，连同本次出版的《说古悟理》，一共凑成10本书。其中《九龙江·连家船》荣获福建省第13届优秀文学作品佳作奖，《团团想》成为2004年香港凤凰卫视中文台推介书籍，《读史札记》《甲子回眸》《说古悟理》在报纸副刊专栏刊登后，分别被有关部门评选为全省和全国报纸副刊好栏目。书中数十篇文章分别获得全国、华东和省级有关奖项。1985—1987年通过电大自学考试，获得汉语言文学大专文凭。荣获1999—2000年度福建省职工自学成才奖。

笔者成为中国作家协会福建分会会员和后来成为中国散文学会会员，都承蒙陈文和先生介绍加入，在出版《九龙江·连家船》一书时，又被冠以“福建散文家”的头衔。我一直感到汗颜。因为我写的都是闲来闹玩、敝帚自珍的作品，顶多是个文学爱好者或业余作者，并非什么作家或散文家，如若是，也是不入流的，所以我后来一直没有主动申请加入中国作协。我一直认为我能在闲来闹玩中多写出几篇作品，多出版几本书，玩出一点名堂，就是一种满足，一种自得其乐。

笔者一直认为：历史是一面镜子，是形象的；理论是一把尺子，是抽象的。我爱看历史，爱好文学，又懂得一点哲学，并擅长写评论。后期我大都把历史这面镜子和理论这把尺子结合起来，运用文艺随笔的形式，对一些历史故事和人物展开点评，从中悟出一点做人、做官、做事的道理。《团团想》评论四部古典人物是这样，《读史札记》《谈古说今》评论历史故事和人物也是这样。这次出版的《说古悟理》既有真实的历史故事，也有虚构的传说，还有把真实的历史故事与传说结合起来，显得十分丰富多彩，体现了中国辉煌灿烂的历史文化，通过从不同角度进行解读，可从中悟出许多道理来。如《财神爷取经》《郑板桥遇小偷》，说明凡事必须讲究工作方法；《对子夫妻》说明必须正视家庭的道德教育；《县官跑步定县界》《抢夺县令》，说明为官必须忠于职守，不能当官场的“阿混”；《天下第一棋手》，说明领导干部要接地气，必须真正深入基层，深入民间；《城隍爷的臭架子》《边做灯笼边做官》，说明老百姓是天，是衣食父母，当官不能欺压百姓；《有才无德宋之问》《鲁班徒弟变王八》，说明做人不能因利欲熏心而不讲道德，甚至忘恩负义；《奇丑女子当王后》《丑男引发洛阳纸贵》《县太爷跪接丑举人》，说明人不可貌相，海水不可斗量；《施耐庵写〈水浒传〉》《汪中的记性》，说明欲成大事，必须专注……笔者在解读这些故事与传说时，自觉受益匪浅，相信广大读者读后也会感到受益良多。

是为序。

作者

2018 年元旦

目 / 录

财神爷取经

山西省的《襄汾县志》记载一则民间故事，说的是该县有个西王村，西边有座九郎庙，进香的人络绎不绝，香火十分兴旺。离九郎庙不远的东侧有一座财神庙，因少人问津，庙里香火十分冷清，四周蛛丝密布。财神爷感到十分困惑：同样是庙，而且相距不远，再说我赵公元帅天下闻名，想钱者谁不求我，为什么却来者寥寥？那九郎只是个无名小辈，整天只管一些鸡毛蒜皮的小事，为什么香火会那么兴旺呢？

财神爷为了弄清原委，改变本庙的落后状况，决定放下身段，利用夜静更深的机会，登门到九郎庙取经。九郎神见财神爷大驾光临，赶紧出门迎接。财神爷见庙里供品满桌，香烛缭绕，瞪大眼睛问道："九郎老弟，我看你管的尽是芝麻小事，整天蛮清闲的，怎么供奉会那么丰盛？"九郎神说："我虽然尽管小事，但事事都要动脑筋，劳神又费力，哪能清闲？不然让你来试试看。"

财神爷一听正中下怀，也不推辞，第二天便摇身一变坐上九郎神的神座。第一个来烧香求拜的是一位艄公："我明天要驾船出江运粮，求你刮个顺风，保我来回顺畅，人货平安。"财神爷当场拍板："这好办！"第二个来求拜的是一个果农："从明天开始梨花正开，求你保佑不要刮风糟蹋梨花，让我的酥梨能够坐胎高产。"财神爷心里犯毛了：一个要刮风，一个不要刮风，如何是好？为了保全面子，便言不由衷地答应："可以！可以！"第三个来求拜的是："祈求明天下雨我好浇黄瓜。""这个没问题！"第四个来求拜的是："祈求明天艳阳高照我好晒红花。"财神爷又犯毛了，只好糊里糊涂又给答应了。事后财神爷哭丧着脸把胡乱答应的事告诉九郎神，九郎神想了想说："没事！没事！明天就这样来做：东风西风顺河刮，莫吹岸上伤梨花；白天红日晒红花，晚间下雨浇黄瓜。"财神爷听后，才明白九郎庙香火旺盛的原因而自叹不如。

借助这个民间故事可以看出两个问题：其一，故事中的财神爷自恃是管钱的，名气大，人们都会去求他，却忽视了细节小事；而九郎神虽然名气不大，却贴近平民百姓日常所关心的一些琐碎小事，抓好落实。其二，故事中的财神爷虽然官位和名气都比九郎神大，但能力远比九郎神差，面对一些矛盾的问题只会干瞪眼，为了保住面子又胡乱承诺，因此严重丧失了公信力。老百姓求之不灵，难怪他的庙宇会香火冷清且处处布满蜘蛛网。不过财神爷有一个优点，就是他能够放下身段登门取经，学习人家的先进经验。这个故事虽然没有讲到财神庙后来是否发生了变化，但财神爷既然能够放下身段登门取经并自叹不如，相信他一定会认真改进，让庙里的香火兴旺起来的。

朱元璋吃西瓜

辽宁省宽甸县流传一个同样让朱元璋吃西瓜，却得到不同回报的故事。话说明朝开国后不久，宽甸县八河川镇有个做皮货生意的老板叫马汉晨，有一天好朋友牛德善发来请柬，请他次日某时到他家里赴宴。马汉晨心里好生奇怪：这牛德善仅是一个做工的，怎么平白无故要请自己赴宴，而且还发请柬呢！后来一打听，原来牛德善“昨日田舍郎，今登天子堂”——当上县官啦！

牛德善早年住在乡下老家，有一回在串门时亲戚送他几个西瓜。在返回的路上，他发现一个和尚饿昏在路旁。救人一命胜造七级浮屠，他赶紧送给那个和尚一个西瓜。没想到他救活的那个和尚，后来竟成为大明的皇帝，名叫朱元璋。朱元璋当上皇帝后，一直不忘当年因瓜得救那一幕，便派人多方打探，终于找到牛德善其人，便封给他一个小县的县官，以报答他当年的救命之恩。

马汉晨赴宴回家后，回想当年他给一家富户看瓜棚时，也是这个朱元璋，曾经路过他看管的瓜棚跟他闲聊，自己也曾送他两个又大又红的大西瓜。怎么今天他当上皇帝后，只给牛德善封官却忘了给我封官呢？他越想越窝囊，决定进京找皇帝理论。朱元璋当然也记住了当年这一幕。他对马汉晨说：“牛德善只给我一个西瓜，你却给我两个，我会加倍封赏你。”说完便叫侍卫送他到一个房间，并端上好酒好菜。马汉晨吃喝后忽觉肠肚剧痛，侍卫此时才对他说：“你当年替人家看瓜，本该忠于职守，可你却监守自盗。如果让你任职一方，你还不是又会拿国家的利益作你个人的交易，那国家不是要毁在你的手上吗！皇上最恨的就是你这种人，所以送你上路。”

这三人围绕西瓜的故事是真是假无从考证，却记载在《宽甸县志》里头。这个故事说明了：同样是送西瓜，前因不同，其后果就不一样。牛德善送西瓜是自己的，且出于救助世人的善心；马汉晨送西瓜是慷他人之慨，且有监守自盗之嫌，又伸手跑官要官想谋取不正当的权力；朱元璋吃西瓜知道来源不同，他是非分明，在尝瓜中分辨出不同人的思想本质，作出不同的处理。故事告诉人们：人还是要以善为本，谨守本分，不要狡诈贪婪，有非分之想。

“乾隆”变“坤虎”

江苏省的《江都县志》记载了一段“乾隆”变“坤虎”的故事。据说乾隆皇帝下江南时住在江都一家客栈里，一天清晨他忽然听到隔壁有人在敲门叫喊：“朱乾隆，天亮了，快开门！”乾隆帝很是惊奇，连忙起身，但见隔壁大门走出一位白发银须的老人。乾隆帝上前打问：“你也叫乾隆？”对方“嗯”地一声算是认可。乾隆帝说：“当今皇帝的年号叫乾隆，你怎么也跟着叫乾隆？”那老人听后很不服气地说：“老汉我今年 68 了，从娘胎里爬出来就叫这个名字。他皇位才坐上几年，是他跟着我名字叫，还是我跟着他名字叫？”乾隆帝又说：“皇帝是很讲究避讳的。你跟年号同名，就不怕犯以下犯上之罪被杀头吗？”老人听后更是理直气壮地说：“皇上忌讳，就更不敢杀我。他如果杀我必然昭示天下，说‘杀死乾隆’，那不是更犯忌了吗？”乾隆帝听了心里一震，又接着说：“如果他把你秘密杀死呢？”老人说：“他如果秘密杀死我，我儿子找不到我的尸首，肯定也会立上我的牌位，写上我乾隆的名字，每天烧香焚拜，他皇上还受得了？”乾隆帝又说：“如果他把你满门抄斩了呢？”老人回答说：“那阎罗王肯定会在生死簿上销掉我乾隆一家的号，他当皇上的才不会傻到让大清江山也跟我一起销号了吧！”

乾隆帝见说不过这老头，便掏出一堆金银财宝对他说：“臣民要尊重皇上，这是规矩。这些钱你拿去用，但我还是劝你赶快改个名字，以免惹出祸来。”老人见此情景，开始怀疑并掂量眼前这位劝说者的身份，赶快转弯说：“那我要改叫什么名字好呢？”乾隆帝说：“他叫乾隆，你就叫坤虎吧。乾坤藏龙（隆）卧虎，正好搭配。”老人听后拍手叫好，满口应承。乾隆帝返回宫中后仍不放心，担心会节外生枝，又派人把那个老人接到宫中供养，直到那老人活到 107 岁去世，乾隆帝亲笔御赐“朱坤虎灵位”，派出钦差大臣护送其灵柩及灵牌，回其老家安葬和供奉。

“乾隆”变“坤虎”的故事，说明在那“普天之下，莫非王土；率土之滨，莫非王臣”的皇权至上的封建社会，皇帝虽然高高在上，但是因为忌讳，仍不敢贸然对与自己年号雷同的平民百姓治罪，而是通过反复地思想启蒙与暗示，并适当配合一点物质鼓励让他改名。而那位老人亦颇有见识，并未固执己见。由于双方的默契与配合，终于很平和地化解了一场偶然出现的矛盾。反之，如果乾隆帝自认为皇权大如天，把那位老人一杀了之，或者那位老人如果自认为名字父母起，终身不改，一拗到底，那结局可能就不一样，对双方都没有好处。这个故事亦真亦幻，却说明一个道理：逼一步，两败俱伤；让一步，海阔天空。

县官跑步定县界

据《泰顺县志》记载：明景泰年间，闽浙边界有好几个县因县域过大，不好管理，景泰帝根据大臣的建议，决定由平阳县和瑞安县各划出部分区域新立泰顺县，由福安县分出寿宁县。泰顺县在建县划界时，因区域划分与寿宁县发生争执，互不相让，官司最后打到皇帝那边去。景泰帝挠了挠头皮，出了个怪主意。他下了一道圣旨：从明年正月初一子时开始，寿宁、泰顺两县县官各自从自己的县衙起跑，两人跑到哪里相遇，就以哪里为界。

面对正月初一这场两县县官马拉松长跑比赛，寿宁县令守更候时，准时起跑，不顾山高路远，道路曲折，一路跑得大汗淋漓，气喘吁吁。泰顺县令是个远近闻名的懒官，经常喝酒、打牌玩到深夜，第二天又经常睡到日头照热屁股才起床。这年的大年除夕夜，他又喝得酩酊大醉，早把县令赛跑划界的事忘得一干二净，待到第二天天大亮寿宁县令跑到他衙门口时，他还在床上打呼噜说梦话呼呼大睡。依照圣旨，寿宁县界应该划到泰顺县的县衙门口。寿宁县令冷静一想：如果把县界划到泰顺县县衙门口，将来泰顺县百姓告状要从哪里出入？为了方便泰顺百姓，兼顾泰顺县令的面子，寿宁县令主动提出把县界后退十里。

寿宁县令主动后退十里划界本是出于好心，但有人把此事告到皇帝那里去，说寿宁县令私下抗旨，景泰帝立即下令把他押解京城问罪。寿宁县令在皇帝面前说明原委，并说为了方便泰顺百姓，他早已知罪并在两县交界的地方挖了一个大坑，准备承受死罪后把自己埋在那里。景泰帝听完他的申述之后大为感动，不但赦其无罪，还让他官复原职。时至今日，泰顺县城离寿宁县只有十里路，当年寿宁县令挖下的坑被称为“备坑”。

古今中外，不论为官为民都应当忠于职守。尤其是为官者，更应当牢记“为官一任，造福一方”，不忘关心老百姓的利益。通过县官跑步定县界这个故事，人们可以看到两种官员，两副面孔，两种素质。寿宁县令忠于职守，堪称是一个“好好干，向前看，关键时刻冲得上”的典范。他为了替寿宁县百姓争取利益，不计山高路远，道路曲折，不惜跑得满身大汗，气喘吁吁；为了照顾泰顺县百姓的利益，又甘冒着抗旨身死的风险，慨然从泰顺县衙门后退十里路，确保当地百姓诉讼之路的畅通。而那个泰顺县令，饱食终日，花天酒地，尸位素餐，即使当时皇帝尚未给他应有的惩处，他肯定也会为正直的官员们所耻笑，为当地的老百姓所咒骂。官场里紫袍长红袍短，熙熙攘攘令人眼花缭乱，若拿此两个县令作个比照，红脸耶白脸耶，正角耶丑角耶，实干者耶“阿混”者耶，立见分晓！

宋仁宗与穷秀才

宋仁宗是中国历史上有名的仁义之君。他在位期间一直实行以仁义为核心的“忠厚之政”，且办事十分认真。《成都县志》记载了一段他对穷秀才赵旭先废后用的传奇故事。

赵旭是成都人。有一年朝廷大考，他进京赴考进入榜首。宋仁宗依照惯例调阅前三名试卷。当他开阅第一卷时，但见卷中文理流畅，文词隽永，论事有理，论理有据，连声赞叹说：“此文写得极好，只可惜文中出现了一个错别字！”阅卷官一听诚惶诚恐俯伏在地，急问错在何字。宋仁宗说错在那个“唯”字，左边从“口”，他却从“厶”。阅卷官慌忙解释“口”字旁与“厶”字旁可以通用。宋仁宗不理阅卷官的辩解，下旨召赵旭入宫面君。赵旭俯伏阶下，宋仁宗在赞扬之后指出他的错处，他亦如同阅卷官一般解释。宋仁宗当场写下“私和、去吉、台吕、矣吴”八个字问道：“这八个字可以通用吗？”赵旭无言以对，结果以一字之差名落孙山。

赵旭觉得无颜回乡，便滞留京城靠舞文弄墨挣钱度日，一时穷困潦倒。次年某日，宋仁宗带着一名太监微服出游，在一酒楼上欣赏街景，手中宝扇不慎掉落楼下，过后却无处寻找。主仆两人又走进一家茶馆，但见墙壁上挂有一幅诗词，字字珠玑，无限锦绣，便问这是何人所写。茶馆主人说是一名落第秀才，名叫赵旭，生活十分窘迫。仁宗便请茶馆主人请来赵旭。赵旭去年入宫面圣时头脚伏地，并没看清皇上真容，不知眼前的官人就是宋仁宗。仁宗跟他闲聊，谈起他去年落榜之事，问他怨恨皇上吗。赵旭自责：“学问不精，苛责不严，并非皇上之错。”仁宗通过赵旭的言行看到他的人品，说：“我一外甥任西川五十四州制置，我修书一封让你去投靠他，他会提携你的。”赵旭将信将疑，第二天身不由己地随着这位官人的仆从入川。原来那封信就是任命赵旭任西川制置的圣旨。赵旭因此由一名落魄的穷秀才，摇身一变成为封疆大吏。

赵旭的起伏沉浮看似偶然，其实有其必然性。首先是赵旭本人拥有真才实学，连出现一个错别字也让皇帝为他叹惜，一幅出卖的诗词也让皇帝痴迷。其次是宋仁宗办事认真且爱惜人才。他因严格把关而让一个本来可以成为状元的人漂泊街头；又因认真考察而让一个德才兼备的穷秀才脱颖而出并委之以重任。赵旭和宋仁宗，到底哪个是关键因素呢？有说皇帝当然是关键因素，因为皇帝大多是不讲是非的。但赵旭却遇上宋仁宗这个既爱才重德又讲是非标准的开明皇帝：行就是行，不行就是不行！面对宋仁宗，赵旭如无才无德必然翻身无望。他由此充分体现了自身价值。

郑板桥遇小偷

郑板桥写有一幅“难得糊涂”的著名书画万古流传。君不见当今一些糊涂人经常办糊里糊涂的事，却老是拿郑板桥这句名言来自我掩饰和辩解，就是忽略了那“难得”二字。江苏省的《兴化县志》记述了晚年郑板桥遇上小偷的故事，就是对郑板桥“难得糊涂”的最好诠释。

郑板桥弃官后悠闲自得，除了上街卖画，还四处会友。有一天晚上天上下着蒙蒙细雨，郑板桥外出会友赶回家门。往日在家中守门的大黄狗见到主人回来，总是摇头摆尾迎接主人的归来，今晚却“旺旺旺”直朝他狂吠起来。郑板桥感到奇怪，走近家门一看，大门还关着，但锁头却不见了。他知道家里进小偷了。他想夜雨天自己孑身一人，又年老体弱，如果硬碰硬喊抓小偷，可能会打草惊蛇；如果小偷起了歹心跟自己恶斗，自己手无缚鸡之力又不是他的对手；如果不经教化让他走脱了，今后还会危害别人。他便装着若无其事的样子，轻轻地推开房门点起油灯，再轻轻地把房门掩上，然后又若无其事地坐在床边借灯看书。

就在郑板桥推门进来时，那小偷见没有退路，赶紧躲进床铺底下，准备等郑板桥睡觉后再作案。郑板桥看了一会儿书，故意站立起来轻声地朗诵：“阴雨蒙蒙夜沉沉，梁上君子进我门。”小偷听后吓了一跳：这糟老头知道我来他家偷东西了？不！他可能是在念诗文。郑板桥接着躺倒在床铺上，看着房顶又吟诵了两句：“腹内诗经存万卷，床头纹银无半分。”小偷一听凉了半截：原来是个穷书生！自己今晚是撞错门了！不早点走老待在这里白等吗？他趁郑板桥不注意偷偷地溜出了房门，此时又听到房里传出朗诵声：“出门休惊黄尾犬，越墙莫损兰花盆。”小偷听后暗自提醒：我会注意的！我会注意的！小偷刚出大门，郑板桥又吟哦两句："天寒不及披衣送，还望君子多自尊！"小偷听后拔腿就跑，羞惭无比。——据说后来该小偷改邪归正，在忆说此事时依然对郑板桥钦佩有加，对郑板桥的教诲感动不已。

郑板桥遇到小偷装糊涂，装着不知道，然后捧起经书，有的放矢，即时创作，朗诵诗章，自始至终镇定自若，潇洒自如，不但吓跑了小偷，还教化了小偷。如果此时郑板桥不装着糊涂，不装着若无其事，而是直面小偷，不但教化不了小偷，而且还有可能迫使小偷恶极必反，跟他来个鱼死网破，造成更严重的刑事犯罪。这种"糊涂"十分"难得"。这种"难得的糊涂"其实是一种难得的聪明。那些糊涂之人事事糊涂，却老是拿郑板桥的"难得糊涂"来为自己说事，听了这个故事后，他们大概会有所感悟而无地自容了吧？

名医用“笑药”

张从正是我国古代金元时期著名医学流派“攻下派”的代表人物，著有《儒门事亲》医书十五卷，对后世医学产生很大的影响，是当时的名医。河南省的《兰考县志》载有他三次用“笑药”的故事。

当时有个人名叫项关今，因他的独生子夭折，他老婆因思念儿子，日益消瘦，身体状况越来越差，脾气越来越坏，精神上也有点错乱，有时还骂人打人，甚至扬言要杀人。项某四处求医问药，全无见效。他听说张从正医术高明，精于疑难杂症，便请他登门医治。张从正问明病因后，答应第二天登门用药。

第二天张从正来到项某家，笑嘻嘻地对项某的夫人说：“我来给你用药啦！”然后打开药箱，里面尽是胭脂、香粉之类的。他急得抓耳挠腮弄出一张大花脸，惹得项某妇人看了止不住哈哈大笑。张从正连声说：“错了！错了！我把老婆子的胭脂箱当药箱啦！”答应改日再来。项某回家后，项某的夫人把张从正的丑态讲给丈夫听，边讲又边哈哈大笑。

两天后，张从正又登门了。项某的夫人问他药带来没有，张从正说我今天把药带在身上，可左摸右摸就是找不到药，急得把外衣脱下来，里面显现出女人的花衣裳，又连声说：“糟了！糟了！我昨晚睡觉穿错老婆子的衣裳啦！药就装在我那内衣里。”项某的夫人见景笑了个前仰后翻。丈夫回来后她不但讲给丈夫听，还讲给左邻右舍听，边讲边开怀大笑。

过几天张从正又登门要来用药。刚一进门就边喊肚子疼边说：“坏了！坏了！昨天夜里我梦见我怀孕了，今天肚子疼八成是要生孩子了。”

然后又连声对项某的夫人说：“对不起，我今天无法给你用药，我要赶回家生孩子。”项某的夫人边送他出门边笑个不停：“哈哈哈！你是男人怎么生孩子啦？要从哪里生哪？哈哈哈！”项某回家后听老婆如此笑说，心里犯疑：是我老婆子疯癫还是张名医疯癫？但看到他老婆笑口常开，能吃能睡，也不吵不闹，身体渐胖，便赶去拜访张从正问个究竟。张从正说：“我用这三剂‘笑药’，胜过仙草灵丹！”

人们常说：“一回笑，十年少”“一笑除百病”。张从正正是根据笑的功能，对那个因失子之痛而受到精神刺激的妇人，实行“心病心药治”，并亲自充当超级笑星，多次到现场作出精彩的表演。他用高超的心理疗法，以及崇高的医德，让那位不幸的妇人及早摆脱失子的阴影，治愈了她心灵上的极度创伤，这是非常值得后人崇敬的。唐伯虎三笑是为了点秋香，张从正三笑是为了治病人。作为常人，亦应当保持笑笑笑的心态，永远笑口常开。笑是一种心态，笑是一剂良药，笑是一种礼貌，笑是一种人与人间的黏合剂。但愿所有的人都来笑笑笑！

吴用有大用

由于《水浒传》故事的普及，吴用的大名无人不知。民间还出现一句“梁山上的军师——无（吴）用”的歇后语。据说早年吴用对自己这个姓名也很不满意。他有时办一点错事，人家便会讥笑甚至辱骂他：“谁叫你姓吴名用，难怪这么无用！”他越想越苦恼，后来听说东京有个专门替人命名的“酿名室”，颇有名气，便决定花钱去为自己改个好名字。

在赶赴东京的路上，吴用碰上一支送葬队伍，当母亲的哭声涟涟：“唉哟可怜的长寿呀，你死得惨哟！”吴用听路人说：这当母亲的有两个儿子。大儿子长命两年前不幸病死，小儿子长寿还不到十岁，昨天下河洗澡又被淹死了。吴用听后感到奇怪：一个叫长命，一个叫长寿，怎么都成了短命鬼，名字跟人的一生有关系吗？

吴用赶到东京，看到京城的景象万千，忽然发现有个人伸手掏他的钱包想偷钱。他一把抓住，只见那人“扑通”一声跪倒在地上哀求说：“不要抓我，我一家实在没法活了！”吴用听他诉说家中的惨景后，跟他到家里一看：一家老少八口人，有三个病倒在床上。吴用于心不忍便送给他一些银子。家中女人感动地对那人说：“钱多，快代我们给恩人磕头。”吴用问那人：“你叫钱多？”那人回答：“小人叫钱多，可家里一分钱也没有。”

吴用住进一家客栈，忽听门外一阵喧哗，探头一看，只见客栈老板持一木棍正在殴打一个小伙计。翌日清晨，那小伙计给吴用送来洗脸水，吴用问他叫什么名字，他说叫“福贵”。吴用见他满脸伤痕，心里直犯嘀咕：你叫福贵？福贵？

吴用跑了一趟东京，名字没改成又跑回他山东济州老家去了，后来上了梁山当上军师坐了第三把交椅。吴用想改名的故事没有写进《水浒传》，却记载在《郓城县志》里头。

名字是每个人一生的符号，属于人与人之间互相辨别的外表形式。每个人都很想给自己起个既好听又好记又与众不同的名字，但名字跟人一生的生活内容并没有直接联系。人的一生成功与否，离不开机遇和运气，但主要还得靠人的自身努力。单纯起个好名字却好吃懒做，甚至为非作歹，命运之神并不会给予你特别的关照。名字可能会给人的生活予暗示。好的名字激励在先，可能会增强人的自信心；但如果自身不努力，期望值越高，失望值就越大。一般不好的名字可能不如好的名字那样，可以提高人们的期望值，但它激励在后，如有的人名叫“臭贱”，经过自己的努力，虽达不到“福贵”，却已接近常人水平，他可能就会认为自己的名字起得不错，在“臭贱”的基础上继续奋斗还会有更大的希望。总之，内容决定形式。有好的名字，更要有好的进取精神；而名字不好，通过努力，并不影响他成功的进程。

千里送鹅毛

“千里送鹅毛，礼轻情意重”这句成语，出自河南省《滑县县志》记载的一则故事。说的是唐朝贞观年间，大唐的藩国回纥每年都要向朝廷进贡。有一年回纥国王召集大臣商议今年应该向朝廷送什么礼物，谋士缅伯高建议送一只白天鹅，得到大家的赞同。回纥国王便派缅伯高作为使臣，进献白天鹅上长安。

缅伯高一路上就像伺候小公主一样，悉心照料着白天鹅。他每天亲自给白天鹅喂水喂食，一刻也不敢怠慢。当时天气比较炎热，加上一路上风尘仆仆，白天鹅身上沾满了泥尘。缅伯高打算在进入长安之前，找个有水的地方让白天鹅洗个澡，然后再干干净净地献给唐皇。进贡团队行至沔阳河畔，缅伯高看到白天鹅因天热长伸着脖子，张开嘴巴急促地喘息，便把它带到河边，打开笼子让它喝水并洗澡。没想到白天鹅喝完水洗完澡后，忽地展翅飞上蓝天。缅伯高吓得直哆嗦，见白天鹅飞到前方落地歇息，便带人猛扑上去，结果只扯下几根羽毛，眼睁睁地看着白天鹅逃之夭夭。

缅伯高在震惊之余左思右想，决定继续东进京城。他用一块白色的绸布把那几根羽毛细心包好，再在绸布上题写一首诗，在觐见唐太宗时恭恭敬敬地献上，并细禀路上情形。唐太宗收下布包展开看布上诗句：“天鹅贡唐朝，山重路更遥。沔阳河失宝，回纥情难抛。上奉唐天子，请罪缅伯高。物轻情意重，千里送鹅毛。”唐太宗看了非常高兴，不但没有怪罪缅伯高，还非常郑重地收下了包里的鹅毛，并赏赐缅伯高一匹宝马和丝绸、茶叶、瓷器等贵重物品。后人把当年白天鹅飞走的地方称为“赶鹅”,“千里送鹅毛，礼轻情意重”由此演化成为万古流传的成语。

千里送鹅毛，缅伯高献的是回纥给朝廷的一片真情；唐太宗接鹅毛，收下的是回纥的一片实意。缅伯高一路攀山过岭，风餐露宿，结果让白天鹅给飞了，那几根鹅毛就是他们真情的象征。面对缅伯高的尴尬，唐太宗不是停留在物质层面，而是飞跃在精神层面。他接受鹅毛就是接受了回纥的友谊并对这种友谊给予嘉奖。由千里送鹅毛的故事，不禁想起传统戏剧《王茂生进酒》。同是唐代的征东大元帅薛仁贵日食斗米，在他落魄之时全靠小商人王茂生接济，把王茂生的本钱都给吃光了。后来薛仁贵当上大元帅衣锦还乡宴请故旧，接到邀请的王茂生此时已经穷困潦倒，夫妇俩便找回一个旧酒瓮，装满清水权当美酒当作礼物抬进元帅府。薛仁贵饮后连声喝彩：“好酒！好酒！”宴席上诸位宾客也跟着元帅一饮而尽，纷纷附和：“好酒！好酒！”两个故事的内容和背景不同，却是异曲同工，都是不重物质而重感情。鹅毛值千金，白水胜甘醇，都好一个“情”字了得！

包拯不持一砚归

广东肇庆的端州是我国古代四大名砚之乡之一。宋仁宗时期，包拯到端州任三年知州，离任时万民欢送。他坐船沿着西江顺流而下，很快到达羚羊峡口。站在船头欣赏江景的包拯见这里河道窄，暗礁多，水流急，吩咐船家要把握水势，小心航行。话音刚落，只见平静的天空突然乌云翻滚，狂风大作，雷鸣电闪，顷刻间暴雨滂沱。江面上也波汹浪涌，直扑船头。包拯急入船内躲避，问身边师爷："刚才还风和日丽，怎么就风雨骤起？"师爷回禀说："传说这羚羊峡口有神龙坐镇，过路船客如有徇私受贿，必须留下不义之财，不然的话，轻者舟船受阻，重者船翻人亡。"包拯说："我在端州为官三年，从未贪赃枉法，何以触犯神龙？莫非船上有人手脚不净引起神龙之怒？"船上人个个对天发誓都说没做过坏事。包拯家人包兴想起临上船时，有一老者献上一个黄布包，交代船过羚羊峡口才可解开观看。包拯急叫打开布包，但见包里有一方端砚和一封信。信中感戴包大人三年来两袖清风，为民造福，故送祖传墨砚一方，聊表谢意。包拯观那墨砚，果然是砚中之宝。他把砚盘用黄布重新包好，然后走至船头向端州方向深鞠一躬说："老先生厚意我已心领，然收此宝砚有损为官之清廉。今我还物于民，皇天可鉴。"说罢便把宝砚抛入江中，羚羊峡口顿时又恢复风平浪静。包拯抛砚的地方后来形成一个砚形小岛，被称为砚洲；岛的下游形成一片黄色沙滩，据说是那片黄布漂流而成。

与包拯不持一砚归的故事相类似，还有东晋时期的吴隐，也是到广东的广州为官。他以清廉立世，是当地民众有口皆碑的清官。他离任时从水路返回京城建康，船出发时风平浪静，但到达离广州城外20里处的石门时，江面上突然刮起狂风，掀起大浪，把整条船吹打得摇摇晃晃。吴隐怀疑家人有不检点的地方得罪了神明，一问，原来是他夫人临上船时接受了一老者送的一斤贵重的沉香。他二话没说便把那斤沉香丢进水中，江上风浪立即平息。后来丢沉香的地方出现一个小岛，被人们称为沉香浦。

这两个故事虽都属于传说，但在《肇庆县志》和史书上均有记载。它反映在封建专制的社会，老百姓无法也无权惩处贪官，抑制腐败，只能寄望于天。在他们看来，天就是神，神就是规律。善有善报，恶有恶报，这就是规律。他们利用清官的形象，加入了一些神话般的色彩，既讴歌了清官，也诅咒了贪官，以清、浊两种对立面的反衬，表达了自己的爱与憎。有人说爱情是文学创作的永恒主题，但反腐倡廉，则应当成为政治领域的永恒话题。当今我们反腐倡廉所依靠的天，应当是法律；所依靠的神，应当是监督。严格执法和严加监督，就能严把“羚羊峡口”和“石门”。

“歪”师出高徒

《中国民间文学集成·福建卷》载有一篇故事，说的是古时候有一个鲁员外老来得子，盼他长大能学而优则仕，故起名为“学文”。学文6岁时，鲁员外专门请一位老秀才，整天关在书斋里教他读书识字，读经学典。到学文12岁时，老秀才对鲁员外说：“令郎诗文经典已读得滚瓜烂熟，可以去应试了。”没想到一上考场，因应制文章写不出来而名落孙山。鲁员外气得把老秀才扫地出门，另请一位老学究，也是整天关在书斋里教儿子死读书。老学究见学文冥顽而愚钝，教了两年书不见起色，便赶紧打起行囊主动告辞。

鲁员外无奈，只好又去请来第三位老师教儿子读书。第三位老师教了一年，见鲁学文并无长进，有一天带他到室外大院，用一把大扫帚蘸足水在地板上使劲一划，写出一个偌大的“一”字，问他这字读什么。学文看这“一”字又长又粗，跟门口那根又长又粗的柱子一样，便说是“柱”字。第三位老师听后直说：“竖子不可教也！”亦赶紧收拾行囊向鲁员外告辞。

老秀才、老学究走得灰溜溜，第三位老师想走鲁学文却提出要送行。师生俩走到南山脚下，遇上一支送葬队伍。学文问：“那几个人弯着腰扛的是什么？”老师说：“那叫‘地里埋’，里面装着金银财宝，因花不完要扛到山里去埋。”师生俩路过一条田间小径，遇上一个农夫挑着一担大粪要去浇田。学文问：“那桶里装的是什么？”老师说：“那是‘二桶酱’，皇帝吃鱼吃肉都要蘸上它才够滋味。”师生俩走着走着，忽见远处一楼房起火，许多人正赶着救火。学文问：“这是怎么回事？”老师说：

“这是一回‘红楼梦’，人丁多，蛮热闹。”这时迎面走来一个衣衫褴褛的乞丐。学文问：“他是干什么的？”老师说：“他是‘守门将’，专门拿着饭碗把守在富人的大门口。”

将至老师家门口时，鲁学文对老师说：“一路听教，受益匪浅，赠诗一首，以作留念。”说罢命书童取来笔墨与纸笺一挥而就：“先生此去‘地里埋’，一日三餐‘二桶酱’，世世代代‘红楼梦”，子子孙孙‘守门将’。”先生观后目瞪口呆，不由得长叹一声：“怪乎？愚者贤哉！”

老秀才执教鲁学文成天关在书斋里，虽然诗文经典读得滚瓜烂熟，由于脱离生活，以致应制文章写不出来。老学究执教方法与老秀才无异，怕重蹈老秀才被扫地出门的覆辙，赶快主动辞职。第三位老师歪打正着。他写的大“一”，鲁学文并非看不懂，而是故意联系生活中所见的大柱子作出形象性的回答。鲁学文送第三位老师的路上不耻下问，然后根据所见所闻一挥而就吟成诗章，说明他并非愚钝之辈，错就错在第三位老师欺他无知而故意歪解，结果反讽自己。“歪”师出高徒，说明教育必须结合实际，整天关在房间里死读书，是写不出好文章的。

游医戏治神医

孙思邈是我国唐代以前医学成就的集大成者，先后编纂《千金要方》和《千金翼方》两本药书，被称为“药王”和“神医”。陕西的《耀县县志》记载：有一次孙思邈患病，自己开了几帖药方都吃不好，病反而越来越重。他有一批徒弟，都是行医多年、各有看家本领的名医，听说师父病了，纷纷聚首组成一个专门“医疗小组”给师父看病。他们轮流给师父诊脉，然后集思广益，一致认为师父的病系由风寒引起，气郁不舒，思虑过度。大家你一味、我一味开出药单，征求师父同意后派药，连服三剂后仍不见效。孙思邈慨然长叹：“看来只有等驾鹤归仙了！”

此时有一个游方郎中，衣衫褴褛，腰间扎一条粗草绳，常在孙家大院门口一边摇响串铃，一边高声吆喝：“药到病除，专治疑难杂症。”孙家看门的呵斥他：“你不要班门弄斧。这里是药王的家，你要来看什么病？”游医笑说：“没有擒龙术，岂敢闯龙潭。”孙思邈听后说：“让我看他变些什么花样。”游医便解下腰间的草绳，交代扎在药王的脚脖上让他诊脉。他在门外用三只手指按住草绳一端，过了一会儿便说：“好消息！好消息！你家老爷身怀六甲，要生孩子啦！”躺在床上的孙思邈一听气得跳了起来，将一口浓痰狠啐在地上，而后怒吼：“这不是在戏弄我吗？把他给我轰出去！”说来也奇怪，孙思邈经这一啐一怒，竟能够下床起立，先是喊着口渴想喝茶，接着又喊着肚子饿想吃饭。经过调理，病竟逐渐好了起来。他急叫人请回游方郎中。游医名叫刘河间。他对孙思邈说：“先生偶感风寒久治不愈，就亏在你医理高深，把简单问题复杂化。你把病情的方方面面都考虑到了，导致郁结在胸，劳神过度。

你的学生也走你的路子，怎能治好你的病。我则故作张狂，激你生气，气动则血行，血行则病散，先生的病自然好了起来。”孙思邈听后觉得很有道理，自此与刘河间结为知己。

人们常说：“医者不自治。”医生要治好自己的病，按西医疗法需动用手术刀，往往很难自己下手；按中医疗法需服用“破药”，考虑到怕伤这伤那，用药互为平衡又往往难出疗效。孙思邈那口痰，那双脚，如果没有刘河间从外部采用反常规的做法，就难以动用心气啐出去，动用血气站起来。可见，在注重内部调理的同时，不可忽视外部的调理；在采用常规思维的同时，反常规的思维也应当具备；自律还得配合他律。刘河间正因为清楚孙思邈的病情和疗法，才采用智激的办法，用他那条又长又粗的“诊脉”草绳，把内部与外部、常规与反常规、自律与他律连接起来。孙思邈如果抛开那条救命的草绳，等待他的可能是“驾鹤归仙”的结局。

宰相肚里能撑船

“宰相肚里能撑船”是句俗语，意思是说要懂得宽容。有则民间故事说及有位老宰相，娶了一个年方二九的少女彩玉为妻。彩玉虽有享不尽的荣华富贵，却牺牲了自己的青春。她后来钟情于相府里花匠小哥，经常与他在花园里幽会，终怕人家看见。彩玉对小花匠说：“相爷天天要上早朝，养有一只‘朝鸟’，每天五更鸣叫起床。你如果早点拿竹竿捅它，它就会早点叫醒相爷，这样我们就可以尽情相聚。”

翌日凌晨，小花匠真的按彩玉的说法去捅“朝鸟”，老宰相起床后发现才四更天，惊疑“朝鸟”今天怎么叫错了时，又返回房门，只听得彩玉在房内说：“以后得早一点捅‘朝鸟’。”接着又称赞小花匠：“你像一枝花。”小花匠说：“你像粉团，却配上一块老干姜。”老宰相听后气得胡须倒竖，但马上又冷静下来，回头整理朝服坐轿上朝去了。

这一天正是中秋节，晚上老宰相叫彩玉和小花匠一同赏月，其间他忽然诗兴大发，高声吟诵：“中秋之夜月当空，朝鸟不叫竹竿捅。花枝落在花粉上，干姜躲在门外中。”小花匠一听知道东窗事发了，赶紧跪倒在宰相桌前应和：“八月中秋月儿圆，花匠知罪跪桌前。大人不把小人怪，宰相肚里能撑船。”彩玉听后亦连忙跪下唱和：“中秋良宵月偏西，十八妙龄伴古稀。相爷若肯抬贵手，粉团刚好配花枝。”老宰相听后捋须大笑：“老小匹配本不宜，意马难拴我自知。花团应随花枝去，速离相府成夫妻。”

“宰相肚里能撑船”的另一个版本，是说北宋宰相王安石从不纳妾，他的妻子曾给他买来一个美女子当小妾。当他得知那女子是为救夫卖身时，当即送她回家与丈夫团圆。在妻子去世后，他才娶了一个年轻女子为继室，因见那女子苦于老少相配，又让她去另觅新欢。其故事与上面的传说大同小异，可见，“宰相肚里能撑船”的故事，并非全是杜撰。

老宰相的肚里之所以能撑船，首先取决于老宰相的人品和肚量；其次取决于他对是非的判断能力。老宰相正是在理与法之间进行选择，最后理性地处理了这件事，用消除自己的不合理，去消除两个年轻人的不合法，体现出他的宽容和大度。由于老宰相认识到“老少匹配本不宜”，并以此作为解决问题的是非标准，进行冷静的思考，所以能够从“胡须倒竖”变成“捋须大笑”。不论是这个虚构的老宰相，还是他的原型王安石，都应当为人们所景仰。

当然，肚里撑船也是要有底线的。

唐将变宅神

话说唐朝贞观年间，有一天，泾河龙王变成秀才逛游长安街，见一“铁嘴神算”，便问他几天后会下雨。“铁嘴神算”说三天后。“下的是和风细雨还是狂风暴雨？”“铁嘴神算”说：“和风细雨下秦川，狂风暴雨打林山。”“算不准怎么办？”“铁嘴神算”说：“算不准就砍下我的人头。”

三天后果然下雨，却出现“狂风暴雨打秦川，和风细雨下林山”的反象。雨后，泾河龙王又变成秀才找“铁嘴神算”问责。“铁嘴神算”说：“泾河龙王偷改玉皇大帝雨旨，玉帝已命魏征斩龙王，断头的是他，非我也！”泾河龙王一听慌了手脚，赶紧跪在地上说明身份请求救命。“铁嘴神算”指明此时能够救他的，只有能够说动魏征的人。

当天夜里，唐太宗梦见泾河龙王向他诉说魏征要斩他的事，求唐太宗阻止魏征。唐太宗问何时开斩，泾河龙王说是明日午时。唐太宗答应到时解救。翌日午时之前，唐太宗请魏征到皇宫与他下棋。魏征下着下着竟昏昏然睡去，唐太宗忽听他在睡梦中大喊一声“杀”，急问他说什么梦话。魏征说：“我在梦中奉玉帝旨意斩杀了泾河龙王。”唐太宗不信。魏征说：“龙头已挂在午门上。”唐太宗到午门一看果真如此。

由于唐太宗失信，当夜唐太宗在睡梦中，几回梦见泾河龙王浑身是血到他跟前哭诉，吵得他彻夜难眠。第二天晚上几个大臣陪他在床边，他眼睛一闭便又看到带血的龙头，依然彻夜难眠。他手下大将秦叔宝和尉迟恭听说皇宫闹鬼，便连夜守立门口镇邪，才确保唐太宗安然入睡。唐太宗见他俩夜夜值班十分辛苦，便叫人画上他俩的画像张贴在门口，闹鬼的事才没再发生。后人有诗咏秦叔宝和尉迟恭：“昔为唐朝将，今作镇宅神”。——这就是春节时家家户户贴门神的来历。这个传说，也被吴承恩收入他的《西游记》。

这个故事的寓意何在呢？首先，为人做事必须按照规矩，不能像泾河龙王那样，为了跟人家打赌而意气用事，结果因犯了“天条”而身首异处。其次，落实工作必须考虑到方方面面，不怕一万，只怕万一。唐太宗满以为自己是皇上，魏征是臣下，没有预先提醒，认为叫他来下棋就没事了，没想到他竟会在睡梦中另有他图而斩杀了泾河龙王，使自己失信于龙王而深感内疚与恐惧，导致夜夜睡不着觉。最后，心理的报复往往是无情的。唐太宗晚年确实出现过因夜间“闹鬼”而睡不着觉的事。至于原因何在，自不言而喻。看来，人要保持心理的平衡，首先必须保持为人处世的平衡。

先忧后乐范仲淹

范仲淹的“先天下之忧而忧，后天下之乐而乐”，是一句历史名言，激励了自北宋以来无数仁人志士奋斗不息的赤胆忠心，亦引发历代碌碌草民的敬仰和崇拜之情，由此流传着许多有关范仲淹的故事与传说。民间甚至把包拯、寇准和范仲淹列为想象中的三大阎王，祈望在人间遭受的冤案，能在阴间得到昭雪。

传说之一的范仲淹两岁丧父，母亲改嫁，生活十分凄苦，每天只能煮一碗粥，待其结冻后切成四块，早晚各取两块，配咸菜下饭，由此出现了“断齑划粥”的成语。他有一个同窗好友石梅卿，系官宦子弟，见他生活凄苦，常给他送来好饭好菜，他都原物不动。他对石梅卿说：“你的好意我领了。但我因家穷吃粥习惯了，如吃你的好饭好菜，今后就吃不下我家里的粥了。”石梅卿在遗憾和感叹之余对他钦佩有加。

传说之二的范仲淹，有一回在与同学读书时，忽遇宋真宗路过那里。皇帝出巡，在学堂里引起极大的轰动，全体师生都争着跑去一睹皇上尊颜，唯有范仲淹一人坐在原位不动继续读书。事后有不少同学问他：“为什么不抓住这个千载难逢的机会见见皇上呢？”他慢条斯理地说：“将来再见也不迟啊！”他经过苦读终于考中进士继而担任副宰相，天天都可以见到皇帝。

先忧后乐为的是要替广大老百姓主持正义，于是便又有了一个“滴嗒嗒”和“呸叭叭”的传说。据说当时有一个员外雇请一个穷秀才，想叫他教好自己的孩子又舍不得花钱，便对秀才说：“到年终领工钱时，如果我出的字你读不出来，就扣你的工钱。”秀才自认为学富五车，便答应了。年终员外出了一个上面“水”下面“石”的字，秀才说没有这个字。员外说水滴在石头上“滴嗒嗒”，所以读“嗒”，要扣他的工钱。秀才无奈，只好告到范仲淹那里去。范仲淹堂审时问员外一个上面“竹”下面“肉”的字读什么，员外读不出来。范仲淹便叫衙役用竹板在他屁股上“呸叭叭”狠打40大板，然后对他说:“这个字读‘呸叭叭’的‘叭’。”并判他如数归还秀才的工钱。

范仲淹因家贫“断齑划粥”，谢绝好友送来的美食；在皇帝出巡时不为热闹和虚荣所吸引，端坐不动埋头苦读，这是他的超然之处，体现的是他“先忧”的精神。他的“后乐”不单纯停留在吃上皇粮戴上乌纱帽，而是“乐”在为民排忧解难。“滴嗒嗒”和“呸叭叭”的故事，就是范仲淹“忧乐观”的生动写照。范仲淹“先天下之忧而忧，后天下之乐而乐”之所以能够万古流传，不但在于他的提法好，更在于他能够踏石留印，努力践行。可见，办事不能光停留在口号上，而是要扎扎实实地付诸实施，才能心境如一。

杜康酿酒醉刘伶

传说中的杜康是远古时期黄帝手下的大臣，负责粮食的生产和保管。当时还没发明仓库，粮食丰收却没有地方储藏，杜康便将它储藏在山洞里，结果因潮湿全部发霉。杜康因此被黄帝解职，但仍从事粮食的保管工作。

杜康被降后，并不垂头丧气，立志继续探索和创新。有一回他看到森林中有一片开阔地，开阔地中有几棵巨树枯死，树干之中空空如也，便试着把粮食储藏在树穴中。树穴亦不精密，穴中的粮食在日晒雨淋中慢慢发酵。有一天杜康巡视树穴，发现树穴洞口躺着几只山猪、山羊和兔子。他以为它们死了，近看却发现它们仍在呼吸，像是在睡觉，醒后竟纷纷跑进树林里。杜康感到十分奇怪，走进树穴后一看，发现储粮处流淌出一汪清水，浓香扑鼻。他尝了尝，十分醇香，便接连饮它几大口，忽觉天旋地转而昏睡在地。待他醒来时，顿觉精神饱满，浑身是劲，才觉察到刚才看到的那些动物，也是因饮了这种水而睡倒在地。他从腰间解下尖底罐，接了大半罐浓香的清水，带回去报告黄帝。黄帝和众大臣品尝后，一致认为这是粮食中的一种元气，便令杜康继续观察并试验。杜康不负众望，依靠他的智慧和技艺，终于酿成了酒。他由此被称为酿酒的始祖，他的老家陕西省《白水县志》对此事有专门的记载。

由于酒的神奇，又延续了历代无数的传说。据说东晋时期“竹林七贤”之一的刘伶是个大酒仙，一日路过一酒家，见门口写有一副大对联：猛虎一杯山中醉，蛟龙两盅海底眠。横批是：不醉三年不要钱。刘伶不信，连饮三杯后，便跌跌撞撞地走回家中醉死过去。开这酒家的正是杜康。三年后，杜康找上刘伶家要讨回酒钱，刘伶妻却扯着他要去打官司，说刘伶已死去三年，因找不到醉死他的凶手，一直留棺未葬。杜康说："刘伶是醉睡，并非醉死。"开棺一看，刘伶正好醒来，翻起身来伸了个懒腰，大喊："好酒！好酒！"

杜康的可贵之处，主要体现在他不为官不为利、忠于职守和勇于探索的精神。他虽然因工作失误被免职，却不因丢掉乌纱帽而闹情绪，仍是全心全意立足本职，继续探索粮食的储藏方法，并依靠他的敏锐性和观察力，终于在偶然中发现了新大陆，其后又经过集思广益和反复试验，终于发明了人间佳酿。他是个实干家、探索者和发明家。酒可提神，亦可伤神；酒可养人，亦可伤人。人们应当学习杜康，却不应当去学习刘伶。刘伶因狂饮而一醉三年。这三年时间如果让给杜康这样的实干家，一寸光阴一寸金，不知道又会有多少新发明，又会干出多少实事来。酒也，久也！人生在世，是扎扎实实干之久，还是无所事事醉之久，虽仅有一字之差，却必然会体现出截然不同的人生轨迹和道路。

土地公和土地婆

在乡间和小城镇，经常可以看到土地公庙，庙宇细小，供奉简单。土地公又叫“福德正神”。据说在周朝时有个税官叫张福德，清廉正直，体恤百姓，做了许多善事，活到 102 岁，死后被老百姓尊为土地神，称“福德正神”。

乡村的土地庙大多只供奉土地公，不供奉土地婆，这是什么原因呢？普遍的传说是：玉皇大帝要委派土地公下凡时，问他有什么抱负和志向。土地公说要让人间个个都变得有钱，人人都过上幸福生活。土地婆却持反对意见。她说人间应该有富有贫，才能体现差别和社会分工。如果人人都有钱，将来我们的女儿出嫁，谁要来抬轿子呢？在闽南民间，则流传着土地公好心，爱人人脱贫致富；土地婆却笑人穷，怨人富。老百姓因此只供奉土地公，不供奉土地婆。

《广东汕头民间传说》也记载一则故事，说台湾地区的土地公、土地婆想渡过海峡返回南澳岛的祖庙，到海边树下看见一个女人正想上吊。土地公上前问明原因，原来那女人系南澳岛人，与丈夫驾船过台湾，半路翻船，丈夫淹死，她被海浪冲到岸边，悲苦回家无望，故寻短见。土地公便赠钱给她，土地婆却在一边极力反对，土地公一气之下抛下土地婆只身渡海到南澳。后来那受到土地公救济的女人返回南澳诉说此事，当地人便认为土地公为人善良，土地婆却是个恶婆，所以只敬奉土地公不敬奉土地婆。

从以上几个传说可以看出：人们之所以只敬土地公不敬土地婆，皆因土地公心肠好土地婆心肠不好的缘故。但也有人说土地婆关于人间应该有富有贫才能体现差别和分工的观点是正确的。然而，土地婆这个观点是建立在害怕将来女儿出嫁没人抬轿子的基础之上的，暴露出的还是她自私自利的狭窄心肠。可见，人们崇敬土地公冷落土地婆，是一种对善良的褒奖，对自私和狭窄的鞭笞！

有人问说："土地公和土地婆虽然观点不同，心肠又不一样，但他们毕竟是一对老夫妻。你只敬土地公不敬土地婆，你敬的供品土地公肯定也会拿去和土地婆一同享用，你总不能叫他们夫妻俩闹离婚呀！再说土地婆虽没有在庙宇里现身，但土地公一旦回家休息，土地婆老是在他的耳朵旁放'枕边风'说坏话，慈善的土地公还会'坚持原则不动摇'继续显灵吗？"对于这个问题的回答应该是这样：人们敬奉土地公，是对土地公的一种信仰，至于你敬奉的供品土地公是否会拿去和土地婆共享，这倒不是敬奉者操心的事。至于土地婆是否会影响到土地公公正办事和显灵的问题，由于多数人相信土地公的官品和人格，所以相信土地公会排除各种干扰，保佑一方人宅居平安，五谷丰登，六畜兴旺。看来，为人做事，还是应当学做土地公，不要去学做土地婆。

土地公的另一面

在广大老百姓的心目中，土地公是个慈祥而又好心的老人。但在广东潮汕地区，土地公却多次以反面人物的形象出现在当地的民间故事里头。

《饶平民间故事选》讲到饶平塔山下有座土地庙，一卖猪苗的人路过经常要向庙中的土地公奉祀猪头肉。有一回卖猪苗的路过忘记了奉祀，土地公便施法术把他的猪笼翻倒，让猪苗四处乱窜，一只也抓不回来，没跑掉的猪苗也卖不出去。卖猪苗的在睡梦中被神明告知他遭到土地公的报复，便请人书写状词后焚化，向土地公的上司城隍爷告了阴状。城隍爷与土地公是上下级关系，为了掩人耳目，不得不把这位山村的土地神降职为田间的土地神，同时以“穷不告富，民不告官，阳不告阴”为由，判打卖猪苗的40大板，转由阳间的官员执行。一天卖猪苗的尿急在路边解手，不巧遇上当地县太爷出巡，被县太爷抓去打了40大板。

《饶平民间故事选》还讲到一个外出汉子夜宿在山腰间的土地庙，朦胧中听见阎王派出鬼卒，要土地公带他们到山下抓一个人，因那个人平时常来土地庙供奉猪头肉，土地公要求鬼卒放过他，让夜宿的汉子去顶替。鬼卒向土地公索取“好处费”，因金额多少争执不下。夜宿的汉子听后气得一跃而起，一边数落土地公徇私枉法，伤天害理，一边用手中的雨伞和草鞋左右开弓拍打土地公，然后扬长而去。这座土地庙从此不再灵验，没人去奉祀，神像也让白蚁给蛀空了。

《潮阳民间故事》则讲到北山的土地公因多日没人供养猪头肉，口馋了，见一客商坐在庙前歇息，便暗中伸出手中的拐杖捅他的肚子。客商肚痛难忍急忙求土地公保佑，朦胧中听见土地公想吃猪头肉，便依嘱照办，肚子马上好了起来。南山的土地公知道后也依葫芦画瓢，捅痛在庙前歇息的壮汉，没想到无意中被壮汉识破。当地流传香柴磨水饮用可治肚子痛，壮汉见土地公系用香柴雕成，便把土地公像抱到河边和水磨浆饮用医治肚痛。土地公被抱离神座就不灵了，结果土地公是偷鸡不成蚀把米。自此以后，南山、北山的土地公再也不敢胡作非为了。

古时潮汕民间丑化土地公并非全无依据。他们正是看到当地官员为非作歹，胡作非为，还经常互为包庇，便把全部怨气都发泄到土地公和城隍爷的身上。他们用故事和传说的形式，讽刺和鞭笞了欺诈老百姓的贪官污吏，虽然冤枉了土地公和城隍爷，却是叫人拍案叫绝！那几个因干坏事而触怒民众的，或被痛打嘴巴，或被蛀空心骨……悠悠万事，应以老百姓为亲，以老百姓为友，以老百姓为大。

郭子仪开门止诬

郭子仪是唐朝中兴名将。他一生经历自武则天至唐德宗共七个朝代，自考中武状元之后，以身许国，临危不惧，忠于职守，出将入相，一身系国家安危数十年，带兵平定“安史之乱”等多次战乱，是中国历代将相中唯一由武状元而两度入相的国家名将。唐肃宗曾对他说：“吾之国家，由卿再造。”

郭子仪功高盖世，后被封为汾阳王，还被皇帝尊为“尚父”。为了减少皇上和外人的猜疑，他除了佯装“贪财”和“好色”，还下令将汾阳王府四座大门四时常开。四座府门没有森严的警卫，贩夫走卒、平民百姓均可自由出入。有一回郭子仪一个部下要到外地任职前来辞行，看到郭子仪正在给他的夫人和女儿当奴仆，又是端洗脸水又是拿毛巾。还有一次皇上派太监给郭子仪传话，直接进入郭子仪的卧室，郭子仪正在为他夫人梳妆。

郭子仪有八子七婿。儿女们看不过去，纷纷规劝他说：“王爷功业显赫，德高望重，却不懂得树立威严，尊重自己。来往之人，不分贵贱，均让他们自由进入王府，甚至进入卧室。这种轻贱自己的做法，难免会让外人笑话。”郭子仪却说：“我郭府吃公家草料的有500匹马，奴仆吃皇粮的有1000多人，我又拥兵多年，如果四门封闭，不与外部往来，外人感到神秘莫测，如有龌龊小人诬陷，则难以自清。今我府门大开，里里外外明明白白清清楚楚，即使有小人诬陷，亦找不到造谣的口实。”儿女们听后才恍然大悟。

在许多人看来，“王爷威且严，侯门深似海”。历史上有不少功臣由于居功自傲，为了展示威严而故作神秘，往往引起人们的猜疑和攻讦而不得善终。郭子仪却懂得运用逆向思维，采用透明的做法，把自己的府第公之于众，终于做到“权倾天下而朝不忌，功盖于世而上不疑”。他活到85岁，儿孙满堂，单单孙子就有100多个，认都认不全，被后人称为“福禄寿考四字齐全的名臣”。

为人处世有些隐私该保密的应该保密，但有些人不管办什么事，总爱装腔作势而神秘兮兮，以显示自己与众不同，往往会引起人们的侧目。有些事该向大众公开就应当适时公开，有人却总爱遮遮掩掩，等待人们议论纷纷谣言四起后再来解释、说明加澄清，结果往往会使信誉大打折扣甚至严重丧失公信力。郭子仪所处的是封建专制的社会。他长期执掌兵权又功高盖世，为了自保，除了“大智若愚”制造“好色”“贪财”的假象，又来个“大愚若智”大开洞府，用透明的方法，终于收到终身无虞的良好效果。当今人们经常在讲公开和透明，郭子仪开门止诬的做法，很值得借鉴和参考。

狗咬吕洞宾

有句俗语叫“狗咬吕洞宾，不识好人心”。这句俗语出自什么典故呢?

据说八仙之一的吕洞宾原先是个读书人，因两次考试落第，便心灰意懒，靠祖上留下的家产到处游山玩水，访客会友。他结识一个叫苟杳的读书人，苟杳父母双亡，一贫如洗。吕洞宾便将苟杳接来家中供给食宿，勉励他刻苦攻读，以便早日金榜题名。一日一姓林的朋友见苟杳一表人才，想把他美且贤的妹妹许配给苟杳，吕洞宾力拒，苟杳却动心。吕洞宾见阻挠不了，便对苟杳说:“如果你想与林家小姐成亲，新婚时当让我先睡三夜。”苟杳因食宿全靠吕洞宾资助，无奈只好咬着牙关答应。成亲日，苟杳哭丧着脸让吕洞宾先进洞房。三天后他初会新娘，只见新娘垂泪哭诉:“郎君为何连续三日天黑而来，天明而去，不上床，却只身在厅堂里点灯看书，害得妾身悲困难忍，只好蒙着红纱和衣卧床而睡?”苟杳一听才如梦初醒：原来吕洞宾并未动新娘一根毫毛，而是采用这种办法，告诫我婚后不要因贪恋女色而荒废学业。他抬脚一跺仰天大笑，然后把事情经过告诉新婚妻子，说:“吕兄之恩，我当厚报!”

几年后苟杳果然金榜题名当上高官。某日吕家失火，房屋化成灰烬，一家人无处栖身，只好住在一间破茅屋里。吕洞宾在窘迫中只好千里跋涉，寻到苟杳府上诉说家变。他连住多月，苟杳虽热情接待，却从不提解囊相助一事。吕洞宾一气之下便拂袖告辞回家。他抵达家门时，但见旧居的废墟已建起一座新房，大门外却贴着白纸，门内摆着一副棺材，便急忙进门问个究竟，其妻大吃一惊:“你是人还是鬼?怎么又复活了？”吕洞宾马上意识到这是苟杳的恶作剧，便拿起斧头把棺材劈成两半，翻开一看，但见棺材中尽是金银财宝，上面放置着苟杳书写的纸帛：“苟杳不是负心郎，致送黄金盖新房。你让我妻守空房，我让你妻哭断肠。”原来苟杳早就派人为吕洞宾建新房；在吕洞宾告辞后又派人抬着棺材抢先赶到他家，开出吕洞宾已死的玩笑。因苟杳与“狗咬”谐音，后人便演化成“狗咬吕洞宾，不识好人心”的俗语。

这是个知恩报恩的故事，又是个“冤冤相报”的传奇。吕洞宾和苟杳双方在患难中赤诚相助，双方又采用非常规的做法互相恶作剧，可见他们之间的高情厚谊。这个故事虽然编得十分离奇，寓意却十分深刻。君不见在现实生活中经常会出现这种现象：有些人一听到逆耳的忠言，或面对他人送来的苦口良药，总是认为对方不怀好心，往往采取埋怨、抵触甚至抗拒的态度。而一些人，通过事后的冷静思考和细心品味，终于领悟到对方的真情实意和良苦用心。愿人们在现实生活中，都能跳出“狗咬吕洞宾，不识好人心”这个怪圈。

张果老倒骑驴

八仙中的张果老，为什么一直倒骑着驴子行走呢?

原来张果老早先在朝廷为官，后来因嫌做官拍马奉承多庸俗，早朝晚朝不自由；再加上他在朝里为官，乡下的老婆子不想搬到京城居住，长期跟他两地分居。他左思右想，最后决定辞职不干了。

少小离家老大回。张果老骑着一头驴子返回老家，因离家多年，一路上处处新鲜。驴子驮他过了家乡的一座小桥，他欣赏了那潺潺流水之后，忽见田边有一个姑娘背着他正在采摘棉花。他想跟她开个玩笑，逗弄逗弄人家，便上前跟她搭讪:“姑娘家，问个话：种的谁家的地?谁人栽的花？谁家的姑娘来摘花?”那姑娘头也不回地回答:“种的张家的地，我娘栽的花，张家的姑娘来摘花。”张果老又问:“你摘棉花为的啥？不怕花壳把手扎?”姑娘又回答:“摘棉花，为纺纱，庄稼人的手不怕扎。”张果老见姑娘对答如流，又进一步逗弄人家:“黄花女，傻丫头，听话不会听话头。只要你肯嫁给我，荣华富贵有享头。丫环使女由你用，不摘棉花不用愁。”姑娘回答:“花花头，不知羞，说话不怕齿咬舌。我娘本是李氏女，当了夫人不享福。我爹名叫张果老，荣华富贵不在乎。”

张果老一听坏了，这个黄花女原来就是自己的亲闺女。这个玩笑开错啦！开大啦！他见地里无缝无处可钻，赶紧跳起身子背着驴头以袖掩脸逃之夭夭。事后张果老痛悔不已，再也不敢回家面对妻女，只好躲进深山里去修炼，终于得道成仙。由于他对自己做错了的事一直牵挂在心头，便一直倒骑着驴子行走，不敢直面路人。

故事表明：张果老在朝廷里应当是个好官。他因看不惯朝廷里的种种而决定辞职；他同时又是一个潇洒浪漫的性情中人，因受不了朝规廷律的约束和夫妻两地分居的寂寞而辞官。受困多年的飞鸟一旦冲出牢笼，既欢腾雀跃又唧唧喳喳，没想到胡乱唧喳的第一个对象竟是自己的女儿，让他无地自容又痛悔不已。他后来虽然成仙了，却不因成仙而掩盖他过去的历史，否认他过去的错误，而是一直倒骑着驴子，在反思过去所犯错误的原因，在总结所做错事的教训。与张果老相反，古往今来不知有多少人，总是千方百计在为自己掩过饰非，甚至公开为自己所犯的错误和罪行辩解。他们知错不认错，犯罪不认罪，难怪有人吟诗加以讽刺："举世多少人，不如张老汉；骑着倒头驴，不忘回头看！"

有错不忘回头看，这就是张果老倒骑驴给人们所作出的有益启示和良好的榜样！

何仙姑卖药

故事发生在唐代，杭州西湖边上有一家老字号的中药铺，名叫“济世堂”，门面虽然不大，药材品种却十分齐全，不论三千药料，还是八百方丹，样样俱有。

有一天，一个头戴紫方巾、身穿八卦衣的道士前来买药：“我要配一帖‘家和散’，一剂‘顺气汤’，一盒‘消毒丸’，还要一颗‘长生不老丹’。”店主一听傻了：这些药从来没有听说过，叫我去哪里调配？他叫店里的伙计赶快上楼去请小姐下来应对。

这家药铺的店主名叫何泰，膝下有一女，13 岁时随女伴上山采药迷路，既惊慌又饥肠辘辘，忽见一老翁，便上前参拜乞求指点迷津。老翁在指明路向之后，送她一个桃子，清香无比。她只吃一半，留下一半想回家给父母品尝，不小心掉落地下却不见踪影。自从吃下那半个桃子后，她日常肚子不再感到饥饿，且浑身有使不完的劲儿，走起路来轻捷如飞，每天采药总是满载而归，又显得格外聪明伶俐，药铺每遇上什么难事，找她都能迎刃而解。此时，店里的伙计急忙请她下楼。她问明道士的需求后，眉毛一扬后爽快地答应：“道长所需的散、汤、丸、丹，本店全都具备。”何泰一听愣了神：这黄毛丫头不知深浅，店里分明没有这些药，她怎么信口开河欺骗道士呢？

这时药铺里围着不少人想看稀奇，只听何小姐轻声细语地说：“父慈子孝‘家和散’，兄友弟恭‘顺气汤’，妯娌和睦‘解毒丸’，少欲不烦‘不老丹’。”众人听后恍然大悟。这个说：“对呀！我爹就是被我那大逆不道的弟弟给活活气死的。父慈子孝确实是‘家和散’。”那个说：“我隔壁兄弟俩本来情同手足，天天喝着‘顺气汤’，后来被妯娌俩弄嘴弄舌，结果兄弟反目，妯娌不和确是大毒根！”还有人说：“是呀！少欲多施，不贪非分之财；少烦多眠，不想非分之事，方能长生不老。”那道士听完亦说：“小女真会卖药。此真‘济世堂’也！”说完腾空而去。原来那道士就是吕洞宾，曾在山里变成老翁为何小姐指点迷津并赠送仙桃。后何小姐经他多次点化，刻苦修炼，终于成为八仙中的一员，被称为“何仙姑”。

古时候国无西药，世上确实有两个“济世堂”：一个是中药铺，这是物质层面的“济世堂”；一个是“脑药铺”，这是精神层面的“济世堂”。人有身病应当找中药铺这个“济世堂”；人有“心病”则应当找“脑药铺”这个“济世堂”。何泰开的是中药铺，他女儿却依托中药铺又开出个“脑药铺”，难怪他何泰还是人中何泰，他女儿却会得道成仙。两种药铺，两种“济世堂”，犹如我们现在所说的“两个文明”。只重物质文明而轻视精神文明，难以成“仙”也！

“铁拐李”成仙

八仙中的“铁拐李”拄着拐杖，形象颇为邋遢。但铁拐李在成仙之前，却是一个让妙龄女郎人见人爱的美男子。铁拐李这个美男子，又是如何变成“铁拐李”的呢?

铁拐李原名李凝阳，热衷于修炼，却久未得道。他便隐居在砀山的岩穴之中，拜老子为师继续学道。有一天他接到老子出游华山的邀请，但老子是个得道仙人，据说在天庭还居于十分重要的位置，可以腾云驾雾，而他仍是个尚未得道的凡人。李凝阳便采用变通的办法，把自己的躯壳留在洞中，让元神跳出躯壳随老子去出游。临行前他交代徒弟:“如果我七天之内元神没有返回，可能遇上灾难了，你就可以把我的躯壳焚化，以免腐烂。”

李凝阳的元神随着老子逍遥自在外出去游山玩水，他的徒弟却日夜守护着他的躯壳，一点也不敢疏忽。到了第六天，该徒弟接到他母亲病危要见他一面的消息，心里虽然十分焦急，仍忠于职守坚持到第七天中午，依然未见师父的元神归来。为赶着回家尽孝道，该徒弟便把师父的躯壳焚化了。

到了当天傍晚，李凝阳的元神才返回洞府，见躯壳已被焚化，因魂不附体而四处漂游，感到十分恐慌。此时忽见林中有一饿殍，便在慌乱中急匆匆地依附上去。当他魂魄合一要站立起来时，才发现自己站不稳，原来他所依附的饿殍是个拐脚的跛子。他跑到湖边水面一照，发现自己蓬头垢面，卷须凸眼，形象十分丑陋。此时他听到老子在他背后击掌大笑。他乞求老子帮他把元神跳出此身躯，以便依附他处。老子说:

“真道不在表相之外求得，为仙者不可只看相貌。只要你功德圆满，便是异相真仙，何计外形容貌。”老子说罢，便送给他一个束发金箍束住蓬发，一支铁拐杖让他助行。李凝阳无奈，从此后死心塌地跟着老子学道，终于成仙，仙号“铁拐李”。

这个传说十分玄乎，却说明一个道理：人不可貌相，海水不可斗量。李凝阳外形的突变，这是一大损失；他又从一名普通的凡人变成名扬四海的“八仙”之一，这是一大收获。两相比较，孰轻孰重？在通常人看来，两方面都具备最好。但如果容貌姣好却心灵空虚甚至丑陋，其活在世间又有什么意义呢？如果容貌不佳甚至有肢体缺陷，“真道在表相之外求得”，终于拥有满腹经纶且心地善良，相信社会都会报之以热烈的掌声。当今社会亦有很多人身残志不残，励心励志，刻苦磨炼而独秀奇能，独创奇迹，引发四面八方由衷喝彩！

蔡襄建造洛阳桥

《泉州民间故事与传说》记载：泉州有条洛阳江，古时候人们过江经常出现船翻人亡的悲剧，据说是龟精、蛇怪伙同上游恶龙兴风作浪的结果。蔡襄的母亲怀他时有一回过江，半途风浪骤起，忽有神明告知："蔡大人过江，休得无礼！"龟精、蛇怪慌忙告退。蔡襄的母亲因此许愿：怀下的孩子出生长大后若成器，当叫他在江上建一座桥，造福苍生！

蔡襄后来考中进士，官居翰林，一直不忘母亲的夙愿。一日他陪皇上游览御花园，预先用蜜水在园里的蕉叶上写下"蔡襄蔡襄，本府为官"八个字，蚂蚁纷纷爬到叶上沾食蜜水。皇上见字照念，蔡襄连忙跪下谢恩。

蔡襄回泉州府担任太守后，便决定建造洛阳桥。洛阳江水阔五里，深不可测，抛下的石头均被风浪冲得无影无踪。某夜蔡襄梦见仙人指点："到龙宫投牒。"翌日他草拟黄牒，请求龙王退潮三天，让他下好桥基。写完问道："谁下得海？"府衙夏德海应道："小人便是。"夏德海接牒后苦不堪言，当晚喝得醉醺醺地拿着黄牒走到海边准备跳海，结果醉躺在海滩上，梦见龙王公主宴请他。第二天醒来时看到手掌心写有一个"醋"字，急忙回报蔡太守。蔡襄看后立即组织民工在当月廿一日酉时突击建好桥基。到退潮的第三天建到第46座桥墩时，石料告缺，重新开采已来不及，蔡襄焦急万分。路过的仙人吕洞宾为他们的精神所感染，马上作法让附近山头的石头都变成猪，成群结队直奔海滩，纷纷钻入江中垒起桥墩。一头老母猪因年老体衰跑得慢，等跑到江边时，桥墩早已建成，它只好永远停留在海边上，被人们称为"猪母石"。南海观音亦为蔡襄建桥善举所感动，化成一位美女划船坐在江心，声称谁用金元宝投中她便嫁给他为妻，引得富家子弟大把大把直向船上丢金撒银，为建桥筹得大批资金。观音还作法让海中的牡蛎都依附桥墩巩固桥基。当地白沙寺的义波和尚四方化缘为建桥筹资，还天天到工地为民工烧水煮饭。因连日大雨无干柴可烧，他竟以腿代薪，让自己的双脚燃起火焰化成灰烬，换来民工的温饱，由此留下“釜底炽火红似血，双膝代薪泣鬼神”的感人诗章。几经努力，终于建成一座长360丈、宽1.5丈的大石桥，镇住了龟精、蛇怪和恶龙。

蔡襄本在朝里为官，为了建桥，他申请回乡担任地方官。可见他建桥为的是了却祖辈人们的夙愿，造福于家乡老百姓，而不是作为个人的政绩工程。由于他立志“为官一任，造福一方”，不但感动了凡人，也感动了仙境，正所谓“从善多帮，得道多助”。故事中出现的龙女、吕洞宾、观音和梦中仙人，其实都是群众力量的化身；那位义波和尚则是洛江两岸建设民工的缩影。故事表明：只要真正代表广大人民群众的利益，为老百姓办实事，就无往而不前！

糊里糊涂当高官

封建专制社会当官五花八门，有靠真才实学当官，有糊里糊涂当官。

清嘉庆年间，书生龙汝言科举不第，为了糊口到某副都统家任教。那年嘉庆帝庆寿，依惯例大臣都得进贺表。副都统知道贺表繁多，皇上不会细看，便叫龙汝言草拟应付。龙汝言便找来康熙、雍正、乾隆诗集中有关贺寿的诗句，东抄西凑拼成贺表。没想到嘉庆帝这一年为了看看大臣如何对自己表忠心，对贺表看得很详细。当他看到副都统的贺表均以先帝诗句赞扬自己时，龙颜大悦，急召副都统觐见。副都统以为贺表出错，一见面便辩明贺表系龙汝言所作。嘉庆帝当场拍板，赐龙汝言举人出身，后又让他参加科举录为状元。

到了道光年间，翰林院实行大考提拔院里官员。有一位老翰林能力平平怕被淘汰，暗中请求主持考试的老上司许乃溥给予关照。许乃溥嘱他在考卷空白处沾点墨水作点记号，以便辨认。参加大考还有一位后来大名鼎鼎的曾国藩，在写完答卷后把毛笔套进笔筒，不慎把墨水滴在考卷上，许大人以为是老翰林的答卷，便从优处理。曾国藩因此由初级编修变为高级编修，连升三级。

更为有趣的是，慈禧太后有一回听翰林院编修张履春汇报事情，也许她觉得张履春名字好听，第二天朝议武昌知府补缺，慈禧便随口说出张履春这个名字。当圣旨送到张履春门前时，他还以为同僚们在作弄他要诈他的喜钱哩!

有糊里糊涂当高官，也有糊里糊涂坐冷板凳。中国最后一次科举正好在慈禧七十大寿那年。会试名次排出之后，请慈禧钦点。慈禧看到第一名为广东考生朱汝珍，马上想到广东籍的洪秀全和被她投井致死的珍妃，便一笔把他勾销。当她看到第二名是河北肃宁的刘春霖时竟喜上眉梢：肃静安宁又留下春霖，真是太妙了！便大笔一挥让他当上了状元。与此异曲同工的还有明成祖朱棣，有一次在录取状元时看到第一名叫孙日恭，说“日恭”乃暴，便把他抹掉了；看到第二名叫邢宽，说“刑宽乃体现我之仁政”，便让他当上了状元。

不可否认，历史上有不少官员拥有真才实学，为民办了不少实事，赢得了广大百姓的拥戴。但由于封建用人制度具有极大的随意性，任用的不少官员纯属是“阿混”，无能无德甚至荼毒百姓。随着社会的不断进步和民智的不断开启，相信封建的“官本位”思想，将会被扫进历史的垃圾箱。

吕蒙正寒窑发奋

吕蒙正在宋太宗、宋真宗两朝曾三次出任宰相，是北宋时期影响最大的状元，因此流传着许多有关他的传说。

吕蒙正出身于官宦之家。他父亲由于内眷很多又听信谗言，把结发妻子和他赶出侯门。母子俩无处栖身，只好住在寒窑里。母亲每日外出打杂工，吕蒙正则四处拣柴禾和挖野菜，母子二人以此度日。寒窑附近有家学堂，吕蒙正常听学生们念书，背诵了不少课文。吕母读过《四经》《五书》，亦不时指点他自学。不懂的地方请教学堂先生，先生见他穷而好学，亦乐于指教。

吕蒙正18岁时其母去世，他只身栖住寒窑，依然白天打杂工晚上读书。有一天他到洛阳城干活，见刘员外家搭起彩棚，让他的女儿抛绣球选婿。吕蒙正上前看热闹，没想到刘家小姐见他气质非凡又一表人才，竟把爱慕的绣球抛给他。刘员外见女儿执意要嫁给这个穷光蛋，一气之下把女儿赶出家门。这对青年男女便在寒窑里拜天地结为夫妻。

酸苦岁月，寒窑春秋。有一回吕蒙正路过定国寺，见寺里和尚敲钟吃饭，便上前要了斋饭。以后他天天去要斋饭，和尚犯嫌，便改成未敲钟先吃饭。他无奈叹道："吕蒙正，运不同，十度化斋九度空，最恼僧人饭后钟。"年关将至，他拣回人家废弃的红纸写一副对联贴在寒窑门口：二三四五；六七八九。横批是：南北。路人看对联后解释为"缺衣（一）少食（十）"；看横批后解释为"没有东西"。除夕日张屠户猪头卖不出去，便赊给无钱买肉的吕蒙正。随后有人要来买猪头，张屠户怕吕蒙正往后还不起钱，又赶去寒窑把吕蒙正刚煮熟的猪头讨回来。吕蒙正慨然长叹："可怜可怜真可怜，煮熟猪头要现钱；有朝一日时运转，日日天天都过年。"敬神没有纸钱，他便用树叶当纸钱烧起袅袅之烟。

吕蒙正故事之神奇在于：他以褴褛之身竟赢得富家千金之芳心，以自学之才竟跃居科举之魁首，以寒窑之地竟攀登龙庭之殿堂。早时不少当婆婆的老是苛待媳妇，媳妇多年熬成婆后，往往出现两种心态：一种是报复式的，当年自己逆来顺受饱尝婆婆苛待，今天高高在上轮到自己苛待媳妇；一种是悯惜式的，将心比心，同情媳妇，不让她吃自己当年受过的苦。吕蒙正属于后一种人。他身居高位却不忘穷苦百姓。有一年上元节宋仁宗在御楼宴请百官，见京都一派繁华景象，龙颜大悦。吕蒙正不忘上前提醒："京城外几里处仍有饿殍，圣上应由近及远，造福苍生。"他有个手下名叫富言因家境贫寒，苦于儿子富弼无钱接受正规教育。吕蒙正回想当年，感同身受，便慷慨解囊相助。富弼后来两度拜相，与范仲淹整肃朝政，建树颇多。吕蒙正出身于贫而处事于简，七个儿子分别命名为从简、惟简、承简、行简、务简、居简、知简。他是贫贱不夺志的榜样，又是富贵不忘本的典范。

寇准奢而知返

寇准是北宋名相。他出身于书香门第，可出生后不久他父亲就去世了，家境贫寒。母亲一边纺织一边指导他读书，母子俩经常相伴到深夜。他 19 岁中进士，先后两次入相。他与吕蒙正不同的是，他当上高官后曾追求奢侈生活，但经过“忆苦思甜”后能够反悔，不因翻身忘本且终生“无地起楼台”——不建豪华住宅，从而成为历史和百姓颂扬的对象。

据说寇准少年得志担任参知政事（宰相）时，由宋太宗主婚，娶皇姨为妻。新婚期间，日日酒宴，夜夜歌舞，厅堂上经常巨烛高烧，通宵达旦。一日寇准正欢宴，他舅舅从山西老家赶来，见他山珍海味又歌舞升平，不禁两眼发呆，然后放声大哭，一边回忆贫寒的往事，一边诉说近段家乡大旱，颗粒无收，饥民遍野，无以为食的惨景。寇准听后连连自责，当即撤宴，翌日上朝时又及时奏知皇上，并亲自到灾区体察灾情并督赈，从此不再夜宴。

寇准执掌相府时，在酒余饭后爱听歌女唱歌排忧解闷。有一次他听某歌女唱歌，竟一时兴起赏她一匹绫缎，那歌女犹嫌不足。寇准有一侍妾叫茜桃，事后写一首小诗：“一曲清歌一束绫，美女犹自意嫌轻。不知织女荧窗下，几度抛梭织得成！”寇准看后触动颇深，从此纠错，不再挥霍。

还有一个传说，言及寇准爱吃鸡舌汤，导致院后鸡毛堆积如山。他的奶娘对他回忆当年他母亲夜以继日纺织维持一家生计的苦境后说：“百鸡不够作一汤。相爷一汤，需多少平民多少时日辛苦饲养。如众官效尤，铺张浪费，巧取豪夺，国家岂有宁日？”寇准听后如梦初醒，反悔自省，从此杜绝这种奢侈之风。

流传较广的是“寇准罢宴”的故事，说的是寇准母亲临终前作一幅画并题写一首诗，交代奶娘保存，嘱她如看到寇准当官后开始变质才拿给他看。寇准有一回想大过生日，计划请两台戏班并举办宴席广请同僚。奶娘拿出这幅诗画挂在厅堂上，寇准看画的是他母子当年在孤灯下纺织和苦读的情景，诗云:“孤灯课读苦含辛，望尔修身为万民。勤俭家风慈母训，他年富贵莫忘贫。”寇准看罢，触动心灵，不禁泪如泉涌，当即辞退戏班，撤销宴请。

寇准奢而知返的故事与传说有不同的版本，情节和内容亦各有差别、重复与交叉。这些故事与传说，绝不是要表明寇准事事处处都不自觉，经人提醒后才纠错返正，而是要表明寇准作为一代名相，曾有其奢侈的表现，后经接受多方的批评、指点和教育，很快地从盲目性回到自觉性，从错误的方位回归正确的方位。人们正是欣赏他这一点，才在历史真实的基础上，又加入了自己的想象和创造，从而肯定并颂扬他知错纠错的可贵精神。寇准这种精神，很值得后人仿效。

吕端大事不糊涂

有句对子叫“诸葛一生唯谨慎，吕端大事不糊涂”，据说是古人无名氏所撰，常为后人所引用。吕端和吕蒙正、寇准一样，都是北宋时期的名相，历经宋太祖、太宗、真宗三朝。据说宋太宗要任他为相时，有人持反对意见，说他糊里糊涂。太宗却说：“他小事糊涂，大事不糊涂。”

吕端被人家说糊涂主要表现在几个方面：一是主动让贤，自降位阶。吕端与寇准作为左、右相共事朝廷。寇准办事干练，很有才能，吕端作为正职，先是与他轮流执掌相印，后又主动退居副职。在一些人看来，吕端真是太糊涂了。二是小人诬告，羞于计较。朝中大臣李惟清向皇上诬告吕端几大罪状，另一位大臣也在背后辱笑他说：“这小子也能当宰相？”他知道后都淡然处之。在一些人看来，吕端真是糊涂至极了。三是廉洁奉公，不积私财。他死后两个儿子都无钱娶亲，只好把房产抵押给别人。宋真宗知道后感叹连连，特地从皇宫里拨出款项替他家赎回房子，并还清其他债务。在一些人看来，有权不用，过期作废，吕端真是糊涂到顶了。

吕端对一些名利地位揣着明白装糊涂，在一些关系国家大事的是非问题上却一直保持清醒的头脑。宋朝边境的党项人李继迁归顺宋朝后又反叛，在一次交战中李继迁的母亲被宋军俘虏。太宗皇帝本来决定要在边境大张旗鼓处死这个老太太。吕端得知此事后立即找太宗皇帝直谏，说明处死老太太无益边境安定，只会加深仇恨，建议把她供养起来。太宗顿觉有理，依吕端意见办理。后来李继迁在与吐蕃交战中战死，他的儿子又归顺宋朝。太宗皇帝病危时，吕端怕在权力交接的敏感时期出现动乱，天天陪着太子到太宗跟前探望。当时得宠宦官王继恩勾结皇后和朝里一班大臣，想废掉太子发动政变。皇后派王继恩登门拉拢吕端，吕端果断地把王继恩拘禁在府中，然后率领大臣粉碎了政变，确保权力的正常交接。在金銮殿上朝拜新君时，吕端还不放心，特地掀开殿堂的帘子细看，确认是合法的接班人时才下拜朝贺。

在现实生活中，有些人为了琐碎小事总爱斤斤计较，“为了一分钱，争吵到过年”；对一些事关长远和大局的大事却糊里糊涂，事不关己，高高挂起。他们热衷于在小事上聪明一时，结果往往是“机关算尽太聪明，反误了卿卿性命”。吕端则是小事装糊涂，大事不含糊，即所谓“成大事者不拘小节”，体现的是一种大智若愚的大家风范。从古到今真正愚不可及者，应当是那些因小失大的斤斤计较者。清代的郑板桥也许是从吕端大事不糊涂的历史故事中得到启发，才写下了“难得糊涂”四个大字而万古流传。

河工当“猴官”

河南封丘县至今还流传这么一个故事：在清朝乾隆年间，地处黄河岸边的裴楼村，有个护理河岸的河工叫裴尚友，家里只有一间草房和一个老娘，30多岁仍光棍一条，是个穷光蛋。当时朝廷虽然年年拨出护理河岸的专款，但是由于河官层层克扣，长期拖欠甚至不发给河工工钱，裴尚友只好天天到河边割芦苇卖钱。只是有几日因连日大雨滂沱，河水暴涨，无处割芦苇，裴尚友家无隔夜粮，已两天不见炊烟。

裴尚友见老娘都快饿昏了，无奈之余，便决定利用晚上上堤，避开河官盗回几捆准备用于混土填岸的茅草，然后再转手倒卖换点钱买米。他走到储藏茅草的堆场，忽听雨中有人喝问：“谁？”裴尚友吓了一跳，急中生智回答：“我是裴楼村的河工裴尚友，看到雨下得这么大，赶来看看堤岸有没有危险。”终于脱身。到了半夜，裴尚友又第二次摸到堆草场。“你来干啥？”裴尚友又吓了一跳，又赶紧回答：“我怕河水猛涨会冲走茅草堆，特赶来看看当紧不当紧。”又再次脱身。到了下半夜，裴尚友揣想那巡堤的河官应该是去睡觉了，便又第三次摸近草堆。“你又来干啥？”裴尚友吃惊之余又赶快回答：“我怕河堤缺口，睡不着，又赶来看看。”

这位彻夜巡视河堤的河官，是朝里有名的清官刘中清。因黄河堤防老是出现缺口，乾隆帝专门派他出巡督察。他到达封丘时正遇上连日大雨，便连夜在大堤上巡视，为裴尚友“彻夜不眠，三次上堤，心系堤岸安危”的精神所感动，便拿出几两碎银子赏他，并劝他说：“天快亮了，你一夜都没睡，该回家休息了。”返回朝廷后，他向乾隆帝汇报裴尚友一夜连续三次上堤的事迹，动情地说："有此臣民，何怕我黄河堤防不牢！"请求乾隆帝给予召见嘉奖。

裴尚友那晚白得了几两银子后高兴万分，过些日子有官人通知他进京，他吓了一跳：是不是因我骗银子，要把我关进大牢？在金銮殿上，乾隆帝问他怎样护堤。他不敢说话，蹦过来跳过去直比画打桩的姿势。乾隆帝看了笑说："看你那动作，就像个猴公。"裴尚友一听赶快下跪："谢皇上隆恩封我猴官！"后来乾隆帝真的封他"猴官"（河官）护堤。他由于平时受尽河官的苛打与盘剥，对河工们亲如兄弟，不打不骂，工钱照发。因为治河有功，人们便敬称他为"裴官"。

这个故事有两个发人深省之处：其一，刘中清是个清廉实干的好官，但他因调查不够深入细致，结果把一个盗窃护堤材料的穷汉，当成了一心护堤的典型。好在他歪打正着，终没酿成大错，这个教训十分深刻。其二，裴尚友虽然阴错阳差当上了"猴官"，因他深知河工们挨打受苦导致护堤积极性不高的原因，故能反其道而行之，与河工们打成一片，终于出现了治河的业绩。可见，以民为本，乃是成功之本。

德者长存胡则公

北宋时期的浙江永康人胡则，为官 47 年，历经太宗、真宗、仁宗三朝，先后担任十个州郡的知府，按察六省的使节，官至兵部侍郎。他施仁政、宽刑狱、减赋税、除弊端，老百姓感念他，死后给他建“胡公祠”，称他为“胡公大帝”。同朝的宰相范仲淹还专门为他题写《墓志铭》。

胡则出身于赤贫之家。据说他母亲怀他时，挺着大肚子沿街乞讨，在一个叫静鹤村的水塘边生下他。母亲自己咬断脐带，把浑身是血的他抱到水塘洗身，结果洗红了大半个水塘。胡则发迹后，此地被称为“胡诞地”；那口水塘，至今仍保持半口红半口清的水色。

胡则自小喝着苦水长大，刻苦且大胆。他栖身方岩山，夜间用桐油点燃灯芯，经常苦读至深夜，每回上床睡觉之前，都要上一次厕所。厕所里有一个黑乎乎的雕刻小鬼头，专供他放那盏小芯灯。有一晚那小鬼头突然说话：“相公好大胆。”胡则回应说：“鬼头让我放灯盏。”第二天晚上，他见那小鬼头突然变大，便说：“小鬼好大头。”小鬼头则应答说：“相公他日定封侯。”宋端拱二年，胡则果然考中进士，一跃而贵。可能是他每晚睡前都要上一趟厕所的缘故，他原名叫胡厕，宋太宗御笔一划去掉厂字头，赐名为则。

胡则为官后体恤贫穷，关心弱者。有一回他奉命巡察河北各州县，见当地官员强征民工，建设许多没有军事价值的深沟高垒，认为这是劳民伤财、“重困吾民”之事，大刀阔斧砍掉诸多项目，让十万民工回家务农。有一年长江、淮河流域严重受灾，饿死者甚多。他巡视后斗胆进谏皇上，永远免掉受灾地区的丁税，减轻了贫苦百姓沉重的赋税负担。

他在巡视定州时得知当地官员要判处 19 个囚犯死刑，通过复核，解救了 9 个蒙冤受屈者。

胡公出身赤贫，担任高官后不忘本，不变质，不像有的人当年是个穷光蛋，当官后变成了王八蛋。他敢拨乱反正放回十万民工，敢冒险直谏为灾区贫民永减赋税，敢大刀阔斧平反冤假错案，都是基于他贫贱不移，富贵不淫和为官一任，造福一方的理念，难怪历代老百姓崇敬他，怀念他。德者长存，至理！

有才无德宋之问

唐朝的官员兼诗人宋之问，出身于书香门第，官宦之家，依靠自己的才华考中进士而进入仕途。他精于文词，“尤善五言诗，其时无能出其右者”。他写的不少诗句隽永且蕴意深刻，常为后人所传诵。如《渡汉江》一诗：“岭外音书断，经冬复历春。近乡情更怯，不敢问来人。”把离家游子回乡时那种复杂心情，刻画得入木三分。

宋之问不但才华横溢，而且长得仪表堂堂，但人品却十分低劣。他进入仕途时正值武则天当政时期，为了打通晋升之路，见武则天宠爱张易之、张昌宗两个美男子兄弟，便千方百计逢迎谄媚这兄弟俩，甚至不惜放下身段为他们端尿壶。他凭借自己伟岸的仪表，曾向武则天献上一首艳诗，想入非非欲取代张易之哥俩，以求登上龙床变身男宠而谋取加官晋爵，怎奈因其口臭而被武则天拒之门外。

宋之问为人不齿，还有他为了谋取虚名，竟不惜因诗杀亲。他的外甥刘希夷作有《代悲白头翁》一诗尚未发表，他看后赞不绝口，尤其爱其诗中“年年岁岁花相似，岁岁年年人不同”这一佳句，便要求把这诗转让给他。他外甥不肯，他竟残忍地用土袋将外甥活活压死，以夺取该诗的著作权。

宋之问为了加官进爵，还不惜恩将仇报，卖友求荣。武则天失势后，她的男宠张易之被杀。宋之问因跟张易之关系密切，被贬职到岭南。有一回他潜回京城，好友张仲之冒着风险把他藏匿家中。当时武氏家族在朝廷还有一定势力，其代表人物是武则天的侄儿武三思。宋之问得知张仲之伙同一班人准备谋杀武三思后，为了咸鱼翻身，谋取荣华富贵，竟不惜告发张仲之，导致张仲之被抄家灭族。其龌龊如此，世人无不唾其脸而咒其行。不久后武氏家族在朝廷彻底失势，宋之问又趋炎附势卷入朝廷之争，最后聪明反被聪明误，先是被流放岭南，后又被赐死，了结他无品无格的一生。

宋之问虽然才华横溢，为当世知名诗人，但因人品低劣、做事龌龊而臭名远扬。当人们在传诵他写的华丽诗章时，也同时在传送他谄媚逢迎捧尿壶、因诗杀亲夺虚名、恩将仇报害恩朋等斑斑劣迹。他的诗名传播多远，他的臭名也就传播多远。宋之问所吟所唱和所作所为，颠覆了“文如其人”的定论，恰如民间俗语所说的“金苍蝇，臭腹里”，其金色的外表不管多么闪光，却总掩盖不住其满腹腐臭。宋之问这只“金苍蝇”的满腹腐臭，皆“争名于朝，争利于市”之所致，而且是到了利欲熏心、不择手段的地步。然而物极必反，终究逃脱不了其头也断，其名也臭的结局。在中国的历史上，有才无德的名人不止宋之问一人，三大奸臣秦桧、蔡京、严嵩，均是大才大奸之辈，都落了个“尔曹身与名俱灭，不废江河万古流”的结局。恃才缺德者，当以此为鉴！

马皇后与倒“福”

每逢过大年时，许多居民都要在门前屋后倒贴“福”字。这个民俗据说跟朱元璋与皇后马秀英的一段故事有关。有一回朱元璋准备滥杀城民，预先派人到被列入黑名单的住户门口贴一个“福”字作暗号。马皇后为了解救城民，暗中派人通知城民在各家各户的门口都贴上“福”字。有个不识字的城民把“福”字给倒贴了。朱元璋见无处抓人，一气之下把这个倒贴“福”字的城民抓来当替罪羊开斩。马皇后说：“人家把‘福’字倒贴，就是‘福到’的意思，斩杀人家是不吉利的。”朱元璋听后觉得有理，便赦免了那个城民。现在居民倒贴“福”字，一是为了图个吉利，二是为了纪念马皇后。

这个传说的出现，跟马皇后一生充满大爱紧密相连。一是爱丈夫。在征战初期粮食不足，马秀英经常饿着肚子省下口粮让朱元璋充饥上阵；有一次朱元璋败阵负伤，她凭着一双大脚背着朱元璋逃过一劫；有一回朱元璋受诬饿困牢房，她胸前暗揣烙饼入牢救夫，把双乳都给烫红了。二是爱大臣。朱元璋当上皇帝后性情暴戾，任意诛杀功臣，马皇后极力劝阻，并在力所能及之中，保护了多位官员的性命。三是爱人才。当时朝廷培养数千名太学生，国家均有补贴，但太学生的妻子儿女却许多衣食无着。她征得朱元璋同意后，亲自筹集一批钱粮，用于资助供应太学生的妻小，解决他们的后顾之忧。太子的老师宋濂受某案株连，朱元璋一怒之下要杀他。马皇后劝阻说：“百姓尚且尊师，何况帝王家？”终于保住宋濂的性命。四是爱宫人。凡有宫女受幸怀孕，她都倍加体恤。朱元璋常因暴怒要责罚宫女，她都从中调停。她患重病自知难愈后，担心朱元璋会怪罪御医杀他们的头，一直坚持不吃药。五是爱百姓。她问朱元璋百姓是否安居乐业，朱元璋说这不是你管的事，她说："你是天下之父，我是天下之母，岂能不管子民之安危？"朱元璋听说民间有笑她是"马大脚"，欲抓而杀之。她说当年我"马大脚"背你脱险你感到荣耀，今天为什么却因"马大脚"而去杀人呢？安徽富豪沈万三捐巨资建京城墙垣并犒军，朱元璋妒恨他富可敌国，借故要杀他。她与朱元璋论法，终于救下沈万三的性命。

由于马皇后充满爱心，她死后官民同哭，天地同哀。出葬时风雨雷电，万千百姓送行竟无一人避雨。朱元璋问道士为何雷雨交加，道士吟诵："雨落天垂泪，雷鸣地举哀。西方诸佛子，同送马如来！"宫人们在一片恸哭中高唱《追忆歌》："我后圣慈，化行家邦。抚我育我，怀德难忘。……"《明史》作者亦盛赞马皇后"赞成大业，母仪天下，慈德昭彰"。明、清诸皇后和命妇、民妇，皆以马皇后为楷模，马皇后与倒"福"的故事亦由此衍生并广泛流传。可见，名垂青史者并非单靠权力、金钱或金戈铁马，而是靠大爱和真爱！

张打油开创打油诗

张打油据说是打油诗的鼻祖。相传他是中唐时期人氏。有人说他是一般的读书人，有人说他是农哥，也有人说他是卖油郎。他的成名之作是《咏雪》："江山一笼统，井口黑窟窿，黄狗身上白，白狗身上肿。"后人赞赏该诗观察入微，用词贴切，诗中没有一个"雪"字，却把一场大雪的景象描绘得栩栩如生，生动传神。此诗一鸣惊人，开创了打油诗体。

打油诗体语言通俗易懂、平白生动，风格风趣幽默、诙谐逗人。但一些自以为学富五车、才高八斗的高官达人对打油诗却不屑一顾，甚至横加打压。当时曾出现安禄山叛军围困南阳郡的事件，据说有一位高官想借故打压张打油，便要张打油以此为题作诗一首。张打油便开口吟诵"百万贼兵围南阳"，该高官听后赞道："开篇好气魄！"张打油又续吟"也无救兵也无粮"，该高官说："这句有点差强人意。"张打油又继续诵道："有朝一日城破了，哭爹的哭爹，哭娘的哭娘！"该高官听后忍不住笑得泪水双流，总算服了。

唐朝是格律诗风行的时代，不会写格律诗就不算是真正的诗人。当时的李白被称为诗仙，杜甫被称为诗圣，王维被称为诗佛，刘禹锡被称为诗豪，民间却有人称张打油为"诗霸"，并编有一个故事：某个月光明媚、星斗灿烂之夜，张打油在江边遇上李白。李白对他说："谁敢江上称诗霸，请作一章与我看。"张打油即时应诵："夜半不爱题妙句，恐惊星斗落江寒！"李白听后感其诗中确存霸气，竟相见恨晚，刮目相看。

打油诗不拘于平仄韵律，朴实形象，朗朗上口，便于民众口耳相传，是一种典型的通俗文学，拥有最大的受众和传播群。唐代民众说张打油是“诗霸”，其实并不为过。时至近代，不少文坛巨匠亦不时用打油诗的形式抒发己见。鲁迅先生当年看到各路军阀一起朝拜孙中山，暗中则钩心斗角，便写了一首“大家来谒灵，强盗装正经；静默三分钟，各自念拳经”的打油诗，加以讽刺。著名诗人袁水拍为了讽刺当年国民党政府滥印钞票导致通货膨胀，也写有一首打油诗：“跑上茅坑去拉屎，忽然忘记带草纸；袋里掏出百万钞，擦擦屁股满合适。”陈毅元帅为了消灭核武器，也曾写下一首《咏原子弹》的打油诗：“你有原子弹，我有原子弹，大家都有弹，协议不放弹。”郭沫若先生为了悼念被“四人帮”迫害致死的著名剧作家阿英，也写有《咏臭老九》的打油诗：“你是臭老九，我是臭老九；两个臭老九，天长又地久。”

当今人们经常在谈论思想的多元化、世界的多样性。同样，文艺创作也应有各种形式和流派，雅俗共赏，“下里巴人”和“阳春白雪”应当互相尊重，并行发展。张打油加上李打水、王打醋，来个张三李四王麻子，世界才会丰富多彩。

阎王爷难御马屁精

阎王爷难御马屁精是一个古老的传说。说的是人间有一个马屁精，擅长阿谀奉承，拍上司的马屁，而且爱编假话，搬弄是非，陷害好人，搞得人人愤恨，民怨冲天。阎王爷知道阳间有怨，当即差小鬼把他抓来下油锅。在阎王殿上，阎王责问他为什么专爱拍上司的马屁，陷害他人。马屁精惊恐得四肢伏地，头如捣葱高声叫喊："小人冤枉！人间有些官员爱听好话，是非不分，你不拍他的马屁，他就跟你过不去，甚至治你的罪，不像你阎王爷是非分明，公正无私，廉洁奉公，明典正法。"马屁精见阎王爷露出得意神色，又加足马屁力说道："我在阳间就听说阎王爷胜过包龙图、海青天。我知道阎王爷定会明镜高悬，火眼金睛，还我公道！"阎王爷被马屁精这阵马屁风吹得五官直爽，七窍冒烟，哈哈大笑说："看来你不像个坏人，我让你重回阳间再活 20 年！"

无独有偶。古代小书《广谈助》亦载有一篇《屁颂》，说有一秀才因寿满去见阎王，在阎王殿上听阎王爷放了一个响屁，马上献《屁颂》一章："高耸金臀，弘宣宝气，依稀丝竹之声，仿佛麝兰之味。臣立下风，不胜芯馨之至！"阎王听后，高兴得屁股直颠，官帽直晃，手中秃笔一划，给作《屁颂》文章的秀才增阳寿 10 年。

马屁精如臭屁一般臭扬四方，在马屁精前飘飘然的人也难逃世人白眼。在彭祖的家乡陕西省宜君县偏桥乡彭村流传着一个故事，说的是在彭祖活到 750 多岁时，阎王爷有一天在翻看生死簿时，忽然发现年届 750 多岁的彭祖名字未被勾销，依然存留在生死簿上，便要追究判官和小鬼们疏忽的责任。判官和小鬼连声叫苦，说彭祖年富力强，几回用铁钩金索拘扣他时，均被他用气力胀断，还砸伤了差鬼。阎王爷便亲自出马变成一个游方郎中，叫一小鬼变成瘸脚小童，假装行医到彭祖家中拘拿彭祖。750 多岁的彭祖因高寿变成了“人精”，见游方郎中眼露凶光，知道是阎王爷变身找上门来了，便拉起话题，大说民间流传阎王爷因受到马屁精吹捧，飘飘然给其滥增阳寿的故事。阎王爷听后大吃一惊：怎么我阴间糗事阳间也知道？赶快夹着尾巴逃之夭夭。彭祖又因此获寿。

爱听好话，爱受褒奖，是人的一种天性。刚懂事的孩童一褒奖他就喜笑颜开，一骂他就哭哭啼啼。然而人到成年懂得是非标准，就当懂得正确对待褒贬，正确对待表扬与批评。老爱听人家说好话而听不进批评的话，是素质不高的表现；见错不敢提出批评意见而只会好话逢迎，也常会惹人非议。那种为了私利无品无格专会肉麻吹捧他人的人，更是令人侧目甚至不齿。尤其是有一官半职的人，更要严防陷入爱人家奉承拍马的怪圈。人若迎客或相会，见面时难免会说几句客套话，如闻客套过头了就当引起警醒：此君是否马屁精？

假作真时真亦假

明朝的“东厂”与“西厂”是皇帝私设的特务组织，直接为皇帝大老爷负责与服务，朝廷大臣和地方官员都趋之若鹜，畏之如虎。汪直是“西厂”的提督，权势熏天，一时成为四方政要巴结之对象。时有一闲人名叫杨福，曾在北京崇王府当过内使，对朝廷礼仪和官场风气略知一二，某日遇一熟人，说他长相酷似汪直。他听后灵机一动，便叫熟人充当校尉，自己冒充汪直，开始进行官场诈骗的行程。

假汪直从南京起程，沿江浙一带直往福建。沿途官员听说皇帝身边的大红人要来巡视，一方面战战兢兢，唯恐逢迎不周丢掉乌纱帽；另一方面又使尽浑身解数，极力奉承巴结以图早日晋升。假汪直一路声称要廉洁奉公不扰官扰民，他那“校尉”却一路吃拿讨要横征暴敛，搜刮大量钱财。当他趾高气扬“巡视”到福州时，福州镇守太监卢胜见他没有任何皇家信物，产生怀疑。经过细心盘查后，终于查清这是个假冒的“王牌”。杨福后来被判处死刑，那个假冒的校尉亦锒铛入狱受到严惩。

此案石破天惊，轰动朝野。那些费尽神情陪吃陪喝又倾尽钱囊送金送银的官员，既捶胸顿足又无地自容，直叹“赔了夫人又折兵”！此案也吓怕了各级官员，纷纷竖耳环睛，提高警惕，生怕再掉入骗子设置的陷阱。嘉靖四年，朝廷派出锦衣卫到广东巡视侦查。广东副使孙懋和按察使张祐怀疑他们的行踪和举止，几番察言观色兼旁敲侧击，认定这班人是冒牌的货色后，便把他们拘留起来严加盘问，没想到捅到的竟是真正的马蜂窝。后来这两个官员均以“抗旨欺上”的罪名被投入监狱。

以假乱真、真真假假的事历来不断。吴承恩所著的《西游记》中，亦曾出现真假如来、真假唐僧、真假猴王、真假八戒的故事。官场出现假作真时真亦假的现象，主要是管理上出现的漏洞，让骗子有机可乘。如果上下政情交流通畅，行禁手续严密，就可堵塞假冒者的行骗之路。其次是官本位的私欲在作怪。有些官员或想保住乌纱，或想做大乌纱，导致利令智昏而不辨真假，终究上当受骗。加上封建专制程度官大一级压死人的陋习，往往造成基层官员不敢随意怀疑或查问上层官员的身份和真假。类似孙懋、张祐这样的官员虽然怀疑错了，但他们保持警惕的精神应当得到褒奖才对，由于怀疑的是高官，便将他们锒铛入狱。如此这般，让假冒和行骗者大行其道，也就不足为奇了。

历史上出现过的现象仍然不时在重复。时至今日，不但出现了自称来自高层的假官员，还出现假荣誉、假证书，而且多是世界顶级的，在引诱一些追求名利者上钩。人们应当随时保持清醒的头脑，谨防上当。

张齐贤献策吃肉

张齐贤是北宋名相。他出身贫寒，因“体态丰大，饮啖过人”，一个人顶过五个人的饭量，当官之前经常在街头等人施舍，从没吃过一顿饱饭。但他穷不夺志，刻苦好学，满腹经纶。有一次他遇上宋太祖赵匡胤銮轿经过，竟斗胆拦路献上治国十策。宋太祖听后认为四策可用，他竟当场跟皇上争辩，说十策都可用，气得赵匡胤把他扫地出门。赵匡胤事后对他的接班人赵光义说：“此人有才，日后当加重用。”

由张齐贤食量大和拦路献策的史实，民间又演化出“张齐贤献策吃肉”的故事：某日宋太祖出巡，遇张齐贤拦路，说要提一些合理化的建议，为国家建言献策。太祖听后说这是好事，吩咐侍卫带他回宫再谈。回到皇宫已是晌午，张齐贤并不献策，而是张开鼻子四处闻。太祖见他饿得不行，便让他与侍卫共进午餐。当一大盘牛肉端上来时，他风卷残云一扫而光。太祖见他那副吃相十分吃惊，吩咐再端一盘看他能吃多少，又见他三下五除二把盘底扫个精光。他吃完第二盘牛肉后不谢皇上，又睁大眼睛瞪着厨房。太祖又示意端上第三盘牛肉，他又舞动筷子埋头大吃。太祖笑着走过来用手敲敲他的脑瓜说：“停一下！停一下！我问你几个问题，看你能否回答得上？”他头也不抬，一边向嘴里塞牛肉一边说：“皇上你问吧！我边吃边回答。”皇上一边提问题，他一边嚼着牛肉一边回答，嘴里忙不过来就用脚在地上画画进行“图解”。等第三盘牛肉吃完后，他才抹抹嘴巴站在一边。太祖见他吞吐如水、对答如流，哈哈大笑说：“奇人！奇人！食量大，学问也好。还能再吃吗？”张齐贤说：“就看皇上还让不让吃，如肯，我还可以吃三大盘。”引起在座人们哄堂大笑。

太祖交代御厨把熟牛肉都打包让他带回家去，并交代他吃饱后继续研读经书，以图日后报效国家。

张齐贤果然是“食量大，学问也好”。他考上进士后，除担任地方官，还先后两次入阁为相，长达 21 年。他以天下为己任，以致君于尧舜为目标，关心百姓疾苦，常深入民间了解政治得失、地方利弊。他任衢州通判时复核一起盗窃大案，发现有五人无辜受到株连被判死刑，当即给予平反。在担任枢密使掌管军国大事时，遇上杨业边关战死、潘美临阵脱逃的危局，先后两次用智用谋大败辽兵，维护边境稳定。退休后与一批文友饮酒吟诗，优哉游哉，自得其乐，著有《洛阳缙绅旧闻记》《孝和中兴故事》等书，享年 72 岁。后人评他一生“政治上有所作为，军事上足智多谋，文学上颇有建树”。看来，不管为人为官，还得“能吃会喝，能干会说”。只会吃吃喝喝不懂得在实践上和理论上升华，人们会说他是“饭桶”；能干会说但吃喝功能不振，缺少身体健康的“本钱”，亦难干好工作。“食物链”连着“工作链”，才是活链！

华佗之死

华佗是我国古代神医，也是民间传说最多的古代民间医圣。罗贯中在《三国演义》中描写华佗为关羽刮骨疗毒，凸显关羽的神威和华佗的神技，但这个情节是虚构的。据后人考证，关羽在刮骨疗毒时华佗已经死了。但华佗为曹操所害却是铁的史实，只是故事情节与民间传说略有差异。

据说曹操在官渡之战时头风发作，剧痛难忍，急请华佗医治。华佗说："丞相可能早年头部受过撞击，年轻时发作不起来，到年老气衰风寒容易进入脑髓，加上操劳过度，便容易发作，需用针灸兼服药汤治疗。如要根治，则需剖开头颅，取出风涎。"曹操回想当年濮阳之战误中吕布埋伏，在冲出城门时曾被烧塌的城木击中头部，觉得华佗说得有理。但他不想开颅取涎，便留华佗在身边以便防治。

华佗本是士人，一身书生风骨，多次婉拒为官的举荐，乐于在民间行医，普救众生。他不愿意长锁相府，便托故老婆生病请假回家，一去而不复返。曹操派人查问，见华佗正在为百姓治病，他老婆并无患病。曹操一听大怒，认为华佗蔑视自己，命人把他抓进监狱然后处死。有谋士劝阻："华佗乃神医，关乎百姓生死性命。"曹操不听。临刑的前一天晚上，狱卒告诉华佗此事。华佗欲把他一生总结的医书《青囊经》相送，狱卒畏罪不敢收。华佗悲愤地把《青囊经》付之一炬，并在墙壁上题下诗句："竹帛烟灰怒火横，儒衣长恨斥曹营。伤心儿女断头夜，不负天下负拙荆。"然后仰天大呼："天网恢恢疏而不漏。曹孟德必将自食其果！"这年冬天，曹操的爱子曹冲患病久治不愈，人说此病非华佗不治。曹操才后悔莫及，只能眼睁睁地看着爱子死去。

事后有脑瓜进水的文人，也许官瘾太重，以小人之心度君子之腹，揣测华佗可能想向曹操要官不成，才离开曹营要挟曹操。此议引起世人的臭骂。现存谯县“华祖庙”留有一对子：“医者剖腹，实别开岐圣门庭，谁知狱吏庸才，致使遗书归一炬；士贵洁身，岂屑侍奸雄左右，独憾史臣曲笔，反将厌事滂千秋。”华佗行医，见患者不可治，均明言直告，不故弄玄虚诈取钱财。某日见一患者后明告其亲属：“不治也！五日后必亡。”果如其所说。民间根据这段史实又编出一个故事，咒骂那些诬蔑华佗的人：某布店一学徒诬说华佗神医乃是欺世盗名。某日老板按店例宴请学徒，该学徒酒足饭饱后见华佗从远处走来，便一蹦而上躺在布桌上，装病要作弄华佗。华佗看后说，“无治也！今夜必亡。”便辞别而去。那学徒因吃得太饱又猛跳上桌，胀断了肚肠，不可救药而死。

曹操杀死华佗，缘于“权力的傲慢”。权力傲慢的结果是爱子的不救，按老百姓的话说叫“报应”。而那些讥讽华佗的人，也同样遭到老百姓的“报应”。世事如此，奇哉！

神仙永远有理?

《泉州民间故事》收集了两篇有关仙公山神明运梦的传说。一篇说清朝顺治年间，年方18岁的书生李光地从安溪赶赴省城应试，赴考前特地到泉州仙公山寺庙拜神求梦，预测功名和前程。当晚李光地睡在仙公案桌下，朦胧中梦见一仙人对他说:“你要去赴考是‘功名无心想，富贵两不成’。”李光地梦后十分失望，但回想多年苦读，应试机会总不能白白丢失，便来个“死虎当作活虎打”，结果考中举人，后又进京会试考中进士。他先后任文渊阁大学士和首辅阁臣，曾“七天权君”，代天子听政。有一年李光地回泉州休假，与旧友相逢时谈及当年仙公山求梦一事，感慨当时如听信仙言，则无今日前程，责怪仙公误人子弟。众人附和，准备第二天上山捣毁仙公寺庙。寺庙道人听到消息后急来求见，释解说“功名无心想”的“想”弃掉“心”字即为“相”，暗示你日后会当宰相;“富贵两不成”系指你那年中举时是戊戌年，“戊戌”二字都非“成”。李光地听后“如梦初醒”，改口盛赞“仙公真神仙也!”不但赞助银两修葺寺庙，还题写“真神仙”匾额悬挂其间。

另一篇说有一秀才到仙公庙祈求仙梦，按道士指点卧睡在案桌下，朦胧中见一仙人走到他眼前，在他左手掌上写一个“才”字，然后又在他右手掌上写一个“无”字。秀才醒后反复看着两个手掌，从这边看过去是“才无”，从那边看过来是“无才”，心里直叫苦:神仙说我“无才”，看来是科举无名，前程无望。但他经过苦读，最后却考中进士，心里直埋怨神仙不灵。后来他官居巡抚，庙人说“才无”两个字合在一起就是“抚”字。他听后亦盛赞:“仙公真神仙也!”

这两个传说异曲同工，都在表明神仙不管怎么说都是有理。你如果科举不第，我已明白告诉你:“功名无心想”“才无即无才”；如果你考中了又当了宰相、巡抚，我早就给你暗示:“想”无心即“相”,“才”加“无”即“抚”。这叫“玄机”，唯我神仙知道，只因你是凡人不懂罢了。但如有凡人斗胆去责问神仙，神仙则可回答说:“因为我是先知先觉的神仙，掌握了‘玄机’；你是后知后觉的凡人，‘玄机’不可泄露。因此，凡人总得听神仙的。”于是乎，作为凡人的李光地和秀才听了神仙的解释后，不但不怀疑神仙明示的谬误，反而对神仙的“玄机”崇拜得五体投地，先后纵情高呼:“真神仙也！”

然而，人间的凡人难道就永远不能变成神仙吗？神仙们难道可以永远掌握‘玄机’吗？难道他们说什么话都会永远有理吗？

刘太公的尴尬

刘邦的老爹在史书上没有名字，都称他为“刘太公”，说书的有时则称他为“刘邦他爹”。刘邦在家里排行老三，年轻时一不读书，二不挣钱，三不养家，游手好闲，光会聚集一班朋友偷鸡摸狗，吃喝玩乐，气得刘太公直骂他“无赖”。刘邦因此跟他老爹产生感情隔阂，曾说他不是他老爹下的种，是他老娘雨天在野外跟龙王爷爷苟合传下的“龙种”，让他老爹戴上绿帽又无可奈何。刘邦后来起兵与项羽对峙，项羽挟持刘太公当人质，扬言要将刘太公烹杀。刘邦说：“烹杀后当分我一杯羹。”刘太公听后心里又是叫苦又是叫骂。

幸亏刘太公当年没有被项羽烹杀，让他后来看到被自己骂为“无赖”的儿子当上了西汉的开国皇帝。刘邦有一回当着众大臣的面责问他老爹：“你当年说我‘无赖’，今天我当了皇帝，如何？”好在刘太公为人憨厚面皮也厚，不知什么叫“无地自容”。但埋怨归埋怨，刘邦为了以身作则当天下人孝敬父母的表率，每过五天总要按规矩孝拜老爹一次。刘太公的侍从有一次对他说：“你与皇上虽然是父子关系，在家里他要孝敬你；但皇上是一国之主，你跟他却是君臣关系，哪有皇上老是跪拜臣子的道理？”刘太公一听心里直发毛，到刘邦再次来孝拜他时，他一边拿着扫帚一边惊惶得直往后退：“皇上是万民之主，我岂能乱了天下规矩？”后来刘邦便封他为“太上皇”，他才名正言顺地接受皇帝儿子的朝拜。

曹雪芹在《红楼梦》中写到刘姥姥进大观园的故事，而在1800多年前，就已出现了刘太公进大皇宫的故事。刘太公虽然在皇宫里吃香喝辣，却整天郁郁不乐。他一辈子干农活，有空便跟乡亲们闲聊。进皇宫后没地可种，又无左邻右舍可交谈，闷得发慌，便经常拿起扫帚和太监们一起打扫皇宫的环境卫生，还勾肩搭背地跟他们厮混。刘邦感到很不成体统，便为他围建一大片城邑，把他在老家的左邻右舍包括猪猫鸡鸭狗，统统迁到这片城邑中来，让他和乡亲们一起种田耕地，一起拉呱，一起逐鸡赶狗，才了结他心中的闷事。

通过刘太公的尴尬，可以品味刘邦从“无赖”到皇帝的过程，实际上是他丰富社会实践的过程。刘邦早就存有对秦始皇取而代之的心志，他浪迹江湖，实际上是在为实现他的心志奠定基础。他以丰富的社会阅历，驾驭了一大批知识丰富但社会阅历比他少的人才，有如当今有些文化程度不高但社会实践丰富的老板，在聘用一批高级知识分子一样。再者，长期形成的生活习惯和思想观念，往往让一大部分人在短时间里难以改变。长期劳苦受累的人突然变成了“太上皇”，从充满猪屎牛粪的田园突然进住金碧辉煌的皇宫，有如当今久居农舍的父母，突然入城进住儿女的高级住宅一样，都会感到十分陌生而苦恼。古今现象如此相似，非常引人思考。

老村嫂向皇帝讨债

刘邦在家里排行老三，村里人都叫他“刘三仔”。他当上皇帝后称“汉高祖”，便带上他父亲“太上皇”刘太公，衣锦还乡回到老家沛县阳里村。村里人听说皇上和太上皇要返乡，大清早就聚集在村头路口迎候。

晌午时分，只见豪华的龙辇上端坐着威风八面的汉高祖，后面是他的父亲太上皇。刘邦家原先的邻居翁二嫂年过六旬，在她儿子翁虎的搀扶下，也摇摇晃晃地前来看热闹。当她看见龙辇上的刘邦时，竟惊呼：“咳！那坐的不就是刘三仔吗？”旁边一乡民喝道：“别瞎说，那是汉高祖。”她又高声说道：“哟！改名啦？他怎么改俺也认得。”皇廷护卫上前要把她赶走，太上皇刘太公赶快阻止，说他是俺早时的穷邻居。没想到翁二嫂又冲着龙辇上的刘邦说：“好你个刘三仔！你当年在村里整天不干正事，招一班人整天吃喝玩乐，偷鸡摸狗。那年俺生下虎儿正坐月子，娘家送来一只老母鸡，没想到被你刘三仔给偷去下酒，害得俺虚着身子好几天都挤不出奶水。多少年头过去了，我从没向你爹说过要讨回老母鸡。今天你出息了，又改名汉高祖，按理说你也该归还俺那只老母鸡了。”面对这个胆大无知的村妇，竟在大庭广众之下向皇帝讨债，刘邦非常尴尬，赶快叫手下给她一些银子让她闭嘴。没想到翁二嫂竟不领情，坚决退还银子说：“你当年偷俺一只老母鸡，今天还俺一只老母鸡就是了，拿这么多银子，人家以为俺翁家要诈你刘家的财。”刘邦被这村妇给气乐了，马上叫地方官去买一只老母鸡还她才算了事。

在刘邦回乡之前，沛县县令借接待皇上之名，挨家挨户派款。翁二嫂家里没钱，一头羊被抓去抵押。刘邦返回京城后，翁二嫂想起皇上偷的鸡讨得回来，县令抢的羊肯定也讨得回来，便去县衙要讨回那只羊。县太爷一怒之下给她挂上“向皇上讨债”的罪名，打断了她的一条腿。后来刘邦为他父亲建了一片城邑，把父亲当年的邻居都迁到城邑中陪他种田，翁二嫂也迁来了。刘太公见她断了一条腿，问明缘故，便把情况报告刘邦。刘邦说这次返乡费用都是朝廷拨款，怎会向乡民派款呢？便派人细查，原来是县令借名搜刮民膏，中饱私囊，便下令把县令处死。刘邦见翁二嫂的儿子翁虎出身贫苦，为人老实，便派他回乡当县令。没想到翁虎因长期受人欺压，当官后竟产生一种畸形的报复心理，比前任更加横征暴敛，鱼肉百姓，还害出人命，最后也被刘邦处死。翁二嫂直问苍天：“我好端端的儿子，怎么当官就变坏了呢？”

故事表明：翁二嫂是个淳朴、耿直、不贪不占的农妇，可惜她未能把这良好的家风传承给下一代，这是她的悲哀。翁虎出身贫苦，但素质低下，心理畸形，一进官场，忘乎所以，未能传承良母遗风，必然造成自己的人生悲剧。

城隍爷的臭架子

乡下人供奉土地爷，城里人供奉城隍爷，是古代人们的一种习俗。可是后来城隍爷竟成为土地爷的上司。到朱元璋当皇帝的时候，又给城隍爷大晋官衔，凡京城和全国几个大都市的城隍爷都官居正一品，各府、州、县城的城隍爷亦分享公、侯、伯等爵位，与当地行政主官同一级别。

城隍爷和土地爷一样，都是老百姓心目中的保护神。许多地方的百姓总是把一些过去的英雄或忠臣，作为当地城隍爷的化身，祈望他们能够像生前那样佑护老百姓，如南宋的文天祥、西汉的霍光，分别被尊为北京和上海的城隍爷。城隍爷和土地爷一样，也曾作为反面人物受到人们的揄揶和奚落，《中国寓言小故事》有篇《城隍爷的臭架子》，是其中一例。

话说古时候某沿海城市遇到特大风暴的袭击，把一座厕所化为平地。某雕刻匠看到一根倾倒在茅坑里的木柱十分粗壮，质地又非常坚硬，便拾回用清水洗净后，把它雕刻成城隍爷的神像，剩余的木头则雕成判官和小鬼。一信徒见雕刻匠手艺高深，雕刻出来的神像栩栩如生，便用高价买下这组神像，供奉在城里的城隍庙。

这新的城隍爷取代旧的城隍爷坐上神位后，判官、小鬼分列两旁，自是神采奕奕，威风八面。他见前来庙中烧香敬奉的人不多，供品稀少，香火不旺，十分恼怒，便令小鬼下去民间作乱，让城里火灾不断，瘟疫蔓延，逼迫城民前来庙中烧香进献。城民们为了消灾祈福，纷纷带上丰盛的供品到庙中求拜，城隍爷自是喜上眉梢。但城隍爷发现全城只有那个雕刻匠不来烧香，便又令小鬼去把他押解到庙中堂审，责问他为啥

“目中无神”。雕刻匠立而不拜，冷冷地说：“你乃出身于厕所一根臭木头，是我把你洗干净后，一把刀一把锉辛辛苦苦把你雕成现在这般模样，让你威坐神位，享受四方香火。你不思报恩，还对我摆出这副臭架子。”城隍爷又是吹胡子又是瞪眼睛喝道：“大胆狂徒，胡说八道！”雕刻匠说：“你不要吹胡子，你那把胡子是我用女人的头发粘成的；你不要瞪眼睛，你那双眼睛鱼目混珠，是我用鱼的眼睛套上去的。小心把你的小胡子吹落下来，把你的眼珠子瞪凸出去。”城隍爷一听，情不自禁地一手去抓胡子，一手去揉眼睛，竟把胡子抓落下地，把眼珠子揉出眼眶。从此以后，城隍爷再也抖不出威风，摆不起臭架子了，城民们也不再上庙烧香了。

这个故事的寓意不言而喻：老百姓是天，老百姓是地，老百姓是官员们的衣食父母。特别是出身基层的官员，更不能恣意欺侮身边的老百姓。老百姓赋予官员的，是为百姓谋利益的权力，而不是要威风、摆架子、吹胡子、瞪眼睛的权力。

“一鸣惊人”的背后

楚庄王是春秋“五霸”的霸主之一，也是春秋时期最有作为和影响的君主。中国古代有好几个成语，都是从他身上冒出来的，什么“庄王葬马”“饮马黄河”“问鼎中原”“因猎求士”“绝缨之宴”，等等；而经常为今人所引用的，则是那句“一鸣惊人”。

楚庄王刚坐上王位时，昏聩闭塞，贪图酒色，不理政事，国内曾出现公子仪发动的叛乱，周围国家对楚国虎视眈眈。有一位大臣曾借助一只大鸟的故事，劝谏他以国事为重。他说：“此鸟三年不飞，一飞冲天；三年不鸣，一鸣惊人。”另有一位大臣也劝谏他要脱离酒色，重振国威。后来他终于振作起来，开始实行富国强兵的改革，逐步攀登春秋霸主的顶峰。在这个过程中，楚国王后樊姬发挥了重大的作用。

樊姬不但长得美艳，且为人贤惠并极具政治眼光。她不单纯靠美貌而邀宠，而是运用自己的美丽与智慧，从多方面规劝并引导楚庄王戒淫乐，重朝纲。她虽为王后，却从不嫉妒楚庄王有多少嫔妃，还严格按品貌俱佳的标准，亲自挑选美女充实后宫，防止有貌无品的“妖姬”服侍君王。她见楚庄王酷爱打猎而荒废政事，多次劝阻不听，便以坚强的意志长期绝食肉类。楚庄王见宠爱的王后严重营养不良、日益消瘦，心疼得很，便决心不再打猎，专心国事。楚庄王在朝廷宠信一个只会谋私、光会空谈的丞相虞邱子。樊姬见他常听虞邱子瞎吹而废寝忘食，有一次下朝时问他：“怎么这么晚才下朝？”楚庄王说我在听贤相忠臣说话。樊姬听后哈哈大笑说：“我入宫后服侍大王 11 年，并不想让大王专宠我一人，先后挑选多批美女晋献大王，其中品貌超过我的有两人，与我相当的有七人。而虞邱子任丞相也 11 年，除了推荐任用一班自己的宗亲外，并无见他推荐任用其他贤人，也不见他罢免哪个不贤的人。知贤不荐是不忠，知罪不免是不贤。难道虞丞相是一个值得专宠的贤相忠臣吗？”楚庄王听后觉得有理，第二天上朝时把王后的看法告诉虞邱子。虞邱子听后吓得屁滚尿流，从此躲在家里不敢上朝，为了将功补过，赶紧推荐一个名叫孙叔敖的贤人给楚庄王。这段故事被后人归结为成语“因猎求士”。楚庄王任用孙叔敖后实行一系列改革，三年后终于称霸中原，实现了当初所说的“一鸣惊人”。

人们常说：一个成功男人的背后总有一个伟大的女人。樊姬就是这样一个伟大的女人。楚庄王的成功离不开他手下文臣武将的努力，但樊姬的重大作用是不容忽视的。如果没有她在幕后极力促成“因猎求士”，就很难有楚庄王在政治舞台上的“一鸣惊人”。在“一鸣惊人”的背后，付出了樊姬多少的心血。由“一鸣惊人”的背后，使人们看到了明星演员精彩演出的背后，看到了官员们慷慨演讲的背后……

公吹牛皮婆吃醋

中国人所说的“吃醋”，用于形容老婆容不得老公跟别的女人好，就像老公容不得老婆跟别的男人好而戴“绿帽”一样。而“吃醋”这个典故，则来自唐朝名相房玄龄的老婆卢夫人。

房玄龄是唐朝的开国功臣，与另外一位功臣杜如晦共同为唐太宗出谋划策，被称为“房谋杜断”，为唐朝的建立和发展立下了卓越的功勋。房玄龄在朝野有两个出名：一个是实干；一个是“惧内”，也就是怕老婆。有一回唐太宗宴请群臣，到了“酒入仙境”之时，君臣开始谈天说地，纷纷取笑房玄龄畏妻如虎，堂堂宰相见到老婆就像老鼠见到猫一样。房玄龄却拒不承认。他乘着几分酒意，大吹他在家中如何展现雄风，如何夫唱妇随，臣僚们听后无不哈哈大笑。唐太宗说：“你既然不怕老婆，我赐你两位美人，今晚就带回家去。”房玄龄一听傻了眼：我刚才这个牛皮吹大了。今晚把两个美人带回家，老婆子不剥我一层皮才怪哩！如不带回家，一是君命不可违；二是大话出口就像泼出去的水难收回。大将尉迟恭见他迟疑，便瓮声瓮气直给他壮胆打气：“皇上所赐，料相爷夫人也不敢抗旨。”

房玄龄无奈，只好忐忑不安加小心翼翼地把两个美人带回家。果不出所料，卢夫人见老公深夜带回两个美人，指着老公的额头破口大骂。房玄龄说这是皇上所赐，不带不行。卢夫人才不管它行不行，抡起鸡毛掸子左右开弓大打出手，把两个美人轰出门去。唐太宗第二天派人传房玄龄夫妇入宫问罪。唐太宗对卢夫人说：“今天要么你把这两个美人带回家，要么你把这坛毒酒喝下去。”卢夫人听后二话没说，端起坛子咕噜噜直灌下喉。房玄龄见景急得头上冒汗裤底湿尿，一边跪着给唐太宗求情一边抱着卢夫人痛哭，众臣僚却在一边掩嘴窃笑——原来那坛子装的不是毒酒而是醋。唐太宗见后也开怀大笑："这样的女人我见了都怕，何况房玄龄！"

其实，房玄龄并非"惧内"，而是感戴卢夫人。他年轻时有一回患重病以为无救，曾叮嘱卢夫人："你还年轻，我死后你不要守寡，当善事他人。"卢夫人听后，饱含泪水到帷帐中剔其一目以示忠贞。房玄龄病好以后，以忠贞报答忠贞，从不纳妾，且处处事事敬重并顺从卢夫人。卢夫人亦处处事事对房玄龄体贴入微，对丈夫的衣食住行均亲自料理，不容他人插手。夫妇俩相敬如宾，本是一对模范夫妻，但传到外头，却说成房玄龄"惧内"。房玄龄作为一代名相，本可运用各种机会解释老婆的贤惠，解除外界的误解和误传，可他却用吹牛的方式抬高自己的"雄风"，掩盖了老婆的忠贞与温柔，结果惹出了一场风波。要不是唐太宗开明，这欺君之罪可不是好受的。看来，不该吹的牛皮，还是不要乱吹的好。

施耐庵写《水浒传》

众所周知，《水浒传》是施耐庵的经典之作。那《水浒传》又是怎样写成的呢？在施耐庵的老家，流传着不少施耐庵写《水浒传》的传说。

施耐庵从小就勤思好学。早时他除了读书，还经常到街上听说书的讲青面兽、花和尚、黑旋风等梁山人物故事。他当官后也经常关注和考察与梁山人物有关的景点和古迹，在杭州任职时，曾去凭吊当年宋江在六和塔伏兵的地方，瞻仰涌金门张顺归神的庙宇，寻访清河坊西门庆药店的遗址。辞官后又多次请渔父驾舟，到水乡与艄公、渔民、盐民交谈，了解水乡的风情民俗，为日后的创作奠定了感性的基础。

在日常生活中，施耐庵非常注意搜集和提炼与创作有关的素材。他听到当时有一位义士因打抱不平杀人被流放，公差将他押解到荒林中想要加害的故事，便揉进鲁智深大闹野猪林的情节中。有一回他在构思时，听见门口出现异常，出去一看，一只芦花鸡被人偷走了，后来查清是邻居李大偷去给他患病的老娘补养身子，便对李大说："我今夜在中梁藏挂几包钱银，你如偷走我不知道，我便不怪你偷鸡之罪。"当晚他与老婆分外提防，到翌日晨李大归还钱银时，他还不知道梁上钱银已被偷走。他详细了解偷钱的经过，把时迁盗窃徐宁的雁翎圈金甲描绘得活灵活现。武松景阳冈打虎，他写了几稿都不满意。有一天他听到门口有狗在狂吠，出门一看，只见一醉汉跳过来跃过去，正在与一只恶狗搏斗。醉汉趁恶狗转身，猛地跨上狗背，拎起狗的脑皮子狠下几大拳，直把恶狗打死。他便把这些动作写进武松打虎的情节，十分逼真。

施耐庵写作一进入境界往往不能自拔。有一回他写到梁山英雄攻下大名府，柴进找吴用出榜安民时，他的外孙子“砰”地摔破一个碗，他竟大声吆喝：“按军法从事，严打三十大板！”吓得他外孙大哭。他老婆在旁边说：“芝麻大的事发什么脾气，要打他三十大板？”他才恍然大悟，笑说：“我以为梁山将士损坏百姓东西要严加惩罚哩！”在写到李逵归宿时，有一天夜里他梦见李逵拿着双斧问他：“施耐庵，你要让我怎个死法？”他回答：“让你去喝毒酒呗！”李逵听后气得挥动大斧哇哇大叫，把他吓出一身冷汗。他醒后觉得梦中这个情节合理，便把它写进书里。写李逵喝毒酒的神态时，他口中不时模仿发出“啧啧”的声音，楼下的小花狗以为主人要招呼它吃东西，接连跑上跑下，最后累死在楼梯下。

施耐庵写水浒告诉人们：生活是文学创作的源泉。离开生活靠凭空想象写出来的作品，如有一些电视、电影出现地下工作者一边在舞厅翩翩起舞，一边在交代秘密任务的镜头，常成为人们茶余饭后调侃的笑料。创作必须专注。只有专注，才有可能结出硕果，铸就神奇。

糟糠之妻不下堂

“糟糠之妻不下堂”，出自东汉初期名臣宋弘之口。宋弘追随刘秀与群雄争夺天下，有一次被敌军追杀时身负重伤，刘秀把他寄托在当地一户姓郑的人家养伤。郑家女儿冒着风险，每日起早贪黑不辞辛苦，煎汤熬药，嘘寒问暖，使宋弘十分感动，后来与她结为夫妻。刘秀当上皇帝后，见他姐姐湖阳公主新寡，想在手下大臣中给她物色一个对象。湖阳公主认为宋弘论才论品论气质，大臣中无一可与伦比。刘秀认为其姐年轻且美貌，远非宋弘之妻可比，便以皇帝之尊向宋弘提亲。宋弘却婉言谢绝：“贫贱之交不可弃，糟糠之妻不下堂。”面对从宋弘身上闪烁出来的道德光芒，刘秀不但不责怪，反而对他倍加敬重。

由“糟糠之妻不下堂”，再带出一个“老公、老婆”的传说。据说在唐朝时有个书生叫麦爱新，为考取功名，多年寒窗苦读。他妻子亦满腹经纶，却一直默默地关照他读书并经常给予指点。后来麦爱新果然金榜题名，当官后不久见满朝文武多是金屋藏娇，相比于妻子已徐娘半老，便滋生了另觅新欢的念头，但不敢对妻子明说，便在案头题写一上联“荷败莲残，落叶归根成老藕”，用于试探妻子的想法。妻子看后也写下“禾黄稻熟，吹糠见米现新粮（娘）”的下联，引用“糟糠之妻不下堂”的典故，讥讽丈夫的邪思遐想。麦爱新被妻子的才思和爱心所感动，自觉惭愧，便放弃了弃旧迎新的念头。妻子见丈夫回心转意，便又在案头写下“老公真公道”的上联，麦爱新见景又写上“老婆有婆心”的下联。夫妻俩恩爱如初，白头偕老。“老公”和“老婆”的称呼便由此沿用下来。

由东汉的宋弘，唐朝的麦爱新，再说及宋朝的秦香莲与陈世美，那简直是不可同日而语。从宋弘身上体现出来的，是一种对患难中滋生出来的感情的忠贞，是一种“海枯石烂不变心”的真诚表白；从麦爱新身上体现出来的，是一种面对地位的变化和新环境的诱惑而产生的游移，是他良心的热能稍有冷却后，又从妻子爱心之火的感暖中得到回温，终于又返回“恩爱如初”的轨道上；而陈世美为了贪图荣华富贵，不惜忘恩负义，抛妻弃子，人虽活，心已死，难怪最后要挨黑老包那狠狠的一铡刀。陈世美的故事由于老早就搬上了戏剧舞台，宣传得中国老百姓妇孺皆知，一些因贪权贪财贪色而不惜抛妻弃子的人，纷纷被社会道德法庭谴责为“陈世美”；但宋弘“糟糠之妻不下堂”的故事因没有搬上戏剧舞台，除有接触历史的人知道这个典故外，宣传面则不如陈世美那么普及。人们常说要“抓两头，带中间”。看来，在鞭笞陈世美反面典型的同时，还得宣传宋弘糟糠之妻不下堂的正面典型，以带动诸如麦爱新这样的“游移者”向宋弘看齐。

三种“二百五”

“二百五”是北方一些地区用来形容傻瓜、笨蛋或糊涂虫、莽撞鬼的代名词，据说是起源于战国时期。当时曾出现一位曾经“六国封相”的纵横家苏秦，不但才思敏捷，而且能言善辩，曾说动六国形成联盟共同对付秦国。有一回他在为齐王效力时，被人给暗杀了。齐王下令追捕凶手，凶手却逃之夭夭。齐王后来想了一个重金悬赏、引蛇出洞的办法：把苏秦的头割下来悬挂在城门上，还公开鞭尸并贴出布告，说苏秦是个大内奸，幸亏有不留姓名的义士为国除害，乃是一件大快人心之事，朝廷决定重赏义士黄金千两。时有四个人都说自己是谋杀苏秦的义士，一齐被送到齐王面前。齐王说：“你们都自称是义士，我也分辨不清，但赏金只有一千两，你们说怎么办？”四人说不然来均分，一人二百五。齐王后来把这四人都送上了断头台。“二百五”由此闻名遐迩。

到了唐朝时期，京城最高行政长官京兆尹出巡，前头总有一支浩浩荡荡的仪仗队，在仪仗队前面有一个负责吆喝开道的小官吏，手拿一根长杆在敲打回避不及的普通百姓，被称为“喝道伍佰”。由于大官员坐在后面轿上优哉游哉，“喝道伍佰”却在前头专干赶人打人得罪人的傻事，后来“扩编”为两人，人们便将原先单数的“喝道伍佰”÷2，改称他们为喝道“二百五”。

后来又出现一个民间传说，说是有一个秀才大半辈子苦苦读书，顾不上与妻子卿卿我我，结果好几回赴考都名落孙山，不但夺取不了功名，还耽误了传宗接代。到了年过五旬的时候，他感到心灰意懒，意识到功名夺不到，也不能再断子绝孙了，幸而老来喜得二子。他回首一生成败历程，感慨万千，便把老大命名为“成事”，老二命名为“败事”。他立志这辈人功名无望，也要让下辈人金榜题名，便整天关在家里教子读书。有一天，他想到久违的街上逛逛，便布置两个儿子在家做作业：大儿子写三百个字，小儿子写两百个字，叫他的老婆子严加看管。他出门回家后问老婆子：“儿子的字写得怎么样？”老婆子说：“写倒是写了，不过成事不足，败事有余，都写了二百五。”

三种“二百五”各有千秋。战国时期的“二百五”，是财迷心窍、要钱不要命的“二百五”；为了“二百五”，断送宝头颅。唐朝时期的“二百五”，是狗仗人势、恃强而凌弱的“二百五”；为当“二百五”，必为千夫指。传说中的“二百五”，是偏颇一端、一端又偏颇的“二百五”；为写“二百五”，全家当迂腐。当然，世间的“二百五”还有其他各种表现形式，绝非仅此三种。这就要求人们一定要不断提高自身的素质，既要懂得是非曲直，又要懂得审时度势。如果一个人光会唯财、唯势、唯功名，今后还会成为“二百五”！

堂堂宰相变瘟神

北宋时期，福建莆田的仙游县出了两个相爷：一个叫蔡襄，在泉州建了个洛阳桥，名垂千古；一个叫蔡京，与秦桧和严嵩一起被后人列为三个“大才大奸”的大奸臣，永远被钉在历史的耻辱柱上。

蔡京自进入朝廷之后，政治上极端腐败，生活上极其奢侈，不择手段榨取民脂民膏，无恶不作。他酷爱花石，专门派一班人到江南寻索掠夺奇花异石，称为“花石纲”;《水浒传》还专门写到为他庆寿的“生辰纲”。此纲彼纲，往往耗资巨万，无一不是从百姓身上榨取。为填补国库的空虚和满足他个人挥霍的需要，他还滥造货币，造成币制的极端混乱。

由于蔡京的恶政，民间怨声载道，戾气冲天，多少人在生死线上挣扎，多少人被迫上了梁山。其时民间把蔡京和童贯等六个权臣骂为“六贼”，蔡京被列为“六贼之首”。迫于民怨和舆论的压力，皇帝老爷子不得不把蔡京撤职并流放到岭南韶关。临行前，他把搜刮来的金银珠宝装满了一大船，自以为几辈子也花不完。没想到沿途数千里路程，老百姓一听到蔡京要来了，没有预先发通知、贴布告，就像躲避瘟神一般，不卖给他一粒米、一滴油、一棵菜，有店不让他住，有地不让他居，有水不让他喝。蔡京此时才仰天长叹：“京失民心，何至于此！”最后“腹与背贴”饥饿而死。死后无处掩埋，被以布裹尸收葬在无家可归者的“漏泽园”里。

蔡京的书法、诗词和散文造诣很高。尤其是他的书法，被时人称为“冠绝一时”“本朝第一”，跻身于北宋四大书法家苏、黄、米、蔡之列。苏轼赞其“独步当世”，米芾也曾当他的面“自愧不如”。由于他名声太臭，后人把四大书法家中的蔡京，换成书法造诣也很高的蔡襄。前些年，网上曾传出莆田将投专款修复蔡京墓，引起民意的强烈反弹。莆田有关方面赶快出来澄清：我们要纪念的是蔡襄，不是蔡京。

由“堂堂宰相变瘟神”的故事，联想到《民间俗语故事》中“鬼见愁”的传说。据说古时某地有个恶棍叫刘二，整天游手好闲，偷鸡摸狗，白拿白吃，还横行霸道。街上的人今天把他告进官府，过几天又放了出来，为害更甚。街上人为杜绝后患，便暗中商议一个办法：假意巴结他，请他来喝酒，在他的座位下挖一个陷阱，让他在就座时塌陷进去，然后把他给活埋了。那天刘二来吃请时，吃得大腹便便后拍拍肚皮走了，却安然无事。人们翻开陷阱一看，原来有几个小鬼在阴暗处顶着陷阱不让它坍塌下去。小鬼说：“你们阳间怕刘二，我们阴间也怕刘二。你们不要祸水下流。”

后人在评点《三国》时总结三句话：天时、地利、人和，而根本性的则是人和。人活世间，老是想去谋害人，而不懂得关照人，搞得人人避而远之，这是一种悲哀，一种失败！

木兰陂和九仙茶

蔡京虽被列为千古大奸，为万民所唾骂，但他在任上，还是为家乡做了一些好事，最为出名的是建造木兰陂和推广九仙茶。

仙游的木兰陂是我国现存的五大古陂之一，也是我国现存最完整的古代大型水利工程之一。木兰陂未建造之前，海水经常沿着木兰溪溯流而上，淹漫沿溪大片良田，害得农民经常颗粒无收。蔡京为官后，基于故乡的情结，上书朝廷并多方筹资，在家乡建造木兰陂。木兰陂建成后，有效地阻截了海水溯溪上涌，保护和促进了家乡的农业生产。

蔡京除了建造家乡的木兰陂，还推广家乡的九仙茶。据说有一天蔡京在相府设宴招待宋徽宗和皇后，安排的都是他老家仙游的特色小吃。当宋徽宗吃到“扁食”时，大赞这扁食比宫廷的水饺好吃多了，连那个蒜葱味入喉后，都会从喉中反串到鼻孔香溢出来；吃到那锅“干焖羊肉”时，又说宫廷烤羊肉完全比不上这干焖羊肉，既没羊膻味又脆嫩香醇；吃到那盘蟹肉蟹膏炒“兴化米粉”时，又盛赞这比宫廷的“龙须面”好吃十倍，不但赏心悦目，而且口感极佳；吃到那道香脆油腻的“鸡卷”时，直赞叹这卷起来的肉怎么会这么香味扑鼻，催涎欲滴；吃到那道用仙游红酒焖就的“九仙狗肉”时，更是情不自禁地狼吞虎咽。散宴后返回皇宫，他又不忘回头交代：明天还要再来品尝一次这样的特色菜。

第二天，蔡京为迎接圣驾再次光临，又作了精心的准备。到中午时分，宫廷太监前来禀告：皇上皇后因昨天吃得太好太多，今天还双双饱胀着肚子，在龙床上躺也不是，坐也不是，吃御医的药也无效，无法再来赴宴了。蔡京听后大吃一惊，揣测那是因为油腻过多消化不良引起的，便急忙从府邸带起一袋老家的“九仙茶”和咸制的桔柑赶进皇宫，当着皇上皇后的面，按家乡的传统制法，当场用九仙茶和咸桔煮茶熬汁。皇上皇后服用后，双双在龙床上接连开出几门“龙凤炮”，并先后打了几个嗝，饱胀的肚肠顿时恢复如初。自此以后，九仙茶便被作为朝廷贡品而闻名遐迩。

拿蔡襄和蔡京相比较而论，蔡襄为老家建造了洛阳桥，蔡京建造了木兰陂，都是利乡利民的千古工程。蔡襄由于立身正，为官公道正派，芳名万古流传。蔡京虽为家乡做了好事，但他四次入相，长达17年之久，长期鱼肉、压榨全国广大的老百姓。他对家乡的贡献，远远抵消不了他祸国殃民的滔天大罪。他世代被人们所咒骂，这是历史对邪恶的必然惩罚。这有如当今一些敛取不义之财的大款爷，虽然也撒出不少钱用于家乡的福利，但他捞的是害国损民的钱，其受到法律的制裁也是一种必然。不管是古人还是今人，只有为最广大人民大众谋利益，才能真正成为历史和人民之所爱。

严、蔡两家的官二代

严嵩是明朝的权臣，蔡京是北宋的权臣，两人都被后人列为史上大奸。晒一晒严、蔡两家的官二代并作个粗略对比，颇为发人深省。

严嵩任宰相二十年，恶名远扬，却非常忠于老婆、溺爱儿子。他一生从不纳妾，即使人家把美女主动送上门来也毫不动心。他的独子严世藩长得短项肥体，又一目失明，他却从小溺爱有加，利用自己的权势，不经科举而让儿子进入仕途，官至副部级的“侍郎”。皇上要严嵩拟就的奏对，严嵩经常让严世藩代拟，父子俩被称为大、小宰相。严世藩利用父亲的权势，大肆索贿受贿，连受到冷落的皇子向他贿钱也照收不误，还到处张扬：“连皇子都给我送银子，看谁不给我进钱！”严嵩有一回看到儿子往地窖里装满银子，感到目瞪口呆，却听之任之。严世藩不像他老爹那样忠于老婆，据说拥有27个姬妾，生活极其糜烂。他每日清晨醒来，要一班姬妾裸体伏在床前，仰起脖颈张开嘴巴当他的痰盂，称为“肉唾壶”。他在床上专门备有一种绣花的绫汗巾，称为“淫筹”，每与妇人作乐，便用上一条然后丢积床下，到年终才总清点，有一年竟用上973条。历来被当作淫秽小说的《金瓶梅》，据说书中西门庆的原型，就是这个纵情声色的严世藩。这个恶公子还阴养刺客，抢人妻女，劫人钱财，无恶不作。后来他老爹失势时沦落荒野四处要饭了结残生，他也因罪挨斩，整个京城竟然万人空巷，拍手称快观其受刑。

蔡京也有几个儿子，均借着他的权势入朝为官。其中老大蔡攸20来岁就成为“京裁造院”的监守，后又被赐进士出身一路晋升。非常有趣的是，蔡家兄弟在朝廷都横行霸道，但大公子蔡攸因巴结宋徽宗得到赏识，竟抱怨他老爹过于溺爱他弟弟蔡绦而跟老爹钩心斗角，分庭抗礼。他见老爹向皇上邀宠，搞搜罗奇花异石的“花石纲”，便另辟蹊径，经常带皇上微服外出，逛秦楼楚馆，眠花宿柳，以博得皇上欢心。他后来官居少师，便公开与老爹各立门户，别居赐地，还背后大要手脚，逼他老爹辞职，并要求宋徽宗诛杀他的骨肉兄弟蔡绦。后来蔡京遭贬饿死在流放的路上，蔡攸遭大臣指控其罪不亚于其父，亦被宋钦宗赐死。

人们常说权力是个大魔方。严嵩和蔡京两大奸臣玩弄这个魔方，从官一代玩到官二代，结果都不得善终。他们两家的共同点，都是利用手中所掌握的权力，父荣子贵，在特权的环境中为所欲为，无法无天，极尽贪婪、淫逸、骄奢之能事。所不同的是，严嵩只有独子，溺爱到什么程度不存在摆平的问题；蔡京却有多个儿子在官场，由于儿子们邀爱争宠且贪婪无度，竟出现父子兄弟之间因摆不平而互相倾轧的现象。魔方、魔方，一旦着了魔，就很容易出现塌方。

王旦的奇说

王旦是北宋真宗、仁宗时期一位声望很高的宰相。他考中进士后从七品芝麻官做起，直到担任十年宰相。死后宋仁宗亲笔御书为他立碑，称他为“全德元老”。

在史书上记载着两则有关王旦的奇说。其一，王旦考中进士后初任平县知县。早时传说平县县衙里经常“闹鬼”。王旦到任的前一天夜间，看守县衙的衙吏听到群鬼在衙里呼喊：“王相爷要来了，我们赶快躲离回避吧！”自王旦上任后，县衙里再也没出现“闹鬼”的事。其二，王旦担任宰相时，有位姓卢的官员夜送百两黄金，求王旦推荐他担任江淮盐运使。王旦义正词严拒绝说：“论你之才，不堪此任。我岂能收你私银而废之公道？”卢姓官员事后深恨王旦，好几回诅咒让王旦快死。某个夜间，卢姓官员梦见遭神明呵斥：“王公忠心于国，你竟心存恶念咒他快死，上天将要惩罚你！”卢姓官员被惊醒后汗流浃背，几天后竟然死去。

奇说之一虚幻成分较大，但反映出王旦的前任可能多是贪官，搞得冤案四起，民怨冲天。奇说之二亦真亦幻，但可能确有其事，因为弄奸作邪者心理阴暗，往往会感到心虚，梦见受“神明”呵斥后信以为真惊恐而死，合乎必然。

史书上之所以会出现并记载这两个奇说，当从王旦人品官品溯起。其一，荐官不谋私利。他任宰相期间，朝中大部官员均为他所推荐，却从没推荐过一个亲戚。其二，不求奢华，不置田产。其家人想添置一条价值千金的玉带，他说扎玉带只能给别人看，却加重自己身上的负担，何必呢？他为官清廉，不置私产，坚持儿孙当自立，不以父辈田产过活。其三，容人之短，引人之善。最为典型的是他“三愧寇准”的故事。寇准为官初期常跟王旦过不去，不时在皇上面前说王旦的短处，王旦却常说他的长处。有一回皇上对寇准挑明此事，寇准听后深觉惭愧。寇准在枢密院任职时，见相府呈皇上的文牍不符诏令格式，便私告皇上再予退回，王旦总是感谢；有一回枢密院的文牍不符格式，被相府堂吏发现准备报复时，王旦则交代退还枢密院重新处理，令寇准大愧不如。另有一回寇准私下要求王旦荐他为相，王旦说：“国家将相，岂可私求？”寇准以为不荐，心存不悦，不久后皇上竟然提升了他，他直谢皇恩，皇上说这是王旦所荐，你应当感谢他才对。寇准是历史上一个知错善改的典范，在王旦德量的感召下自愧万分。他见贤思齐，终于成为一代贤相。

王旦虽被宋仁宗誉为“全德元老”，但他并非完人。他自省一生最大的污点，就是迫于君命而违背自身意愿，追随宋真宗制造假天书的骗局。他至死都不能原谅这一重大的错误，交代家人死后给他剃去头发，穿上僧衣，以示自惩。由王旦的为官为人，可见上述两个奇说，并非全是虚构。

状元驸马之哀怨

在许多传统戏剧中，经常出现应考书生高中状元后，被皇帝大老爷招为驸马的传奇故事，影响最大的是陈世美抛妻弃子当驸马的《铡美案》。其实，中国自实行科举至科举终结，一共出现有名号可查的文武状元 777 人，其中只有晚唐时期的郑颢被招为驸马，戏剧中的状元驸马均是虚构的。

郑颢出身于名门望族。其祖父当过宰相，父亲当过兵部尚书。他依靠自己的努力，在唐宣宗时高中状元。唐宣宗有个女儿叫万寿公主，他很想在金榜题名的才俊中为女儿择婿，宰相白敏中极力推荐郑颢。怎奈郑颢与楚州（江苏淮安）卢家小姐自小青梅竹马，早有婚约。“金榜题名时，洞房花烛夜”，这本是人生两大快事，可就在郑颢披红挂彩赶往楚州娶亲时，白敏中却派人快马加鞭赶上郑颢，要其回头迎娶万寿公主。郑颢一万个不愿意，先是以与卢家有婚约为由极力推脱，后又跋山涉水逃到郑州避婚。白敏中又派人到郑州，把他从躲藏的小楼里押回长安。郑颢迫于君命，不得不娶万寿公主为妻，成为中国历史上唯一的状元驸马。

唐宣宗对他这个乘龙快婿很是关爱，专门交代他女儿不能摆皇家架子看不起夫家，干涉夫家事务。他爱好文学，经常与郑颢谈诗论赋，研讨科举诸事。郑颢弟弟病重，他专门派人探望，见女儿不闻不问却跑去看戏，气得大骂女儿：“难怪大臣家都不想跟皇家结亲！”郑颢婚后生活不美满不幸福，便把全部哀怨和满腔仇恨都发泄到白敏中身上。白敏中是唐朝著名诗人白居易的弟弟，为了升官发财善于溜须拍马，甚至不惜抢夺白居易升迁的机会。郑颢认定他是引入“第三者”和棒打鸳鸯的罪魁祸首，便经常抓住他的弱点在朝廷攻讦并弹劾他，唐宣宗总是装着没听见，后来不得不把他贬出朝廷到地方任职。白敏中怕再遭报复，临行前战战兢兢直央求唐宣宗：“望皇上今后多加庇护，不让老臣朝不保夕是也！”

有句俗语叫“皇帝的女儿不愁嫁”，其实是极大的谬误。中国传统的婚姻历来讲究门当户对，可天下皇帝只有一个，皇帝的女儿叫“金枝玉叶”，择婿不是叫“出嫁”，而是叫“下嫁”。然而，物以稀为贵，高处不胜寒。皇帝的女儿生在皇宫，在权势的熏陶中长大，自小娇生惯养，往往养成目空一切的定势，许多社会才俊都敬而远之，望而却步。历史上曾出现多起皇帝想招驸马时，被提亲的人家多以“已有婚约”或“身体孱弱”为由加以婉拒。单就唐朝，就出现好几个皇帝女儿嫁不出去的事例。要不是白敏中为了拍马逢迎讨好皇上，利用权力的魔杖强搞“拉郎配”，万寿公主也可能成为皇宫的“剩女”。可见，人与人之间特别是夫妻之间如果缺乏感情，往往会形同陌路，单靠金钱的诱惑或权力魔杖的挥舞，是不会得到真正的美满和幸福的。

丁显与“大红袍”

丁显是福建建阳人。他资禀聪敏，勤习好学，博通经文，能投笔立就，明洪武年间荣登“龙虎榜”，被朱元璋钦点为状元，年方28岁。

传说丁显在进京赴考途中经过武夷山，因病瘫倒在路旁，幸遇武夷山天心寺方丈下山化缘，急叫人把他抬进寺中，见他脸色苍白，体瘦腹胀，便将九龙窠采制的茶叶冲泡沸水让他喝下。连喝几碗后，丁显腹胀消退，脸色复原，几天后便康复如常。丁显辞别方丈时连连作揖：“感谢方丈见义相救，小生本科进京赴考如果高中，定当重返故地谢恩！”

丁显进京赴考后虽然榜上有名，但并没有进入前三名。朱元璋在钦点状元的前一天晚上，忽然梦见殿前出现一颗巨钉，在日光下垂挂几缕白丝。第二天他在阅看阅卷官报送的榜上名单时，发现丁显这个名字。繁写字的“显”上面“日”下面“丝”。朱元璋认定“钉”乃“丁”，日下悬丝乃“显”，与梦中景象正好吻合，便大笔一挥，钦点丁显为新科状元，后人由此称之为“梦幻状元”。

丁显高中状元后承蒙皇上恩准，返回武夷山天心寺报谢方丈救治之恩，事后又派人把寺庙整修一新。方丈说救治他的并非仙草，而是九龙窠的茶叶，丁显说想带些回京进献皇上。当时正是春茶开采季节，方丈便带人上九龙窠采茶制茶，用锡罐装好让丁显带回京城。丁显回京后正遇上皇后得病，百治无效，便取那茶叶冲泡让皇后服用，皇后竟逐渐康复。皇上大喜，命赐大红袍一件，披挂在茶树上以示“龙恩”；并下令派人专管，年年采制，岁岁进贡，不得私匿。从此后此茶便被命名为“大红袍”，任朝代更迭，专管从未间断。

丁显后来任翰林院编撰，因上疏时言辞过于激烈，惹怒了朱元璋。朱元璋为了磨炼他，治治他年轻气盛的毛病，把他贬到地方的“驯象卫”任职，先后 15 年，一时名流都与他成为莫逆之交，后病死在任所。朱元璋得知他英年早逝的消息后十分震怒，斥责“驯象卫”武将没有把他监护好，把他们全部撤职。

从丁显的一生看，他虽在京考中未能进入前三名而成为“梦幻状元”，但不失为一个才华横溢的青年才俊；他不忘武夷山方丈的救治之恩，可见他是个知恩图报的忠义之士；他敢于面对皇上慷慨陈词，又证明他是个刚直不阿的官员。他的不足之处，可能是少年得志，年轻气盛，初生牛犊不怕虎，没有充分估计到官场的风险；再则是不太注意工作方法，不懂得运用婉转或较为柔性的方式去反映问题，导致让皇帝大老爷下不了台，只好变换一种手法让他去基层锻炼锻炼再行重用，没想到竟一去不复返。滚滚长江东逝水，巍巍武夷大红袍。丁显留给后人的，当然还有其他许多感慨和联想。

武大郎与潘金莲

由于《水浒传》的故事家喻户晓，武大郎和潘金莲的名字无人不晓。武大郎成为侏儒和矮人的代名词，还衍化出“武大郎开店”等民间俗语。因武大郎在小说中是卖炊饼的，始制于春秋战国时期的土家族炊饼，在发展商品经济的今天，竟被冠以“武大郎炊饼”而形成产业集团。潘金莲则成为淫妇、荡妇的代名词，特别是经过《金瓶梅》的渲染，潘金莲淫荡的形象更为鲜明而突出。殊不知，这是一大历史冤案。

北宋徽宗年间确有武松其人，一度担任杭州知府提辖，因杀死横行霸道的权奸蔡京之子而获罪，后死于狱中。老百姓感其忠义，把他葬于杭州西泠桥畔，立碑“宋义士武松之墓”。武大郎是明朝人，名叫武植，在兄弟中居长，人皆称他为“武大郎”，与宋朝的武松同是河北清河县人氏。他个体高大，相貌不俗，博才多学，大比之年高中进士，后任山东阳谷县令，为官清正，政绩不凡，深受百姓拥戴。其妻潘金莲系名门闺秀，贤惠善良，与武大郎和瑟恩爱，育有四子。

堂堂相公，婷婷淑女，为什么会在《水浒传》一书中被丑化为如此形象呢？原来是一龌龊文人从中作祟。据说武植有一同窗名叫黄堂，科举不第，又遇上家中失火，便来找武知县借钱修房。其时正是春耕春播大忙季节，武大郎安排好黄堂的食宿后，一连半个多月天天忙于公务，黄堂以为受到冷落，便不辞而别。回家路上，他竟怀恨编造武大郎如何丑陋、其妻潘金莲如何淫荡的故事沿途粘贴。回到家里，他才知道武大郎已派人修好他家的房子，后悔莫及，慌忙又赶回原路撕毁粘贴的谎言。但泼出去的水已难收回，许多编造的故事已在社会上广泛流传。施耐庵当时正在到处搜集写作的素材，见宋朝的武松与当朝的武大郎竟同是清河县老乡，便“得来全不费工夫”地把它写进了《水浒传》。虽然小说不是正史，但其影响面广，移花接木的历史故事便这样形成了。

武大郎和潘金莲冤案的始作俑者，乃是那个心胸狭窄又心术不正的黄堂。你落难向人家借钱，即使人家不借，你也不能采取卑鄙下流的手段，极尽造谣诬蔑和诋毁之能事。当他发现自己做了违背良心的事后，虽想回头补救，却没有勇气去公开辟谣或公开认错，终使谬误延传。然而，卑鄙和虚假终究不得人心。据说20世纪50年代有剧团和说书的到武大郎的家乡武家村，要演出或开讲《水浒传》中武大郎和潘金莲的故事，当即被乡民们给轰了出去。1996年乡民重修武植墓，特地在碑文中铭记：“然岁月悠悠，历历沧桑，名节无端受毁，古墓横遭数劫，令良士贤妇饮恨九泉，痛惜斯哉！今修葺墓室，清源正名，告慰武公，以示后人。”2010年施耐庵后人施胜辰专程到武植墓前表示缅怀，并向武家村乡民表达歉意。真正挨人们万年臭骂的，乃是那个黄堂——荒唐！

王氏怒休戚继光

中国历史上常闻丈夫休妻，却乏闻妻休丈夫，但有两大名人却被老婆给休了：一个是清朝末位皇帝溥仪为其妻文绣所休；一个是明朝抗倭名将戚继光为王氏所休。

据《明朝那些曲》一书记载：戚继光还没出人头地的时候，家境比较清贫。他 13 岁定亲，18 岁娶将门之女王氏为妻，属于“高攀”。王氏十分贤惠，对丈夫体贴入微，家里煮鱼时，王氏常把最肥的部位让给丈夫吃，自己则吃鱼头鱼尾。戚继光见景，经常感动得热泪盈眶。王氏不但贤惠，而且有胆有识。有一回戚继光领军在浙江台州与倭寇激战，倭寇却暗中组织兵力想偷袭“戚家军”眷属居住的清河城。王氏得到情报后不慌不乱，动员并组织城里的男女一律穿上“戚家军”的军服，持枪掌戟分立城头。倭寇见景，以为“戚家军”的主力部署在城内，急忙拔腿后撤。戚继光回师清河后见小城安然无恙，对夫人大智大勇施展“空城计”佩服得五体投地。王氏威名由此震撼并激励全军，直贯京城。

戚继光功成名就之后，开始追求安逸，并滋长了喜新厌旧的思想。他 36 岁时纳一小妾沈氏，王氏因为不育，坦然接受这个现实。不到一年戚继光又纳一小妾陈氏，与王氏开始渐行渐远。到 48 岁时再纳第三个小妾杨氏，便开始冷落王氏。王氏回想婚后与老公甘苦相依，患难与共，把自己的青春、情爱和智慧全都献给了自己的男人，而今你功成名就，我人老珠黄，你因贪色，竟弃我如弃敝屣，一气之下，竟持刀欲跟老公算个总账。戚继光自知理亏，跟她玩“躲猫猫”，整天东躲西藏，私生活仍然不够检点。王氏见老公在抗倭卫国时虽是个民族英雄，但在家庭生活中却是个迎新弃旧的负情郎，便毅然“囊其所蓄，辇而归诸王”，即主动离婚，带着自己的积蓄，坐车返回王氏娘家。戚继光由此成为一个被发妻所休的男人。

戚继光一生征南战北，抗击倭寇，为的是维护国家的安全与民族的尊严，不愧是个民族英雄。但他对与自己患难与共的妻子却未能相濡以沫，这是他人生的一大缺陷。王氏敢于爱自己的丈夫，爱其抵抗侵略、维护国家尊严之长；同时也敢于面对现实，恨其贪色负情之短，努力维护自身的尊严。她是一个非常有个性和自尊的奇异女子。从王氏怒休戚继光的故事看，人无完人，金无足赤。从总体上说，戚继光虽有人性的不足，但与他抗倭的丰功伟绩比，乃是瑕不掩瑜，但其瑕疵则不应为后人所欣赏或仿效。王氏抗倭也曾写下光辉灿烂的篇章，其功绩虽不足以与戚继光相比，但其为维护女人自尊和权益而敢于休夫的举动，却令人钦叹不已。在保持和维护人的自身尊严方面，她比戚继光要高过一筹。历史舞台上人来人往，孰是孰非，真是让人评点不已，欣赏万般！

因贪小钱丢乌纱

清朝康熙年间的某一天，北京城里有一少年书生站在延寿寺街书铺看书。这时站在他旁边的另一个书生购买一本《吕氏春秋》，正在柜台前付款，不小心把一枚小铜钱掉落地上。那少年书生见景，便伸出脚板踏压住那枚铜钱，待到买书的书生出门后，他才弯下腰拾起那枚小铜板装进自己的口袋里。

在书铺一角的椅子上，坐着一位老者。少年书生伸脚踏钱、弯腰拾钱这一幕，全都映进他的眼帘里。他注视那位少年书生良久，便走过来跟他闲聊，问他叫什么名字，何方人氏，读些什么书。少年书生说他叫范晓杰，父亲在国子监任助教，他随父亲到国子监读书多年，今天出来闲逛，路过这家书铺，顺便进来看书。老者边听边点头，然后冷冷一笑，就跟他告辞了。

后来，范晓杰以监生的身份到誊写室就职，不久后又参加吏部考试合格，被选派到江苏常熟县任县尉。范晓杰高兴万分，便春风得意水陆兼程赶去常熟任职。到达南京时，他不忘赶去常熟县的上级衙门江宁府投帖报到，请求顶头上司接见。等了一天又一天，总等不到江宁府接见的消息。到了第 11 天，范晓杰再也按捺不住，便赶到江宁府前询问消息，府衙护卫官当场给他传达江苏巡抚汤斌的口谕："范晓杰不必到常熟任职，已列入被弹劾官员的奏章，已被革职了。"范晓杰一听傻了："我犯何罪遭受弹劾？"护卫官说："贪钱。"范晓杰听后赶快辩白："我还没走马上任，哪有赃钱可贪？"护卫官说："你还记得那年北京延寿寺街书铺踏钱、拾钱的事否？"范晓杰这时才回想起当年在书铺偷偷拾钱后跟一老者闲聊的情景，终于弄清那位老者原是私巡察访的现任江苏巡抚大人汤斌。护卫官当场又向范晓杰转达巡抚大人的训示：“观你当书生时尚且贪一小钱如命，如让你当上一方官员，还不是要变成一个头戴乌纱贪得无厌的强盗！”当即收回他县尉的印绶。

范晓杰在书铺看见人家买书时丢掉一枚小钱在地上，本应交还人家，可他却贪为己有，没想到这偶然一幕，竟被微服私访的汤斌所察觉。论汤斌其人，为官十分清廉，办事十分认真。他任职时严禁鱼肉荤腥进入府衙，每日只用三块豆腐作菜肴，素有“豆腐汤”之美称。他见微知著，从范晓杰踏钱拾钱这个细节，看到他心性向贪的心灵世界。没想到范晓杰上任之前为了巴结上司，借投帖报到之名寻求接见，竟“冤家路窄”又撞到他头上。这一清二白的“豆腐汤”，岂能容他这个心性向贪的人在他手下为官，去搜刮和贻害一方百姓。范晓杰为贪一枚小钱而丢掉一顶乌纱帽，与其说是他“运气不佳”，倒不如说是他思想本质不好之所然。

老猎户助秀才中状元

话说明洪武年间，江苏下邳有个秀才名叫刘鹏举，依靠寡母日夜纺织供他读书，先是考中秀才，再是考中举人，但连续两次赴京大考，都因殿试过不了关而名落孙山。他第三次赴京赶考时为了抄近路，翻山越岭进入滁州境内，却在半山中迷路了。这时天快落黑，刘秀才在紧张之时，忽见一老猎户背着猎物从远处走来，赶快追上前要求指明路向。老猎户说现在天色已晚，已走不出深山，邀刘秀才到他家的茅屋里歇息一晚，明日再登程。

老猎户家有三间茅房，他与女儿相依为命。当晚，他叫女儿烹煮猎物，并端来自酿老酒，与刘秀才对酌共饮。酒话间，他问刘秀才为何连续两次落榜。刘秀才说："第一次殿试时，皇上先是指天：'天作什么？星作什么？'然后又用脚点地：'地为什么？路为什么？'要我作一对子，我一时作不出来，便被刷了出来。"老猎户听后笑说："这还不好对？'天作棋盘星作子，地为琵琶路为弦'嘛！"刘秀才听后眼睛一亮，又谈及："我第二次殿试时，皇上又出了个怪题：有三个兄弟，老大做鞭炮，老二在粮行卖米时给人家斗量，老三是杀猪的。要我依此作一对子和一横批，而且要显示出大气和霸气。我做倒是做出来了，但皇上不满意，所以又被刷下来了。"老猎户一听马上说："这对子应该是'惊天动地人家，数一数二门户'，横批应该是'掌管生死'。"刘秀才听后又连连点头，直说老猎户是"山中才俊"。老猎户借着酒兴又说："我不是什么才俊，就是多思多想，经常想出些道道来。譬如想到木头也有分公母：松木是公的，梅木是母的。水也有分公母：浪比较勇猛，是公的；波比较温柔，是母的。”刘秀才惊奇不已，回想自己十年寒窗苦读，知识面竟不如这位山中老翁，连称“听君一席话，胜读十年书”。

后来刘秀才第三次赴京赶考进入殿试，朱元璋果然以木头和流水是否分公母为题考核门生，刘秀才对答如流，从容过关，终被录取为新科状元。事后刘秀才衣锦还乡，特地进山拜谢老猎户开窍指点之恩，还与老猎户的女儿拜为秦晋之好，结为百年鸳鸯。

这个故事显然是虚构的。因在历代状元榜中，罗列明代的状元共有 89 位，其中刘姓仅有 1 位，名叫刘俨，字敬思，浙江钱塘人，并无刘鹏举此人。但这个虚构的民间故事却在告诉人们：群众中隐藏着豪杰，群众中蕴藏着智慧。即使是山中的老猎户，通过他对人生的观察和思考，也会积累许多他人没有感悟到的知识。如松木为“公”梅木为“母”，是老猎户因字面分别出现“公”和“母”而言；浪为“公”波为“母”，则因流水运动的不同形态而言。可见，“学富五车”者应懂得与“乡野感悟”人结合，才会形成“美满姻缘”。

三官庙与灵殿

传说中的“三官大帝”，原是肉胎凡身的三兄弟，因乐善好施而得道成仙。老大天官管天，老二地官管地，老三水官管水。因三兄弟在陕西出生，祖庙便建在陕西。

有一年，江苏宝应一带遭受大灾，许多农户颗粒无收。土地爷见当地饿死了不少人，来年播种的种粮也都吃光了，便风尘仆仆赶去陕西“三官庙”，求“三官”老爷施法救救人命。天官老大听后，便变成一个小老头，牵着一头毛驴，驮着几袋种粮，到宝应赊给农户，说待来年收成后再还他。农户们有了种粮，当年又遇上风调雨顺获得大丰收，高兴异常，却总不见那小老头前来讨还赊借的种粮。土地爷便托梦给农户：“赊给种粮的是‘三官’老爷，不用还了。”农户说：“那我们应该怎样感谢‘三官’老爷呢？”土地爷说：“凑几个小钱塑个金身建个小庙不就行了！”农户又问：“那庙宇要建在哪里呢？”土地爷说：“那我得去向他们请示请示。”

“三官”老爷听说百姓丰收后，要给他们重塑金身重建庙宇，自然十分开心，便分头到各地云游，寻找建庙地点，最后确定建在河南的云台山上，并决定新庙建成后，要把“真身”都移到新庙去。过了一段时间，老大天官便派老二地官去云台山，察看一下庙宇建得怎么样。老二怕出门辛苦，便推给老三水官。水官也不爱出门，见往下无人可推，只好云游而去，却一去不回头。天官见景，又催老二去看个究竟。老二见再无下人可推，只好应命而去，也是一去不复返。天官老大见两个老弟都有去无回，只好亲自赶往云台山，不看便罢，一看便把鼻子都给气歪了：三尊金像，首席的已被先来的水官给占据了，次席的亦给慢来的地官给坐上了。他回想在陕西祖庙时，总是对两个老弟关爱有加，没想到新庙建成后，竟被两个老弟抢占了首席和次席的位置。为了兄弟的和睦，他只好忍辱负重，把自己的真身附在末席的金像上。每逢香客进香，他只好暗暗地捡着老二、老三不要的香火钱。

云台山的山神知道事情的原委后，很为天官老爷打抱不平，便托梦给当地百姓，在新庙前再建个“灵殿”，专门供奉天官大帝。灵殿建成后，香客先进灵殿进香敬天官，再进三官庙。天官老爷很感谢老百姓主持公道，地官、水官两位老弟也因民意的变化而羞惭万分，便以天官老大善良、无私为榜样，同心协力保佑一方平安，庙里的香火日益兴旺。

读者从这个民间故事可以看到：当初天官老爷救百姓，是以“三官庙”的名义出现。到新庙建成时，遇到一个权利重新分配的问题。显得懒惰的水官和地官因贪图私利，不顾天官老大的功劳和情面，抢先占据首席和次席位置，积极为民办实事和好事的天官却屈居末席。然而公道自在人心。再建的灵殿，其实是一座百姓感恩和褒奖美好心灵的殿堂。

鲁班徒弟变王八

湖北民间广泛流传这么一个故事：在春秋战国时期，鲁班收有一批木工徒弟，大都是技艺和德行双优的贤人。但有一个徒弟名叫赵显，虽然技艺不错，为人处世却总爱偷奸使邪，其他徒弟都很鄙视他。他没有看到自己的弱点，却总是自我感觉良好。为了显示自己的本事，以引起众徒的尊重与仰慕，他向鲁班师傅提出由他与师傅比赛造桥的动议。鲁班便与他商定：鲁班造郢城桥，赵显造沙津桥，二月初一晚上分别同时动工，鸡鸣时收工，一夜成桥，没建造成者认输。

造桥的那天晚上，天公不作美，不但黑夜如磐，还风雨交加。鲁班因经常在水中造桥，跟水族和龙王们混得很熟，便通过水族，向东海龙王借来一盏不怕风吹雨打的水晶灯，用于照明，连夜在郢城施工造桥。赵显面对夜黑雨大的恶劣天气手足无措，便暗中从沙津赶回郢城偷看师傅造桥的情况，只见师傅的桥已造起大半。他惊诧之余便动起了歪点子：到公鸡打鸣时师傅的桥如没造成也不算赢，便捏起鼻子学着公鸡叫，引得满城公鸡纷纷啼鸣。鲁班听公鸡一叫便准时收工，回家路上遇见巡夜的兵士押着赵显，说他深夜偷学鸡叫搅乱更时，扰乱民心，被当场抓获。鲁班一听马上明白就里，便向兵士求情说："他是我的徒弟，请放他一马，让他帮我连夜把郢城桥造好。"师徒俩重回工地，很快地把郢城桥建造起来。四海龙王听说鲁班一夜间建造一座桥，纷纷借助水道前来观赏，并向鲁班表示祝贺。后人便把这座桥称作"龙会桥"，把出入于郢城东边的水门称为"龙门"。

事后，鲁班谆谆教诲赵显："人不但要学本事，学技艺，还要讲人品，讲道德。”赵显听后连连称是。鲁班便把自己制造的一盏木灯和水晶灯交给赵显，叫他带着这两盏灯下海，把那盏水晶灯归还东海龙王。赵显说:“龙宫在水底下，我怎么下去?”鲁班说;“这两盏灯都是宝贝，只要你把水晶灯归还东海龙王，保证你能去能回。”赵显下海后，果然波浪让路，如履平地。他想这木灯凡人可造，水晶灯却是龙宫稀有的宝贝。我何不将这两盏灯调包，把木灯假作水晶灯归还东海龙王，把水晶灯窃为己有，再造一盏木灯交还师傅?他抵达龙宫后，便把木灯假作水晶灯还给东海龙王。当他离开龙宫后龟丞相把龙宫大门关闭，波浪便劈头盖脸地朝他淹漫而来。原来那水晶灯拥有照明功能，木灯却具有排浪功能。赵显因贪图水晶灯而失去排浪功能，终被淹死后变成一只王八，那盏水晶灯亦重归龙宫所有。

赵显拥有一定技艺，但缺少德行。他自视才高就可服众，却没有从品德上认真自省和修炼，还对师傅的谆谆教诲阳奉阴违，最后变成了王八。社会要物质、精神两个文明并重才能发展；为人要德艺双馨才能立世。赵显变王八，专言此理。

武大郎开店

武大郎是《水浒传》中武松的哥哥、潘金莲的老公，因为身材矮小，被人称为“三寸丁”。由于武大郎身材矮小，又是个卖炊饼的，1980 年著名的漫画家方成根据他的生活体验，画了一幅《武大郎开店》的漫画，用于讽刺那些水平低的官员，不敢任用水平比自己高的人。画面上有五个小伙计，身材都比武大郎矮小，有的在洗擦碗碟，有的在清理桌面；有的在收钱记账，有的在端菜送酒。这时有个高个子的想来应聘，一个小伙计对他说：“我们掌柜的有个脾气，比他高的都不用。”店里还贴有一副对联：人不在高有权则灵，店不在大唯我独尊。横幅是：王伦遗风。这幅漫画在社会上引起了强烈反响，由此出现了“武大郎开店——不用比我高的”等一类歇后语。

《水浒传》中并无武大郎开店这个故事。《武大郎开店》的漫画仅借用了《水浒传》中的人物，但其画中出现的横幅“王伦遗风”中的王伦，在《水浒传》中却确有其人其事。王伦是个落第秀才，外号“白衣秀士”，本事不大，是梁山泊初期的小头目。林冲因受高俅迫害上梁山要来投靠他，他一听林冲原是京城八十万禁军教头，本事高强，怕管辖不了，便千方百计想支使他下山。后来晁盖、吴用等一帮人因反抗官府走投无路，又想上山投靠他，他亦害怕自己本事不大，驾驭不了他们，又借故要支使他们下山，结果出现了“火并王伦”的悲剧。“武大郎开店——不用比我高的”，实际上是对王伦的绝妙写照。

不管是漫画中的武大郎不用比我高的，还是《水浒传》中的王伦因本事小、水平低，不敢用本事大、水平高的英雄豪杰，他们都没有去扼杀人才。而有的人因手中掌有权力，对水平比自己高的人，不用倒也罢了，还要置之于死地。隋炀帝爱好文学，但他贵为天子，却很嫉妒手下吟诗唱词的水平超过他。有一次他作一首压“泥”字韵的诗命众大臣唱和，大家都装作“笨头鸟”，押不好这个韵，有个书呆子却自作聪明，和出一句“空梁落燕泥”，虽引起众大臣喝彩，却被隋炀帝送上了断头台。临刑前，隋炀帝还幸灾乐祸地问他：“还能作‘空梁落燕泥’否？”

在我们现实生活中，确实存在着有的领导自己水平不高，光会用庸才不敢用人才，成为人们背后调侃的笑料。有的因害怕手下超过他，还不择手段压抑、排挤甚至扼杀人才。殊不知，人们经常通过某个领导的用人水平，来衡量他的领导水平和思想水平。漫画家方成正是在他的生活经历中，看到庸官用庸人等各种丑陋现象，才画出了《武大郎开店》的漫画，并在社会上产生共鸣。

苏东坡粉丝遍天下

苏东坡本名苏轼，是北宋时期著名的文学家，宋代文学最高成就的代表。他应试入仕，先是因政敌制造文字狱而卷入“乌台诗案”，被贬至湖北黄州当个毛毛官。数年后东山再起，又因支持王安石的改革引起保守派嫉恨，被贬至广东惠阳，后被放逐海南儋州。他虽然仕途坎坷，粉丝却遍天下。

苏东坡在杭州任职时，有一天泛舟西湖，忽见一年轻貌美的女子驾舟紧追上来。他一时惊诧，那女子却对他诉说：“小女自小仰慕先生，却无缘相见。今我已嫁为人妇，能见先生尊颜，已了却我的心愿。”说罢为苏东坡弹奏一曲古筝，然后驾舟翩然而去。事后苏东坡写下一首《江神子》，对此情此景发出无限的感慨。他被贬居黄州时，亦有一女子李琪很想得到他的墨宝。后李琪听说苏东坡要调离黄州，心急如焚，刚好那晚黄州官员饯行苏东坡的宴席设在她家经营的酒店。她欣喜若狂，早早就在门内等候。待到酒过三巡，她突然捧起酒杯跪倒在苏东坡跟前，然后掏出手巾求苏东坡赐予墨宝。苏东坡问明缘由后，慨然挥笔写下“东坡七载黄州住，何事无言及李琪？”李琪见巾上只题两句，又再次跪下求题续句。苏东坡见景哈哈大笑，又写上“恰似西川杜工部，海棠虽好不留诗。”李琪激动得把手巾捧在胸前，泪水双流。苏东坡贬居黄州时已 59 岁，他邻居温氏有个女儿温超超年方 16，貌美如花，暗自认定苏东坡才是自己的意中人，凡有上门求亲者，她都一口回绝：“非苏东坡不嫁！”有天晚上她不顾淑女形象，翻墙到苏东坡窗前听他吟诗，被苏东坡发现后又翻墙回家。苏东坡找上温父问明原由后叹道：“应该给她找个好的归宿。”苏东坡后来又被流放海南儋州，等到遇赦放还时路过黄州探望温家，温超超因思念他已忧郁而死。

苏东坡的粉丝不止娇娇淑女，更有无数平民百姓。他一生建了三条“苏堤”：一条在杭州，一条在颍州。他被贬黄州时，当地百姓“父老喜云集，箪壶无空携，三日饮不散，杀尽村西鸡”，热烈欢迎他的到来。后来他在黄州又建了一条苏堤。民间的东坡村、东坡井、东坡田、东坡桥、东坡路、东坡肉、东坡帽不计其数。皇宫里的宋神宗、皇太后、皇后、公主和不少宫女，也都是他的超级粉丝。她们不满苏东坡被一贬再贬，纷纷劝说宋神宗对他网开一面。苏东坡的弟弟苏辙出使辽国，见辽国人经常在打听苏东坡的情况，便写信给苏东坡：“谁将家谱到燕都，识底人人问大苏。”朝鲜有兄弟俩因仰慕苏氏兄弟，一个叫金富轼，一个叫金富辙。

苏东坡的粉丝遍天下，而且遍及今人，这不仅在于他为人伟岸潇洒，更在于他拥有超级的才华和人品，尤其是他不畏强权，拥有牢固的民本意识。为人潇洒，才华横溢，以民为本，这大概就是苏东坡能够“千里共婵娟”的根本原因。

柳永才华横溢

北宋词坛巨匠柳永，原名柳三变，因排行第七，又称柳七，是中国历史上一个人生坎坷的落魄文人，到51岁才考中进士。他虽然落魄，但才华横溢却为世人所公认。

柳永是福建崇安人，父亲是南唐降臣，擅长词作。受父亲的影响，加上柳永本人的天赋，使他成为北宋专力词作第一人和婉约派创始人，“粉丝”遍布天下，时有歌云：“凡有井水处，皆能歌柳词。”柳永的粉丝包括当朝的皇上宋仁宗，却给他带来终身落魄的副作用。他才高气盛，第一次大考时落第，竟然说了大话：“忍把浮名，换了浅斟低唱。”第二次大考时入榜，宋仁宗在御批时把他的名字一勾：“他不是不要浮名吗？就让他去浅斟低唱吧！”柳永受此打击非同小可，但以他桀骜不驯的性格，马上以“白衣卿相”和“奉旨填词柳三变”自诩，无所顾忌地纵横于青楼与酒馆，为歌妓与乐工们填词。歌妓与乐工都因会弹唱柳词而身价倍增，尤其是那些歌妓，更是“不愿君王召，愿得柳七叫；不愿千黄金，愿得柳七心；不愿神仙见，愿得柳七面”。

柳永的粉丝除了皇上，还有朝里大臣和皇亲国戚。包拯大人和皇帝的老母刘太后见柳永才高八斗却沦落街巷，便极力向皇上推荐，封他一个“奉旨填词状元”的荣誉称号，名声虽好却无实权，但有时也可以唬唬那些官魔恶棍。有个姓田的知府横行霸道，柳永亮出那幅金灿灿的黄绫，田知府见上面写着“奉旨填词状元柳三变”，吓得赶快跪下请罪。他靠着这块招牌，又救出陷入田府火坑的少女酥娘。柳永的粉丝还遍及后人，宋朝的苏东坡、黄庭坚、秦观、周邦彦等著名词人的词风，无一不受其影响。更为出奇的是，柳永的粉丝还延及宋朝的死对头金国。据说金主完颜亮，就是看到柳永的名词《望海潮》中赞美杭州“有三秋桂子，十里荷花”，向往江南之美，才动了南下灭宋的念头。柳永因他的才情差点被误为引狼入室的汉奸。

“同是天涯沦落人，相见何必曾相识”。柳永粉丝最多的，当数那些青楼的歌妓。他同情她们不幸的境遇，给她们填词并不论钱论价；歌妓们见他穷困潦倒，都主动拿钱接济他。他们在沦落中互送温暖，相互依存，以至在柳永死后“葬资竟无所出”，是歌妓们集资把他安葬，京城的名妓都倾城而出，在一片哀悼声中为他送葬。每年清明节，妓女们又纷纷聚集在他坟头为他扫墓，时称“吊柳会”。人们常说“戏子无义，婊子无情”。柳永在他沦落时，却以他的才情，博得了歌妓们的真情回报，这不能不说是一种奇观！

柳永一生经过四次大考才入仕，有人计算这四次大考共录仕 916 人，其中大部分人已被历史忘得一干二净，唯独柳永仍像金子一样在文坛闪光——这种现象很值得世人思考。

一善行千里

清光绪年间，淮河岸边的三岔村有个厨手郝三爷，红白喜事经常为人家掌厨，远近闻名。他想把手艺传给儿子郝四江，儿子不干，跑到苏州一家当铺当伙计。

村里的旧木桥下有块磨刀石，村里人刀钝了常到那里磨砺。一天夜里，郝三爷出门忙完厨事回家路过旧木桥，听到桥下传出磨刀声，走近一看，是隔壁的刘锁正在磨刀，便上前打问，只见刘锁脸色铁青："我要杀死那对狗男女！"

刘锁的老婆杨氏原是大户人家的丫头，常与教书的孙秀才私下幽会。东家怕将来人财两空，便贱价把她卖给当长工的刘锁。怎奈孙、杨旧情未了，这天晚上，刘锁又发现他俩在房间里亲昵，一气之下便拿起一把镰刀到这里磨砺，准备杀死他俩。郝三爷听后很为他打抱不平，说一把镰刀怎么杀人，还不如我家那把杀猪刀锋利，便带他到家里换上杀猪刀，然后对他说："县衙的刽子手在杀人前都要喝上两碗壮胆酒，我刚好有一壶酒、两盘菜，你还是先喝下再去行事。"刘锁听后觉得有理，便坐下喝起闷酒。郝三爷又说："我去屋后再拔两个萝卜掺和下酒。"说完便走出门外向隔壁通风报信。回来后他对刘锁说："一定要认准才下手。"刘锁闯入房门后只见杨氏一人，便怀疑郝三爷出卖了他，返头来责问郝三爷。郝三爷说我怎会卖了你，便与他边饮酒边拉呱："你媳妇与孙秀才旧情未了这是事实，但乱杀人是要吃罪的。你不如休了她，再攒钱找个庄户女儿过实在生活。"刘锁后来听从郝三爷的话，休了杨氏。郝三爷又帮他攒钱建了个新家。

转眼八年过去了。一日郝三爷接到苏州府衙来信，说他儿子谋财害命将处极刑，要他去收尸。苏州离家千里，缺乏路费怎能成行？刘锁便卖掉耕牛替他凑齐路费。郝三爷行至半路累倒在一间大庙里，那日清晨一个阔太太上庙烧香认出了他，便叫管家先把他抬到家里调理，待她烧完香后又盛情款待他。原来那阔太太系杨氏。她被刘锁休后并未与孙秀才再续前缘，而是辗转到一家姓白的富户当小妾，大夫人去世后由她当家。她听说郝三爷的儿子遭了大难，立即派管家带上银子帮他去打点。郝三爷到苏州府衙后，才知道儿子已无罪释放。原来孙秀才后来成为苏州府的师爷，见犯案的是三岔村郝三爷的儿子，便细查案情，发现是个冤案，立即提请知府复审，终于平反。郝三爷这时通过回想，才感悟到是自己原先做了一件免于杀戮的好事，才会出现“一善行千里”的奇遇。

20 世纪 60 年代曾出现一句“我为人人，人人为我”的口号。清代的郝三爷实际上已先行了这个口号。人做好事善事，不一定人人会懂得回报，也无须要求人人回报。但“一善行千里”则应当成为全社会的共识，成为人们的座右铭。

官员、乞丐轮流当

北宋神宗年间，河南禹州有兄弟俩，老大叫刘德忠，老二叫刘德昌，本系富家子弟，自小饱读诗经，满腹经纶。但自父母双双去世后，兄弟俩不会理财，家道日益中落，经常吃了上顿没下顿。那年京城大考，兄弟俩苦无盘缠，东求西借，谁也不搭理。大哥刘德忠便对弟弟说：“我来当乞丐讨钱，供你去赴考，废一个保一个。”弟弟刘德昌感到这个办法可行，便谦让说由他来当乞丐，让哥哥去赴考。哥哥为了关照弟弟，仍坚持由他当乞丐。

在进京的路上，兄弟俩装着互不相识。弟弟身穿古绸艳缎衣褂，哥哥却披着褴褛衣衫；弟弟在前头摇着一把折叠扇，优哉游哉不时吟诗赋词，哥哥则在后头背着讨饭篮扶着打狗棍，不时求爷爷告奶奶向人家要钱要饭。每到一个地方，弟弟住旅馆哥交钱，哥哥却睡路边冒风寒，遇到下雨天更是苦不堪言。有一回，哥哥被野狗咬伤大腿，因无钱医治出现溃烂，拖到京城时已成残疾。

赴考时刘德昌果然身手不凡，名列榜首，被宋神宗任为禹州县令，以前冷眼相对的人一个个都来献殷勤套近乎。禹州城大富户夏林升有个女儿夏翠翠美如天仙，竟主动上门说媒嫁给刘德昌。夏翠翠虽是大美人却是个“母老虎”，不但把持家里财政大权，还怕有辱门庭，不许丈夫跟他的乞丐哥哥往来。刘德忠见景对弟弟说：“我可能是乞丐命，你出息就好，好歹刘家也出了个人物，要为官清廉，不要辱没祖宗。”

许多人知道刘德忠乃县令之兄，常撒给他大把银子，他照收不误，除了养家糊口，多数用于资助穷人。许多穷人有冤无处诉，常求他帮忙上禀。他还经常把日常听到的社情民意反馈给弟弟。刘德昌因紧接哥哥这个“地气”，把禹州治理得条条是道，三年后被提拔秘书省校书郎。禹州百姓听说刘德忠要随他弟弟离开禹州，纷纷前来挽留。一微服私访的大臣见此情景感到奇怪，通过查访，弄清事情始末，便向宋神宗上了一本。宋神宗看后既为刘德忠的精神所感动，亦责怪刘德昌忘记兄长之情，便御笔一划，命刘德忠任鄂州县令，刘德昌去当乞丐为哥哥搜集民情，观其表现，再行任用。刘德昌一听傻了，夏翠翠从七品夫人变成乞丐婆更是寻死觅活，夏员外也气病了。但君命难违，刘德昌夫妇一下子从天上掉落地下。不久后刘德忠念及兄弟之情，上书宋神宗，言及其弟在禹州为官清廉，政绩显著，请求给予官复原职。宋神宗同意让刘德昌复职，并要他对忘记兄弟之情再行反省。

这个故事真实与否无从考证，却印证了“人在做，天在看”这句俗语。刘德忠为上报祖宗，废己保弟，忍辱负重，无怨无悔，体现的是一种品德，一种情怀，一种自我牺牲的精神。弟弟无情百姓有情，正直的官员有情。情乃不可欺也！

李神医行医有道

清代道光年间，吉林双山县有个医术高超的“李神医”，某日下午正在配制一剂加有砒霜的外用药。他刚把没用完的砒霜用纸包好放在柜台一角，一个蒸卖馒头的年轻人就急匆匆跑进来，说他怀有七个月身孕的老婆浑身浮肿，不吃不喝，求李神医快去救治她。李神医赶到他家中，只见一间简陋的住房，蒸馒头的蒸气弥漫，他老婆浮肿得吓人。李神医诊断后带那人回店里取药，交代如这帖药吃不好，得另请高明。

第二天清晨李神医起床，发现柜台上那包砒霜没了，派给病人那包药却原封不动放在柜上，知道昨天年轻人拿错了药，急得直跺脚，顾不上洗刷便跑向病人家，只见村头一帮人正抬着一副棺材，后面随着一帮哭哭啼啼的人，心里直叫苦：这可是一尸两命呀！他为自己粗心大意害死人而深感自责，便主动跑到县衙门投案，请求处置。县令听说是命案，叫府衙暂时关进南监待审。

李神医在监狱里待了半个月却不见提审，疑问狱卒，狱卒说县令因小儿子身染重毒生命垂危，四处求医不见疗效，心急如焚，哪有心思升堂审案。隔后狱卒又报告有人来探监，一看是那对蒸卖馒头的夫妇。他们说当天晚上吃了李神医派的药，第二天就消肿了，等病痊愈后登门拜谢，才知道李神医被关进监狱，故来探监。李神医惊问：“那晚吃的是砒霜，你人没吃死，那村里死的是什么人？”夫妇俩说是隔壁的王叔。李神医思考良久后说：“歪打正着，是馒头蒸气帮着救了你母子两条命啊！”他分析病人浮肿系体毒淤积所致，误吃砒霜后部分消除于以毒攻毒，部分则是依靠室里馒头蒸气把毒素分散全身，从汗液中挥发排泄出去，避免了二次中毒。

根据这一分析，他请狱卒报告县令，依此原理试医县令小儿病体：差人买来一头两百来斤的大猪，宰杀后弃掉五脏，把小孩放进猪腹里，再用粗线缝密，只让小孩露出鼻孔呼吸。不到一个时辰，小孩突然哇哇哇哭出声来。李神医对县令说："有救了！孩子体毒憋在腠理，现毒已排出，全被吸收到热猪肉里。"解开猪腹抱出孩子一看，腹内赤红色猪肉竟全变成青紫色。经过几天调理，孩子的病果然痊愈，乐得县令急忙升堂把惊堂木重重一拍："李神医因粗心大意让病人错用砒霜，但歪打正着治好病人重症，又分析原理救活本公子一条性命，其行医有道，真乃神医也！本官判其有功无罪！"

世界上许多宝贵经验，许多创新和发明，都是在风险和挫折中摸索、总结出来的。李神医之所以"神"，一是他医德高尚，出现失误能坦然面对，不掩饰，不回避；二是他懂得医无止境，善于分析，善于总结，敢于试验，敢于攻关。"神医"如此，其他各行各业的"诸神"亦是如此，这就是李神医行医有道给人们的有益启迪。

海瑞的不幸家庭

海瑞是明代清官，被老百姓誉为“海青天”，在中国历史上与“包青天”齐名。然而，海瑞的家庭却是不幸的家庭。

海瑞四岁丧父，与盛年寡居的母亲谢氏相依为命。母亲自小就教他苦读《孝经》《尚书》《中庸》等圣贤书，让他牢固树立儒家的道德观。母亲由于教育他过于严格而变得畸形，要求他刻苦读书而不许他“嬉戏”，即不许他玩乐嬉耍，从而剥夺了海瑞天真无邪的童真。

这种严格而畸形的家庭教育，导致海瑞养成孤僻、自闭的性格和认死理的思维定式。在家庭生活中，他不管母亲做得对不对，事事崇奉“以孝为先，唯母是从”。他一生结过三次婚，纳过两次妾。结发妻子潘氏勤劳苦干，任劳任怨，因不会生育，他母亲骂她“女嫘”，要他休了她，他果然把她逐出家门。继配许氏生下二女，因言行举止不符合母亲的要求，他又依照母命把她休掉。第三任妻子过门后不久，亦因家庭生活不和谐而无缘无故暴卒，以致有言官弹劾海瑞有杀妻之嫌，后来不了了之。另有一妾也因长期在压抑和屈辱中生活，最后自缢身亡。为了体现对母亲的孝道，海瑞到三四十岁还陪母亲同屋而睡。

海瑞不但因死遵孝道而冷对妻妾，还因死遵所谓的道德规范而饿死女儿。他有个五岁的女儿，因家童拿一块饼给她吃，他竟怒不可遏：“女孩岂可随便接受家童之饼？你非我之女。你若从此不再吃东西，方为我女。”严格而畸形的家庭教育，导致他女儿哭着一直不敢吃东西，终被活活饿死。

海瑞的家庭悲剧，缘于他的死脑筋和认死理，喜欢走极端。他熟读经书，但理论必须根据前提条件和实际情况的变化而运用，绝不能死搬硬套。他孝顺母亲是对的，但母亲绝非百分之百正确，绝不能只根据母亲的意愿，老婆想娶就娶，想休就休。年仅五岁的孩童不懂事吃了饼，即使违反了某条戒律，批一批、骂一骂让她以后纠正就是了，却非要让她绝食不可，这已极端到没有人性可言。由海瑞的家庭悲剧，不禁想起一则民间故事讲到某公爱清洁，由于好极端则形成洁癖，客人来了坐在他家珍贵的红木交椅上，因放了一个臭屁，就非得把那把交椅烧掉不可。他因洁癖导致生意惨淡家道中落，不得不去向穷亲戚们借钱来维持日常生活，当知道这家的钱是掏大粪赚来的，那家的钱是看病人赚来的，都认为那些钱不干净不敢借，最后活活把自己饿死在家里。此公的心理洁癖跟海瑞的道德洁癖异曲同工，令人感叹！

海瑞虽然在政治上坚持公理，主持正义，被老百姓誉为“青天”，以至在他死后南京百姓纷纷自发沿江为他送葬，但他治家之教条与迂腐，却不应成为人们的示范。

济公之“癫”

济公姓李，系南宋时期台州永定村人，其高祖系宋太宗的驸马，官任镇国军节使，世代信佛。其父母李茂春、王氏夫妇年过四旬仍膝下无子，虔诚拜佛终于老来得子，请国清寺住持取俗名“修缘”。他自小苦读，深受释、道、儒三教熏陶。先拜国清寺高僧为师，取法名“道济”；后又投奔杭州灵隐寺，成为高僧慧远的弟子。据说济公出世时，国清寺十八罗汉堂的第 17 尊罗汉（降龙罗汉）突然倾塌，人们便说济公是罗汉转世。

济公出门经常蓬头垢脸，穿破靴，戴破帽，穿破衣，摇破扇。他生性好动，难耐久坐，不喜欢听经和念经，却喜欢游山玩水逛市井，还经常出入歌楼酒肆。他少进侯门，却爱跟社会上的三教九流厮混，呼洞猿、斗蟋蟀、走围棋，甚至蘸着大蒜吃狗肉，经常玩得不亦乐乎。一些人见他如此行道，便叫他“癫僧”或“济癫”。济公虽然貌似狂癫，却学识渊博，才华横溢，深知行善积德之佛界要义，被列为禅宗第五十祖。他善诗文，每有文章出世，京城朝野经常争相哄传。他还拥有精湛的医术，经常为老僧、贫民治疗，使许多疑难杂症得到根治。他好打抱不平，爱息人争，在云游四方时经常出手拯危济困，救死扶伤，彰善惩恶，具有民间游侠色彩，在众多佛门弟子中独树一帜。由于他的传奇色彩，人们又称他为“济公活佛”。有关他的传说，在他在世时就四处流传。游本昌主演的电视剧《济公》主题歌的歌词：“鞋儿破，帽儿破，身上的袈裟破……一把扇儿破……酒肉穿肠过……哪里有不平哪里有我……”就是济公活佛的真实写照。对于济公这些做法，一些庸僧俗侣看了十分碍眼，认为他言行出格，有违佛门戒律，非正常僧人，要求慧远法师对他责打并逐出山门。慧远法师深知济公的思想追求与境界，回应说："法律之设原为常人，岂可一概而施！"然后又在呈单上批字："佛门之大，岂不容一癫僧！"闭了众庸僧的嘴。济公成佛后，尊号达 28 个字：大慈大悲大仁大慧紫金罗汉阿那尊者神功广济先师三元赞化天尊。后人称他集释道儒于一身，堪称神化之极致；称他《西湖》等诗句，可与宋代四大家范成大、陆游等人相媲美。他亦由此成为东西方雅俗共赏的"活佛"。

为官为人为僧为佛，都离不开表现的形式和内容这两个方面。有人道貌岸然却男盗女娼，有人油头粉面却满腹空虚。反之，有人看似行止怪异却是非分明，有人看似呆头呆脑却满腹经纶。可悲的是，有些人总苛求于形式而忽视内容，特别是那些道貌岸然者和油头粉面者，总以"政治正确"的面目出现，攻讦"行止怪异"者和"呆头呆脑"者的所谓"短处"。济公如不是慧远法师的开明，也很可能成为"政治正确"者眼中的"异类"。这就是所谓的"道不同，不相为谋"。

“傻呆”当皇帝

“傻呆”当皇帝，说的是唐代第16位皇帝唐宣宗李忱的故事。

李忱是唐宪宗的第13个儿子。他因母亲出身比较低微，自小在皇宫里让人看不起，养成一种愚蠢傻呆的气质。唐宪宗由此比较疼爱他，又引起其他兄弟的戒备和嫉妒。唐宪宗被宦官毒害后，由他第三个儿子李恒继位，是为唐穆宗。穆宗死后，又先后由他三个儿子继位，是为敬宗、文宗、武宗，历经27年。穆宗这三个儿子按辈分得叫李忱为叔父，因李忱被封为“光王”，人又显得傻呆，竟不按尊号称呼，却戏称他为“光叔”。有一回唐文宗在宫中举行宴会，李忱应邀参加，自始至终一言不发，呆若木鸡。文宗见景，便唆使几个大臣去戏弄他，甚至动手作弄他。任他们如何欺侮，他总是不气不恼，端坐不动，还不时傻笑。到武宗当皇帝时，有一回为了作弄他，竟命人把他丢进皇宫的厕所里。他躺在屎尿堆上依然面无表情，不愠不怒，就像躺在绫罗绸缎上一般。大臣们见景惊诧不已：这分明是一个生在帝王家的痴呆儿！

武宗死后，把持朝廷大权的宦官集团为了选一个可以操控的傀儡皇帝，选来选去，便选上“傻呆”得出名的李忱。李忱便傻乎乎地被拥上龙椅当上了皇帝，是为唐宣宗。

李忱当上皇帝后，竟与当年判若两人。他大刀阔斧整顿朝纲，励精图治革除旧弊。先是罢免权臣李德裕当朝宰相的职务，结束他与另一个权臣牛僧孺长达数十年的朋党之争；接着又“复诛其太甚者”，打击和削弱宦官势力，并实行一系列改革。一时间朝野悚然，举国震惊。其后他又尊老敬贤，选用人才；关心百姓，减轻赋税；击败吐蕃，收回失地，使已呈现衰败之象的唐王朝出现中兴，被称为“宣宗之治”，他本人亦被称为“小唐太宗”。

李忱装“傻呆”，并非为了当皇帝，而是为了适应朝廷险恶政治环境的一种韬光养晦，一种自保。当时朝廷一存在着众兄弟皇位继承之争；二存在着牛、李朋党之争；三存在着宦官把持朝政的权力之争。在这险恶的政治漩涡中，李忱显然属于弱势，稍有不慎就有灭顶之灾，装呆卖傻，只能是他唯一的选择。但他在装呆卖傻之中，却洞察社会的弊端、朝廷的疾病，深思过一些治理的良策，故在他意外被推上皇位时，能一反常态，使那些权臣、宦党误认为傻呆无碍，猝不及防，纷纷被他打扫下马。由李忱形似傻呆实是英才的故事，不禁想起“群众是真正的英雄”这句名言。但在一些人的眼里，他们仅是一批“群氓”，一群“傻呆”，可以任意作弄、欺辱他们，甚至可以任意把他们扔在茅坑里。殊不知，“民可载舟，亦可覆舟”。真正的傻呆者，对此不可不察！

唐太宗治贪

唐太宗作为千古一帝，深知隋朝急剧灭亡的原因，看到吏治腐败导致民心丧失的演变过程和经验教训，所以在他登基执政之后，反复告诫大臣：“为主贪必丧其国，为臣贪必亡其身。”并采取许多措施惩贪治腐，收到良好效果。

唐太宗执政后不久，很想建设一个清明的吏风，曾经秘密派手下的亲信去贿赂一些官员，从中试探谁是清官，谁是贪官，然后抓住反面典型杀一儆百。刑部有一个官员因接受一匹绢，唐太宗便要处之以死刑。户部尚书裴矩进谏说：“贪官该杀，但皇上这种做法是引人上钩，陷人于法。如此治贪，恐怕难以服众。”唐太宗觉得他说得有理，虚心纳谏，不再实行这种“钓鱼治贪”的做法。但他对贪腐依然嫉之如仇，对一些贪官，便采取“奖励”的做法：你贪什么，我“奖励”你什么；你贪多少，我“奖励”你多少。官员长孙顺德因人家托他办事，收取人家绢绸数十匹。唐太宗得知此事后，马上召集五品以上官员到金銮殿，对众官员说：“长孙顺德接受人家绢绸，说明他缺绢绸用，我就如数奖励他绢绸。”便令人搬来一批绢绸，让他运回家去，羞得长孙顺德在众官面前脸一阵青一阵白，只恨地上无缝可钻。过了不久，右卫将军陈万福因索取驿站数石麦麸，唐太宗知道后亦依此办理，让他当着众大臣的面，把“奖励”给他的麦麸，一袋袋从金銮殿搬回家去。

唐太宗治贪有别于明太祖朱元璋和清代的乾隆帝。朱元璋下令在州府县衙旁边设一座“土地庙”，凡属贪官便押到那边去剥皮，然后在皮内塞上稻草，摆设在衙门公座旁边，用于警省和震慑官员。此外，还对贪官施用抽肠、烧开水烫人后再用铁刷刷人皮、用铁钩把人吊起来风干和“凌迟”（用利刀分割人肉）等酷刑。乾隆帝治贪虽然十分卖力，但一查到大官或亲信，或怕引起“政治地震”，或怕有损自己的颜面，经常来个“到此为止”或“重罪轻判”。唐太宗因治贪心切，先是采用“钓鱼政策”，发现做法不对马上纠正，然后对发现的贪官用“奖励”代替惩罚，来个“反面文章正面做”，同时配套道德引导、严于监察、严于执法等措施，使治贪取得较好的成效。后人在评判唐代“贞观之治”的吏治时，称之为中国历史上“贪腐最为收敛的时代”“贪腐降到历史最低点”“历史上唯一基本没有贪腐的时期”，这跟明、清两个王朝“越反越贪”“越治越腐”形成了鲜明的对比。

唐太宗用“奖励治贪”，是以人的道德底线为基础的。他认为：“人生性灵，如不知愧，一禽兽耳，杀之何益？”但如果有的人连道德底线都没有了，认为“不拿白不拿”“不贪白不贪”，死猪不怕活水烫，又将如何？

雍正帝钦点毛毛官

清代雍正年间，宫廷内阁有个负责收发文件的“供事”（办事员）姓蓝，日常工作很认真，大小事都揽着干。雍正六年元宵节，周围同事都回家过节去了，只有他一个人留在皇宫收发室里对月独酌。他正举杯喝得起劲，突见一个衣着华丽的人走了进来。他以为是巡查的内廷官员，连忙站起迎接，还请他一起喝酒。

来者欣然就座，与他举杯共饮，问他当的什么官。蓝某连忙摇头说：“我不是官，仅是个供事。”来者问了他的姓名后，又问他具体做哪些事，有多少同事，他们都上哪儿去了。蓝某答说：“供事管收发文件，有同事 40 余人，他们都回家过节去了。”来者又问：“那你为什么独自留在这里？”蓝某回答：“朝廷公事甚重，若人人自便，万一事起意外，咎将归谁？”“做供事能得到什么好处呢？”蓝某笑说：“将来差满，有希望选个小官当当。”“将来你想选什么小官呢？”蓝某又笑说：“如果运气好，选做广东河泊所的所官，那就大有乐趣了。”来者不解：“什么叫大有乐趣？”蓝某道：“那河泊所靠近海边，舟楫来往多有馈送呀！”来者听罢连连点头，跟他又喝了几杯酒，便告辞而去。

第二天早朝，雍正帝与大臣们谈完公事后，忽然问大臣：“广东有没有河泊所？”大臣们说有。雍正便交代：“给内阁供事蓝某补授河泊所官。”大臣们唯唯诺诺后都感到十分惊奇：皇上日理万机，怎么会钦点一个小得不能再小的供事为官呢？姓蓝的供事是怎样“上达天听”的呢？他们叫一个小太监去了解详情：原来昨天晚上去内阁查夜的人，就是当今的皇上大老爷。蓝某听到自己偶遇皇帝又被任命为官后，竟欢喜得摔倒在地，脚都站不起来，令周围的同事羡慕不已。

在官场里经常可以看到这么一种现象：一些平庸的上司总爱去任用平庸的部下，一些精明的官员总爱去挑选精明的助手。同理，一些实干家亦总爱去选用实干的人儿。这叫“人以群分，官以类聚”。雍正帝在历史上是一个有名的实干皇帝。他有一句名言:“说一丈不如行一尺。”他在位 13 年，几乎每天都工作到深夜，平均睡眠不足 4 个小时，批下的奏折数万件，多达一千多万字，一年中只有在他生日那天才休息。而那位姓蓝的供事和皇上一样，工作责任心很强，办事认真，在元宵夜独守岗位之时，正好遇上在宫里微服夜巡的雍正帝。同气相求，同声相应。雍正帝通过了解蓝某的言行，为了鼓励实干，提拔任用他实属必然。古时的县令属七品“芝麻官”，而蓝某所担任的河泊官可能仅是个“毛毛官”。他能当上这个毛毛官，一是靠他默默无闻的实干精神；二是靠他遇上雍正这个开明而实干的帝王。好职风碰上好运气，造就他美梦成真，我们真为他感到庆幸！

张之洞的怪癖

张之洞是清末洋务派的代表人物，官至军机大臣，与曾国藩、李鸿章和左宗棠并列为晚清“四大名臣”。他勤于政事，精明能干，一生坚持“中学为体，西学为用”“中学治身心，西学应世事”，在洋务派中较能维护国家利益，并大力兴办书院和实业学堂，着力扶持民族工业。但他坚定维护封建伦理和秩序，是近代新民主潮流派的死对头。他一生功过纷纭，毁誉不一。但他主政湖广多年，特别是他在湖北打下的基础，客观上为辛亥革命的爆发创造了条件，孙中山曾称他为“不言革命的大革命家”。

张之洞身上有不少怪癖。他是个“夜猫子”，不像正常官员朝九晚五上班处理政事，而是每天下午 2 点睡觉，晚上 10 点起床办公。这种时差颠倒的理政习惯，令部下苦不堪言。幕府中的官员如有急事需要禀报，常要安排在下半夜，甚至要等到天明。他的书记官为了适应他的作息时间，只好调整办公时间，跟着他当“夜猫子”。一些官员因不知他的作息时间，如在上午向他汇报工作，常见他闭着眼睛打盹，甚至鼾声大作；如在下午登门，则要苦等到晚上 10 点他起床。大理寺官员曾为此事弹劾他不遵守朝廷行为规则，朝廷派人调查，并无发现他因打乱作息时间而影响公务的事例。

张之洞不但是个“夜猫子”，还是个“爱猫子”。他生性好猫，在卧室里养有几十只猫，不时上蹿下跳，他都不生气。有时猫在桌上书页拉屎拉尿，他掏出手帕细心擦净，还告诫佣人说：“猫不懂事，不要见怪它们。如果是人，那就不可原谅。”他日常吃饭不像常人规规矩矩坐在椅子上，而是蹲在椅子上用餐。用餐前先喝点小酒，下酒料不是鱼肉鸡鸭，而是各色瓜果。在他办公桌旁还置有好几个小几案，上面放有十多盘鲜果、蜜饯、糕点，一边办公一边随意取食。

对于张之洞这些怪癖，有后人评判他虽然古怪，却难能可贵。他用特立独行的做法，冲破官场循规蹈矩、墨守成规的行事方法，实质上追求的是一种经世致用、崇尚本色的处事原则。在清末洋务运动求新变革的大背景下，正是这种特立独行的处事原则，才使他成为一位探求救国事业的先行者。对于这种评判正确与否暂且不论，但作为后人如果欣赏张之洞的怪癖，却不可东施效颦，胡学乱用。张之洞之所以能够滋生这些怪癖，跟他崇高的政治地位和丰富的社会历练是分不开的。人们应当欣赏或学习他特立独行、敢于革新的精神实质，而非简单地去欣赏或模仿他的生活方式。孙悟空本领高强咬碎自身猴毛，可以变出无数小悟空个个帮着打妖怪，功莫大焉；猪八戒缺乏本事也学着咬猪毛，结果变出的小猪猡只只都讨着要吃名牌饲料，反成一大累赘。个中情理，聪明人应该会懂得。

背书奇才辜鸿铭

“生在南洋，学在西洋，婚在东洋，仕在北洋”的辜鸿铭，是清末民初一位传奇式的人物。他精通中西文化，能说多国语言，一生获得13个博士学位。那时的西洋人常说：“到北京可以不看紫禁城，不可不看辜鸿铭。”李大钊当时曾称：“愚以为中国2500余年文化所钟出一辜鸿铭先生，已足以扬眉吐气于20世纪之世界。”

辜鸿铭的先人姓陈，系福建同安人，据说因酒后伤人，为逃避官府缉拿逃到马来西亚，因感到有辜于被伤害之人，便改姓为辜。经过几代人的奋斗，成为当地的名门望族。辜鸿铭小时认一个英国商人为义父，带他到英国爱登堡就学。义父以教他背诵弥尔顿的《失乐园》开始了他的西学。全书6500行的无韵诗，他很快就背得滚瓜烂熟。接着又背熟了《复乐园》等诗篇、莎士比亚戏剧和歌德的《浮士德》等作品。一年后，辜鸿铭就读于爱登堡大学，其后又求学于德国莱比锡和法国巴黎，先后通晓9国语言。据说有一次辜鸿铭在公共汽车上报纸倒着看，旁人嘲笑他，他用一口标准而流利的英语说：“英语太简单了，不倒读简直没意思！”

辜鸿铭27岁时遵照父亲“回到东方来，做个中国人”的嘱咐，任张之洞的“洋文案”（外文秘书）。在张之洞寿诞之日，辜鸿铭结识当时的名儒沈曾植，与他谈论西学。沈对他说：“你说的话我都懂，但你要懂我的话还得再读20年中国书。”20年后张之洞寿诞日，辜沈再次会面。辜鸿铭叫差役把张之洞所有藏书都搬到厅前，对沈曾植说：“请考我哪部书前辈懂我不懂，前辈能背我不能背？”令沈曾植惊诧不已。更令人惊奇的是，辜鸿铭在60多岁时，竟还当着老友的面，用一口流利的英语把《失乐园》一字不漏全都背出来。一些西方学者甚至怀疑：他是不是在娘胎里就开始读书？

辜鸿铭应该说是一个天才，但天才出自于勤奋。辜鸿铭曾回忆说，他在初学希腊文时不知掉了几次眼泪，但还是坚持学下去、背下去。背到后来掌握了规律，希腊文、拉丁文或其他外国文字，一学就会，一背就熟。他还从小养成喜欢抄书的习惯，每到图书馆看书就边看边抄，数年之间抄书数十种，其中不少书是许多学者没有看过，甚至是世间无处购买的孤本。他与沈曾植会面后，一边忙于繁杂的公务，一边开始苦读中国经书，勤补中国文化课，从《三字经》开始背起，到《千家诗》、四书五经、《易经》等，无一不看透背熟，以至于他到北大演讲时，不带讲义，不带教材，经常多国语言并用，引经据典不分中外，引起学生们的阵阵喝彩。

由辜鸿铭的奇才，不禁想起一句古训：书山有路勤为径，学海无涯苦作舟。

从盗马到“盗妻”

古时候有个年轻人不盗别的，就喜欢盗马。有一天，盗马贼听说镇上有个富户养有20多匹良种马，便连续五次“光顾”，竟频频得手。到他第六次潜入庭院茂密的灌木丛中时，忽见一扇打开的窗户出现一个美如天仙的女子。他被她的美貌给迷住了，便临时起意：先把这女子“盗”到手，再来盗马带她浪迹天涯。事后他打探到这美女乃该家富户的女儿，曾有好几户人家上门来提亲，都因富户看不起而被拒之门外。他便每天留心并跟踪美女的去向：经常坐着马车到寺庙、布庄、珠宝店……

有一天盗马贼看到美女又坐着马车到寺庙上香，便暗中串通两个同伙扮成劫匪，在美女上香回来的路上突然出现，把车前马后的随从打得人仰马翻，然后要劫持掠走美女，吓得美女脸无血色。这时盗马贼突然出现，把劫匪左右开弓打得逃之夭夭。这场惊险的“英雄救美”，让美女十分感激。富户听说有人救了自己的女儿，连忙吩咐下人赏他黄金20两，以表谢意。没想到救人的“英雄”断然拒绝，却向富户提出一个要求：让他做美女的保镖，兼顾庭院，每月5两银子，算是找到一份差事可做。富户想了想这样也好，有他看庭院，马也不怕再被贼人偷走，便答应了他的要求。

盗马贼本是个年轻的帅哥，他“英雄救美”已赢得美女的芳心，在陪伴和“保护”美女的过程中，又使出浑身的解数，完全倾倒了美女的心。一天他私下对美女说：“你爹婚嫁讲门当户对，我仅是个下人，他肯定不同意我们的婚事。我们不如远走高飞，待生米煮成熟饭后再返回家门不迟。”这个想法竟得到美女的首肯，便双双约定在元宵夜携马出走。没想到元宵那天晚上，富户夫妇却带全家人上街观赏花灯，要保镖随行，家里交由几个家丁看管。到了下半夜，看管马厩的家丁发现有个蒙面贼前来盗马，便合力将他围捕，撕开蒙面布一看，竟是自家的保镖，连忙报告主人后扭送官府。经官府审问，原来他就是富户原先被盗五匹马的盗马人，赏完花灯后的下半夜，他准备盗马后再携富户女儿出走，没想到却被家丁捕获。官府判定：盗一匹马判刑一年。盗马贼坐了六年牢后获释，狱卒告诉他：“当年那富户本想把他家小姐嫁给你，没想到你却……”盗马贼一听眼睛都直了。

为人处世都应当走正道，讲规矩；老走歪门邪道，即使一时得逞，终究不能长久。走歪门邪道有时可能是环境所迫，如果环境改变了，浪子回头金不换，金光大道可能就在眼前。但有的人却要一路黑走到底，今天侥幸过关，明天就可能会跌落深坑。且看这个盗马贼从歪门邪道出来，又靠歪门邪道进去，歪来歪去，最后歪进了监狱里。他不懂得金盆洗手，不懂得改邪归正，难怪出狱后听狱卒一说，眼睛都直了。

贪官为清官跑官

清末官场出现“三屠”：张之洞花钱如流水，被称为“财屠”；袁世凯杀人如割草，被称为“民屠”；岑春煊经常成批惩处贪官污吏，被称为“官屠”。

岑春煊清末曾担任布政使、巡抚、总督和尚书等职。他每到哪里就刮起反贪治污风暴。他出任山西巡抚时，发现并查出山西防军骚扰抢掠百姓的事件，一次罢免十几名将官。任两广总督时，共弹劾和惩处贪官污吏1400多名，其中不少是县、府、州主官和提督、总兵等将官。任四川总督时，曾准备一次性弹劾罢免贪官污吏300多名，经幕僚劝阻后才改变主意，重点弹劾处置40多名。为反贪治污，他甚至敢公开跟上司顶牛。他任广东布政使时，查出厘金局总办兼督署文案王存善任职五六年，积资数百万，广置房产，有“王半城”之称。但王存善是当时岑春煊顶头上司两广总督谭钟麟的亲信，岑要严办，谭却拍桌拍椅公开袒护，气得岑春煊当场脱下乌纱帽拂袖而去。几经挫折，终于把狼狈为奸的谭、王二人双双拉下马。

岑春煊敢于有恃无恐充当“官屠”，有两大原因：一是他在八国联军侵犯京津时，曾率马步兵北上勤王，深受慈禧信任；二是他为官清廉，疾恶如仇，天不怕地不怕。这种官员走到哪里，哪里的贪官污吏就像鬼魅见到钟馗一样，惶惶不可终日。他们奈何他不得，便千方百计为他“跑官”。岑春煊在任两广总督时，有一年云贵出现严重的匪患，一班人便极力串通朝廷权臣，“上天言好事”，说岑总督乃将军出身，知兵善战，此匪患非他出马不能平息。慈禧为早日平定内乱，便把岑春煊调离两广，让这些贪腐官员松了一口气。

像此类贪官为清官跑官的怪事，其实在明朝就出现过。清官海瑞在浙江任职时，当地的贪官污吏恨他恨得要死，却找不到他有不检点的地方，便苦思冥想：罢不了你的官，难道还升不了你的官吗？他们极力为他涂脂抹粉，什么清正廉洁，政绩突出云云。在“热烈欢送”他到江西兴县任职后，兴县的贪官和豪强也来个依样画葫芦，由豪强出银子，官员唱赞歌，极力吹捧他，恨不得他早日高升。两年后，海瑞升任朝廷户部主事，他们无不弹冠相庆。

一个地方如果正气不扬，邪气弥漫，必然导致金钟毁弃，瓦釜雷鸣，这是衰败和没落的开始。明嘉靖时期的海瑞，很不幸让那些贪官和豪强来为他“跑官”，明王朝已开始进入了日薄西山，到崇祯时期便迎来了李闯王。清末的岑春煊，很不幸让那些贪官和污吏来为他“跑官”，终使他看到了辛亥革命的爆发，大清王朝由此走向了灭亡。现实有时会嘲弄正气者，但历史却一直在嘲笑那些不断腐朽自己所居大厦的小丑和败家子。

文凭与才能的较量

清末大臣左宗棠，少有大志，自小苦读，在县试、府试中均名列榜首，后又在乡试中考中举人，但此后连续三次赴京应考均不及第。

他虽京考不中，但他志向高远、才华横溢却遐迩闻名。他18岁时拜访长沙名流贺长龄，贺即以“国士见待”。他还得到许多名流显宦的赏识和推荐，先后受邀担任两江总督和湖南两任巡抚的幕府。有一回林则徐乘船路过长沙，指名要见左宗棠。左宗棠心情可能过于激动，在上船时不小心掉下水去。他爬上船来急于要行拜谒之礼，林则徐笑说：“都成落汤鸡了还行什么礼节？”叫更衣后跟他彻夜长谈，事后叹道：“他日竟吾志者，其唯君乎！”

左宗棠有一句座右铭：“穷困潦倒之时不被人欺，飞黄腾达之日不被人嫉。”他初出茅庐时，常因被看不起而跟人家大吵大闹；到当上巡抚官居三品后，脾气却越来越小。在担任湖南巡抚骆秉章幕府时，有一天永州镇总兵樊燮到府上办事，见左宗棠仅是个举人出身的幕僚，不行叩拜之礼。左宗棠自认为是巡抚的代表，见其不敬，竟举脚狠踢并大骂：“王八蛋，滚出去！”樊燮受不了这个窝囊气，倚仗他系满洲权贵的特殊身份，给咸丰帝奏了一本，说左宗棠是“劣幕”。咸丰帝看后很生气，要湖广总督处置，如属实即就地正法。朝野官员纷纷为左宗棠说情，其中翰林院侍读学士潘祖阴特地给咸丰帝上了一个奏疏，谈及“国家不可一日无湖南，即湖南不可一日无宗棠也”。咸丰帝由此赦免了左宗棠，并对他另眼相看，樊燮反被罢黜。樊燮咽不下这口气，在先人牌位旁边立一块写有“王八蛋滚出去”的牌子，名为“洗辱牌”，并请名师教育他两个儿子，要考上举人以上的功名，为父洗辱吐气；还要求儿子在获取功名前皆穿女衣，考中秀才后脱女内衣，考中举人后脱女外衣，考中进士后焚烧“洗辱牌”。樊燮的儿子也算争气，其次子樊增祥在光绪三年考中进士，焚烧了“洗辱牌”，告慰了时已作古的樊燮在天之灵。

樊燮的儿子虽在“文凭”上压倒了左宗棠，但在历史上却碌碌无为。左宗棠虽仅是举人出身，却干出了惊天动地的事业。他操办洋务，抗击侵略，平定内乱，最为辉煌的是实现林则徐的遗愿，收复了占全国六分之一的国土新疆，被誉为民族英雄。另一个看不起左宗棠的是朝廷大员李鸿章。左宗棠担任陕甘总督后，李鸿章认为他三试不第，要入阁拜相那是痴心妄想。左宗棠在同治三年便跟皇帝大老爷开了个玩笑，说他要赴京参加殿试。皇上知他因差一张“文凭”被人家看不起，便赐他进士出身，拜为东阁大学士，后任军机大臣。可见，用才能压过“文凭”，是左宗棠的一大人生轨迹。

“傻儿师长”不傻

“傻儿师长”范绍增系四川人，出身豪门却不喜欢读书，常跑到茶馆听人家说书，对江湖豪侠“心向往之”，因长得憨态可掬，常冒出一股傻气，深得弟兄们喜爱，人们便叫他“范哈儿”（四川话“哈儿”意为傻瓜）。他 13 岁加入“袍哥”，后又加入同盟会。在“有枪便是草头王”的年代，他不惜散尽家财，拉起一支队伍劫富济贫，随着队伍不断壮大，被国民党编为“国军”，还荣任团长。他依靠“傻劲”七混八混，几年后竟混成师长，后来又自募兵员出兵抗日担任军长，并率部先后击毙日军一名中将、一名少将，连创两大辉煌战绩。抗战胜利后反对内战，人民解放军大兵压境时率部起义。解放后曾任河南省人民政府委员、政协委员等职。

“傻儿师长”的“傻劲”有多方面的表现。他初入袍哥时，袍哥首领为了购买枪支，扩充实力，曾在大竹县一带抢劫民财。到他改编队伍自任团长后，便将当年遭受抢劫的人家请来赔礼并赔偿损失。他在四川投靠军阀刘湘时，四川省主席刘文辉为了争夺地盘，用 50 万重金收买他，他当即明告刘湘询问如何处置，刘湘叫他拿到上海等地去花销。国民党召开“国大”时，他被选为“国大”代表，蒋介石要他选孙科担任副总统，他当庭反对：“我已经答应选李宗仁，不可反悔。”他用刘文辉送他的钱在重庆建起占据大半条街的“范庄”，把 40 多个姨太太全部安置在那里。为提高姨太太们的素质，还特地从上海请一帮教师来授课，并专门培养两个貌美素质高的姨太太，在重庆官场和社交场所充当交际花，为他仕途的顺畅铺路。有个教师在授课时跟他十七姨太好上了，他恼怒自己戴上绿帽子，但又冷静一想：还是成人之美为好，便认十七姨太为干女儿，认那教师为干儿子，为他们办了婚宴，还送五千大洋作为嫁妆费，把好事一股脑儿做到底。重庆人听了都称赞："范师长真有人情味，够情义！"

"文革"期间，他读大学的傻小子回家要造老子的反，说他是"反动军阀"，要跟他划清"阶级界线"，气得傻老子暴跳如雷："老子 1949 年就参加解放军，是革命干部，谁说老子是反动军阀？"他留有一条他人生最辉煌时期系过的皮带，上面印有一个国民党的党徽，儿子说你留它是不是想变天复辟？他一怒之下掏出手枪："你再胡搅蛮缠，老子一枪崩了你！"吓得傻小子抱头鼠窜而去。他因受贺龙冤案的牵连坐了几年牢，面对造反派的淫威，从不说贺龙一句坏话。

从"傻儿师长"的经历看，他虽然胸无点墨，但早期在茶馆听人家说书，所接受的是江湖豪侠的教育，这种基础性的教育一直影响着他的人生。劫富济贫，明事明做，注重情义，都是这种基础性教育影响的结果。基础性的教育，谁人都不容忽视！

错将厨子当太子

明崇祯末年，吴三桂引清兵入关，难民如潮水般从北方向南方涌来，湖北归州县的南北要道上，到处都是乞讨的人群。豪绅文绍桂家里因养有恶狗，逃难人家谁都不敢上门去乞讨。一日清晨，文绍桂打开大门，只见门口草堆上睡着一个20多岁的乞丐，便厉声要赶他走，没想到那乞丐翻了个身继续呼呼大睡。他便牵来一条恶狗要驱赶乞丐。那条恶狗有藏獒血统，身长三尺，高及人腰，膘肥体壮，龇牙吐舌，可一见到那乞丐，竟夹住尾巴伏下身子，颤颤瑟瑟不敢向前。

文绍桂这条狗是朋友送给他的，生性十分机灵，会辨别人的身份，试它多次都次次灵验。他不久前跟乡绅们聚会，听说李自成攻占北京后，许多皇族南下逃命，沦落民间。再看那乞丐皮肤细白，指甲修长，并非劳苦人家；而那条狗伏在他跟前，就像是在向他朝拜。莫非他是个假乞丐，是大明的皇家后裔、凤子龙孙？想到这里，文绍桂便热情上前问那人的名字，来自何方，请他到屋里取暖。那人诈称名叫卫巍，河北人氏，因兵荒马乱，只好南下流浪，苟活于人间。听他满口纯正的京腔，用词文雅，文绍桂对自己的判断又增加了几分把握，便再三挽留他暂住家中，并叫仆人拿来好酒好菜款待，那人也不再客气。文绍桂又细细观察他的吃相，只见他举止斯文，越看越像贵人相。有一天夜晚，文绍桂把他灌醉后再打探他的真实身份，只听他醉言醉语说了句“我是朱三太子……”后，便瘫倒在地，醉入梦乡。

文绍桂有个独生女，年初刚许配给县太爷的柳公子，已收下聘礼。后因清兵南下，县太爷举家逃之夭夭。当他探明假乞丐是朱三太子后，便想把女儿转嫁给太子，以便将来大明重夺江山后，自己好攀上皇亲。女儿起先不肯，但禁不住父亲好说歹说，终于与那人成婚。但人算不如天算。清兵入关后所向披靡，两年后天下大定，社会趋于太平，柳公子便回来娶亲，没想到文家小姐已成为他人妇，经过打探，说是嫁给了朱三太子，这可是前朝遗孽，便急忙报告官府缉拿。经过堂审，那人说他是朱三太子的厨子，世代以屠狗为业，做得上等的狗肉宴，再凶猛的狗见到他都战战兢兢。因朱三太子嗜狗肉如命，便招他进皇宫专司杀狗做狗肉宴。李自成入京后，他随朱三太子离京出走后中途失散，流浪到归州地界，为文家所收留。文绍桂听罢，懊悔得连连捶胸顿足。

世间总有一些人，老爱热衷于过分追求权势和金钱，总摆脱不了“权迷心窍”和“财迷心窍”的梦魇。文绍桂是个富绅，吃穿不愁，却爱去巴结权贵，攀龙附凤。县太爷的公子嫌太小，还要去高攀皇太子。他以狗断人，自作聪明，结果招来了个狗厨子狗屠夫狗女婿。此故事虽显奇异，却不可不鉴！

德才兼试择贤婿

清乾隆年间，安徽泾县县城有一家“高记”杂货店，掌柜叫高松龄，有个女儿长得如花似玉，上门提亲的超过一个排，而进入他视线中的“前两名”都是少掌柜：一个是“肖记”杂货铺的肖永春，一个是“鲁记”杂货铺的鲁家奎。两个都是帅哥，但哪一个比较会做生意且德性较高尚呢?

有一天，高松龄到“肖记”杂货铺，问肖永春愿不愿意随他到青阳县去采购麻绳，肖永春当然求之不得。买麻绳按重量计钱，等店家把麻绳搬到大门外时，肖永春看到烈日当空，便对店家说：“你稍等，待我们到隔壁饭铺吃完午饭后再来过秤计钱。”他们吃完午饭又泡上一壶茶，再到麻绳店把货物过秤付钱运回家。麻绳店常在出货前往麻绳上喷水，经过大半个时辰吃饭时间的暴晒，重量自然减轻了很多。高松龄心里暗想：这小子精明，会做生意!

第二天，高松龄又到“鲁记”杂货铺，问鲁家奎愿不愿意随他到青阳县去采购棉花，鲁家奎满口答应。他们到店家看完棉花的成色和干湿度后，鲁家奎便催着过秤付钱装上马车，然后赶去隔家店铺闲逛。高松龄见他做生意不够精细，又用心不专，正在纳闷，忽见鲁家奎转回来说：“青阳的核桃很便宜，我们的棉花轻，马车承受得了，不如顺路采买一些核桃回去，还可赚一笔钱。”高松龄想：这小子左眼盯住一桩生意，右眼又瞄上另一桩生意，与肖永春相比，真是不相上下，各有千秋呀!便欣然同意。

第三天，高掌柜又串通肖、鲁二小子到南陵县去采购蔗糖。三人各驾一辆马车，到南陵找上一家蔗糖作坊，各自拿起一支大铁勺，在蔗糖堆里捞取蔗糖察看成色和纯净度后，很快地跟作坊掌柜谈妥价钱，过秤后装进罐子里搬上各自的马车。待高松龄和肖永春结完账后，鲁家奎对蔗糖作坊掌柜说："我在察看蔗糖时，不小心把蔗糖掉落在地板上，大约有半两重，你应把这半两糖计进我的账。"肖永春在一边不耐烦地说："小题大做！"鲁家奎却认真地说："不是说请送不论，买卖算分吗！"高掌柜通过这个细节，看到鲁家奎的商业道德比肖永春"高出一筹"，最后决定把女儿许配给鲁家奎。

这个故事除了讲经商的窍门，主要讲经商的道德。青阳县的店铺卖麻绳为增重量预先喷水，这是缺乏商业道德的表现，结果被肖永春巧妙地破解了。但肖永春只知道破解对方的贪处，却缺乏赔偿对方亏处的意识，这一点鲁家奎却具备了。做生意除了要赚钱，还要注意对方的感受，做到让对方也不吃亏。试看当今市场上经常出现假劣商品骗取顾客的钱，又严重损害大众的健康，难怪老阿婆老阿嬷会用传统的方式诅咒那些缺德的卖家："你真'夭寿'（短命），会遭到报应！"

"族塾"和"义塾"

宋朝年间，民间办私塾很流行。开封富贾吴伯达因多年经商，使他感悟到读书的重要性，便花钱建起房院办起吴家族塾，让吴姓子弟进来读书。他请一位长着白胡子的先生赵知三前来任教，刚开学几天学生们还规规矩矩，几天后孩子爱玩爱闹等天性开始暴露出来，赵知三不用戒尺，而是平心静气地说："你们吴家有德有钱有福，花这么大的力气让你们读书，长大后拨得了算盘，做得了生意。你们可要珍惜呀！"但言者谆谆听者藐藐，赵知三无奈，只好硬着头皮继续讲课。

有一天，吴伯达路过学堂，听到课堂里叽叽喳喳像炸开的锅，便停下观看，只见赵知三几回劝阻不了，也不动用戒尺，只管又埋在书卷里自顾讲他的课。这时有个学生打断他的讲授："先生，这个词是什么意思？"待赵知三走近他跟前时，他突然向赵知三大吹一口气，把捏在手中的胡椒粉吹进赵知三的鼻子里。赵知三忍不住连打几个喷嚏，赶紧捂住鼻子回到讲台前。旁观的吴伯达再也忍不住了："给我狠狠地打！"赵知三本不想惩罚那个学生，听到是吴伯达的声音，只好首次使用戒尺。吴伯达感到奇怪：怎么赵先生老是一手持戒尺打学生，一手捂嘴巴。晚上他问自家上学的孩子是什么原因，孩子讲不出来，却说赵先生的头发被烧焦了很可笑。

第二天晚上，吴伯达带着这两个谜团登门拜访赵先生，他家里人说他又去教义塾。义塾是村民共同捐钱兴办，相比于族塾教四书五经、诗词歌赋，义塾只教《三字经》《千字文》和《百家姓》，让穷家孩子识文断字。吴伯达到一间破屋前，见赵知三正在一盏油灯下讲课，便破门而入："赵先生你也太不仗义，工钱不够我可以多付，你也不要白天、黑夜两头赚钱，这样哪能教好我吴家的孩子？"一个学生说："赵先生没收我们的钱。"赵知三也连忙解释："这些孩子白天帮父母下田干活，到晚上才能读书。我确实没收他们一分钱。""你这么辛苦图的啥？""为了报恩。十几年前如果不是义塾供我读书，我至今仍大字一个不识。""你今年几岁？"赵知三拔下假胡子："才二十岁。我怕你嫌我年纪轻不肯聘我，才妆上这把白胡子。你给我的工钱，我都捐给了义塾。"吴伯达这时才弄清昨天赵先生打学生时，因怕假胡子掉下来才捂住嘴巴；而他的头发，则是被义塾油灯烧焦的。他的眼睛顿时湿润了："赵先生，我再添置些教具，你就把义塾学生搬到我族塾那里去，白天、晚上上课都行。"赵知三听后，感动的泪水也禁不住夺眶而出。

这个故事虽有编造的痕迹，但故事内容的真实性很强。吴伯达和赵知三在义塾因感情碰撞而互相感染，都基于真心要培育下一代。他们的追求和境界是相通的。大江东去，岁月悠悠。时至今日，我们还忍心让穷家的孩子读不起书吗？

建瓯百姓的再生父母

福建省的建瓯县，历史上称为建州。在五代十国至南宋期间，曾两次面临灭城之祸，幸遇两个贤人相救，才逃脱灭顶之灾，终于诞生了两位建瓯百姓的再生父母。

五代十国时期，闽国西北行营招讨使章子钧屯守浦城西岩山，被南唐兵包围，便派边镐、王建封两个校尉前往建州搬救兵，因雨误期，按律当斩。章妻练夫人出面谏阻："时危未靖，公奈何斩壮士？"终救两人性命。后来边、王两人投靠南唐，几年后南唐派江南安抚使查文徽率兵伐闽，命边镐为行营招讨，王建封为先锋，攻破建州，闽王投降，闽国灭亡。时章子钧已死，练夫人居住建州。边、王二人为报答当年救命之恩，备金银布匹赠送练夫人，并送白旗一面，交代"唐兵即将屠城，望夫人将白旗挂在门口，以免进城兵士误犯"。练夫人退还礼物和白旗，郑重地说："你们如念及我的恩德，请保全全城百姓，如非屠城不可，我愿与全城百姓共死，不愿独生。"边、王二将深受感动，极力说服查文徽撤回屠城的命令，保全了全城百姓的性命。宋代的沈括在其《梦溪笔谈》、清代的吴任臣在其编著的《十国春秋》中，对此事都作了专门的记载。练夫人死后，建州百姓打破城区不得造墓的惯例，把练夫人安葬在州署后堂，建墓立碑称之为"全城众母"。1990 年建瓯县人民政府在墓前立起练夫人雕像，并刻有练夫人传略，以示纪念。

约过百年之后，南宋名相李纲被罢官闲居福州，不久建州爆发了范汝为领导的农民起义，朝廷派韩世忠率兵前来镇压。攻占建州城后，韩认为建州百姓依附范汝为造反，准备屠杀全城百姓。李纲马上找上韩世忠，反复说明建州百姓是无辜的，不能感情用事，终于说服韩世忠收回屠城的成命，保全建州十多万百姓的性命。建州又名芝城，百姓感戴李纲的恩德，尊他为“芝城之父”，并为他建祠塑像，四时祀奉。

以人为本，尊重生命，这是中国优秀传统文化的核心和精华。然而在中国的历史上，视平民如草芥，砍百姓之头如割草的事却比比皆是。练夫人和李纲之所以会成为建州百姓的再生父母，缘于他们在行动上而不是在口头上，真正地履行中国儒家优秀的传统文化。特别是练夫人，为了保全建州百姓的性命，不惜以身家性命相许，真是可歌可泣！历史上类似事例不止练夫人、李纲二人。南宋的岳飞有一次受宋高宗的诏令，平定虔州、吉州作乱的盗贼，宋高宗亦要求屠城，岳飞再三地请求杀其首恶而赦免百姓，终于保全虔、吉二州百姓的性命。岳飞和韩世忠同是南宋抗金名将，但岳飞的人本意识和民本意识比韩世忠要强得多。可见，同在世间为人为官，其心是红是黑还是半红半黑，历史老人看得最清楚，老百姓看得最清楚。

执法无情人有情

北宋名相司马光的祖父司马炫在陕西富平县当县令时，有一个人犯了杀人罪，司马炫依法判处那人死刑。但死犯的妻女却无法度日，生活无依无靠，死犯妻子便想把女儿卖掉。司马炫得知这个消息后，于心不忍，便从自己的俸银中支出部分，叫手下送去死犯家中，月月供给。死犯妻子知道司马炫是个清官，就靠俸银供养家庭，却每月支出部分周济自己，便决意要把自己的女儿送给司马炫当妾。司马炫对她说："我杀你丈夫是维护国法，送你钱银是同情你的境遇，无须什么报答。"他与夫人商量后，决定认那死犯的女儿为干女儿，把她接进府来打扮一番，然后找上一户好人家，并征求她母亲的意见，把她嫁出去，使死犯的妻子和她女儿从此生活有了依靠。这件事在当地引起很大的轰动，无人不称赞县太爷"执法无情人有情"，这不仅是死犯家属的幸运，也是当地老百姓的福分。

由北宋司马炫的故事，又带出清代郑板桥的故事。据江苏《兴化县志》记载：有一天大盐店安老板告发有人贩卖私盐，时任县令的郑板桥立即升堂审问。他见那卖私盐的人衣衫褴褛，面色肌黄，长相憨厚老实，便把惊堂木一拍："贩卖私盐系犯法，你为何铤而走险？"那人吓得浑身颤抖跪在地上："小人知罪。因今年遭灾收成不好，贩点私盐就想为久病的老母亲治病，望大人宽容。"安老板在一边插话："应严惩此人，杀一儆百，不然人人仿效，那还了得！"郑板桥又问;"你已贩几回？""就这一次，我没本钱，只贩 20 斤。"郑板桥内心非常同情这个盐贩，但他毕竟是违法；再说那安老板依靠特权开了家大盐店，却为富不仁，经常敲诈穷人。他眉头一皱，便对安老板说:“让他在你店门口示众三天如何？”安老板连声说好。郑板桥便叫衙役用芦席编成一个大枷，高八尺，阔一丈，中间露出一个孔，令盐贩套在头上。他又提起判笔连画十几张竹子，叫衙役粘贴在芦席枷四周。城里人听说郑板桥展示人犯又展示他的竹画，每天观者如潮，挤得安老板门口水泄不通，想买盐的人无法进出，纷纷转到他店购买。安老板见生意大亏，连忙请求郑板桥撤去示众的人犯。郑板桥顺水推舟:“好吧，念他初犯，那就马上释放。”然后让衙役交代盐贩把贴在芦枷上的竹画拿去卖钱。获释的盐贩卖竹画赚了一笔钱，不但治好了老母亲的病，还做起了正道的小生意，一家人直感谢郑大人的大恩大德。

司马炫和郑板桥依法惩处罪犯，但都拥有一颗同情弱者的心。司马炫以县令之尊认死犯之女为干女儿，由此为她们母女铺桥造路找到了生活的依靠。郑板桥既象征性地惩处了违法，又艺术性地惩罚了奸商，并运用自己的名气，为穷盐贩铺设一条生活的新路。他们是惩处不法和创造美好的典范！

面对皇上的诱惑

山东王氏家族有个响当当的堂号叫“三槐堂”，承袭达千年之久。论这“三槐堂”，当从北宋兵部侍郎王佑说起。

北宋初年，有人告发大名府节度使符彦卿多行不法。符彦卿和宋太祖赵匡胤原先同是后周的将领，符的地位不在赵之下。赵匡胤政变成功当上皇帝又“杯酒释兵权”后，对符彦卿很不放心，但又没理由动他。这次接到告发他的信件后，认为是个机会，便叫王佑负责办理此案，还面授机宜，承诺王佑如把案件“做实”后，将封予宰相高位。

兵部侍郎仅是副部级，宰相可是政府首脑，这个诱惑太大了。但王佑在审理案件过程中，查明“多行不法”的并非符彦卿本人，而是他的部下假借他的权威贪赃枉法，借势敛财，便据实处理犯法的人，然后又据实向赵匡胤汇报，气得赵匡胤吹胡子又瞪眼睛。王佑却从容地说：“我以全家人性命担保，符彦卿并无罪行。”然后话锋一转：“五代国君都因杀戮无辜而导致国运不长，盼皇上引以为鉴，国家甚幸！”赵匡胤一怒之下把他降职到地方当长官，临走前一些好友前来送行，都怪他不会领会皇上意旨。王佑认为不能为升官而做伤天害理的事。他指着院子里三棵大槐树对众人说：“这是我早年亲手种下的。在周代槐树象征着渊博的学问和崇高的地位，代表着正直的品格。只要王家子孙都能像槐树一样，即使我坐不到三公的位置，我儿孙也必定能够做到。”

王佑的话也真够灵验，到宋真宗时期，他的儿子王旦果然登上宰相宝座，达十多年之久。其为官胸怀大局，宽宏大度，举贤任能，清正廉洁，被誉为“平世之良相”。但他有一个不足，就是不能像他老爹那样顶住皇帝大老爷的诱惑和压力，做了一件亏心事。当时宋真宗想泰山封禅制造假天书，假天之口来颂扬宋家王朝，颂扬自己。为了拉拢王旦，皇帝大老爷竟暗中向他行贿，送他一坛珠宝。王旦虽然不缺钱花，也明知那“天书”是骗人的，却不敢抗拒，又是充当大礼使，又是担任典礼的最高长官，甚至捧着假天书走在最前面，成为骗局的主角。他到晚年常为此悔恨自责：“我一生无大错，就是迎合皇上搞假天书欺骗百姓铸成大错。”他至死不能原谅自己这个过错，吩咐家人在他死后给他剃光头发，穿上僧衣，以示自惩。

宋太祖为了诱使王佑陷害符彦卿，用的是高官厚禄，但王佑基于保持槐树品格的理念，坚持实事求是，不为“政治的需要”而左右，其后人由此建起了“三槐堂”。宋真宗为了诱使王旦参与制造假天书，用的是金银珠宝，王旦虽知此为有损于槐树的品格，但为迎合“政治的需要”而做了违心事，然他能够自责，亦算是维护了槐树的品格。可见，人活世间一定要拥有信念，有美好的信念才能铸就美好的人生。

张宗昌的绰号

张宗昌是奉系军阀头目。在北洋军阀中，论实力或地盘，他都属于二流角色，却引起远如林语堂近如李敖等文人学者的极大兴趣，连普通老百姓也总爱津津乐道流传有关他的故事。据说清朝末代皇帝溥仪被废后，还经常与他通信。要解开这个迷，看来得从他的绰号说起。

一个人顶多有一到两个绰号，张宗昌却有五六个绰号，什么“狗肉将军”“长腿将军”“三不知将军”“五毒大将军”“混世魔王”“张三多”，等等。他系苦孩子出身，父亲是个吹鼓手。据说他母亲怀他待产，在床上折腾三天两夜老是生不下来。这时饿了几天的老狗上前来乞怜讨吃，被他父亲踢翻在地惨叫一声，他母亲受到惊吓才把他生了下来。有人可能与此相联系，说他一生嗜爱狗肉。其实他最忌狗肉而爱赌博，因广东人打麻将俗称“吃狗肉”，林语堂称他为“狗肉将军”，其实是说他爱好赌博。所谓“三不知将军”，是说他不知自已有多少军队、多少财产、多少姨太太。军阀混战年代千变万化，拥有多少军队和财产可能一时说不清，但他不知有多少姨太太，可能跟他写的一首打油诗有关:“要问女人有几何，俺也不知有几个？昨天一孩叫俺爹，不知他娘是哪个？”林语堂则说他大约有 80 个老婆。说他是“混世魔王”，这方面的例子很多。他出身卑微，却自认是张飞的后代，专门在家中供奉一尊张飞塑像，案头常放一本《三国志》。张作霖有一次派手下郭松龄想遣散他的部队，在校阅过程中郭松龄骂了一声“操你娘”，他说:“你操我的娘，你就是我的爹。”竟当众向少他好多岁的郭松龄下跪，弄得郭松龄很不好意思，不但不遣散部队，过后还直在张作霖面前说他的好话。说他“五毒大将军”亦名副其实。他对老百姓横征暴敛，在山东主政时仅附加税就有10多种，捐税多达50多种，还残酷镇压青岛日商纱厂工人罢工，造成“青岛惨案”。

后人谈论张宗昌，经常把他说成是个粗鲁草莽、昏庸无能的一介武夫。张宗昌在对手如林的混战年代，由一介平民闯成一方军阀，说他昏庸无能是说不过去的。他虽只读过两三年书，15岁带着20个鸡蛋闯关东，到海参崴修铁路，竟学来一口流利的俄语，还当过翻译。他自个磨炼，双手射击百无一失。经过自学，写出一手不错的毛笔字，还会画写意山水画，并创作不少打油诗，其中描写下雪的“什么东西天上飞，东一堆来西一堆。莫非玉皇盖金殿，筛石灰啊筛石灰”简直可以与张打油的《咏雪》诗媲美。他重视教育，合并组建山东大学并亲任校长。他是旧中国大小军阀人生轨迹的缩影，之所以引人注目，乃是他体现出自己独特的个性。有个性的人或官员相比于一般的人或官员，总会显示出其不同凡响的特色，给人们留下较为深刻的印象。

韩复榘断案

清末民初军阀笑话故事在民间流传较多的，除了张宗昌，还有韩复榘。张、韩二人有不少共同点：都是草莽军阀，都主政过山东，也都重视教育，还会舞文弄墨哼些打油诗，以至人们常把他俩的打油诗混淆在一起。不过，韩复榘与张宗昌有个不同之处：韩喜欢干预司法，喜欢亲自断案。

韩复榘对法律一窍不通，却喜欢升堂断案，最爱听老百姓叫他“韩青天”。他断案从不问卷阅卷，全凭个人直觉和好恶。他很相信自己的“相术”，审案时有时一言不发，直直地盯着“人犯”，看着看着，他右手一挥就意味着拉出去枪毙，左手一挥就意味着无罪释放。他也有自己办案的“原则”：有时看到“人犯”拒不招供，宁死不屈，便说他是个“硬汉子”，在欣赏之余便饶了他的性命；如见到一上堂就招架不住，哭爹哭娘，便认为他是“孬种”，不管是真犯还是假犯，便很不耐烦地叫人拉出去枪毙。他最恨贩毒。有一回审问一个毒贩，那毒贩说：“小的无能，因家有八旬老母养不起，才来铤而走险，要死就让我娘儿一块儿死吧。”韩复榘发现他是个孝子，严斥他一顿后，摆摆手叫人把他给放了。

韩复榘断案也曾误杀围观的无辜。成衣铺里有一个年轻裁缝，经常进出省政府给官员缝制衣服。有一天他进入衙门时正碰上韩复榘在审案，便站在右边押解人犯的地方看热闹，没想到审完案后要把人犯押去枪毙，竟错把裁缝也捆绑起来。裁缝大喊“我是裁缝”，刑警队说“裁缝犯法也得死”。另有一回省参议员沙月波叫一个名叫“小道”的差役到省政府送信，也正遇上韩复榘在审理一批盗匪，亦站在大堂右边观看，审案结束后也被当作人犯绑上刑车要拉去枪毙，小道大喊“我是送信的”，韩复榘说给盗匪送信也应该枪毙。沙参议晚上见小道没有回来，打电话到省政府询问，才弄清小道被误杀了，便带小道母亲找上韩复榘，韩笑了笑说：“小盗（道）不杀将来会变大盗。”便拿出500块大洋赔偿了事。

有关韩复榘断案的故事，韩的后代和军医在回忆文章中曾有提及，不少故事内容都是真实的。韩的次子韩子华在《忆我的父亲韩复榘》一文中，谈及他父亲出身农民，知道老百姓的苦，所以要亲自断案。法院说案子你都审了，要我法院干什么，乐得在一边图清闲。他审了一年多的案子就不审了，但凡是盗匪、贩毒和官员贪污受贿的案子，还是要由他亲自审理，有好几个县长和公安局长因犯贪被他下令枪决。

现在我们反复在强调法治，强调党政官员不要干预司法。韩复榘凭个人好恶干预司法，造成不少错释、错杀、错判的历史故事，就是一部以人治取代法治的反面教材。借助这部教材可以看到：只有尊重司法独立，杜绝行政干预，坚持依法办事，才能实现公平公正，实现社会大治。

张曜拜妻为师

晚清山东巡抚张曜当巡抚时，有一次在大堂上问幕僚：“你们怕老婆吗？”幕僚们都说不怕。张曜惊问：“什么？你们竟然连老婆都不怕？”

张曜怕老婆是有原因的。张曜自小失学，大字不识几个。他夫人却出身书香门第，棋琴书画无所不能。他成为将官后，上面来文下面呈文，都依靠他夫人回复处理，因此非常崇敬并尊重夫人的意见。后来皇上要提拔他担任河南布政使，由武官变成文官，朝廷御史刘毓楠上疏说他“目不识丁”，当武官可以，却难以信任政务，朝廷便改任他为南阳总兵。当时圣旨已下，由于受到弹劾由文官改成武官，那是很没面子的。他以“目不识丁”为耻，以官员弹劾为砺石，立志要好好读书，做到能文能武，便要求夫人教他读书。夫人说要教可以，但要行师生之礼。他便端端正正穿起朝服，把夫人扶坐在孔子牌位前，行三拜九叩大礼。自此之后，老婆变师娘，老公变徒弟。他每在公务之余，便让夫人教他研读经书。夫人每摆起教师架子，他便躬身肃立听训，不敢稍有不敬。他还刻有一枚“目不识丁”的印章随身携带，时刻用于自警、自励。

张曜由于发奋苦读，终于“淹通国史，诗词日有古法”，成为一个很有学问的人。他亲自起草的奏章，不但文笔雅顺，而且内容中肯。后来皇上又想提拔他担任山东巡抚，有人又提出异议，他请皇上当庭面试，其文章和书体之优美，竟使皇上和大臣们大为惊奇。他后来专门建一座书楼，写出一手好字，画出一手好画，还朝吟夕咏，留下一部诗集。当年弹劾他“目不识丁”的刘毓楠晚年被罢官，生活拮据，张曜不计前嫌，年年给予资助直至丧葬，以感谢他从反面激励自己奋发攀登文化高峰。

张曜由于主政山东政绩突出，他死后被当地百姓尊为黄河河神，并在大明湖畔为他建庙立祠。光绪帝因为他一生勤奋并结出硕果，封他为“勤果公”。

故事的情节表明，张曜怕老婆，并非怕老婆撒泼，怕老婆胡来，而是怕自己的文化基础和素养都远远不如自己的老婆。为了提高文化素质，他不惜放下大丈夫男子汉和朝廷大员的身段，拜妻为师，虚心求教，不耻下问，这一点难能可贵。再者，为了达到自己奋斗的目标，他有一股自我激励和自我磨砺的精神，有一股艰难困苦，玉汝于成的苦劲和韧劲。正是有这种精神和劲头，才使他由目不识丁到广闻博学。由张曜拜妻为师并成为“勤果公”的故事，不禁想起两句俗语：“世上无难事，只要肯攀登”“只要有恒心，铁杵磨成针”。

“书痴”父子亡国君

在南北朝时期，曾出现梁武帝、梁元帝两个“书痴”父子，结果都成了亡国之君。

梁武帝名叫萧衍。他自小好学，文武之道兼而习之。长大后亦博学多才，拥有文武才干。到他做上皇帝后，虽日理万机仍学而不倦，常在烛灯下手不释卷直到深夜。他书看多了著作也多，著有周易、中庸、老子等讲疏和毛诗、春秋等答问共有 200 多卷。他读着读着，不知怎的竟迷上了佛教书，认为在佛、儒、道三教中，佛是日月，儒、道是众星，孔子和老子都是佛的学生。他以苦行僧自居，早晚都要去佛寺拜佛，还经常做佛事说要为老百姓祈福，并著有解释佛典的义记数百卷。他先后多次舍身跑进佛寺去出家当和尚，被称为“菩萨皇帝”“和尚皇帝”。大臣每次请他回皇宫，得从国库支出上亿元的钱去给他赎身。由于信奉“以善为本”，对一些为非作歹的人尽讲宽容，导致社会混乱不堪，内外矛盾激化，最后导致“侯景之乱”，他本人亦被侯景禁闭在“净居殿”里活活饿死，权力为侯景所篡夺。

经过几番的内外残杀和争斗，几年后萧衍的第七个儿子萧绎又夺回了权力，登上皇位称梁元帝。萧绎亦是自小爱好读书。他有一目失明，看书较不方便，便叫书童给他念书，常到深夜。他在听书时有时闭上眼睛，书童以为他睡着了，怕打扰他便停顿下来，他马上睁开眼睛叫接着念，有时念错了还遭他呵斥。他不但学识渊博，还多才多艺，书画、韵律、围棋、相马、看星象、医学、姓氏学、玄学、兵法无所不能。但他治国治家则是失败的。著名成语“徐娘半老”就是说他妃子徐昭佩，堂堂皇帝竟为此戴上了绿帽。面对邻国威胁，他不懂得运用政治手腕，处理好外交关系，让对方找到出兵的借口。当敌军大兵压境时，他不是组织抵抗，却与群臣坐而论道，大谈《老子》经典，结果国灭身亡。他不咎己失，却将失败归罪于书，在城破之前竟命人把 14 万册的藏书烧成灰烬，说是“读书太多，方有今日之祸”。萧绎此举，造成我国历史上自秦始皇焚书坑儒以后最大的文化破坏事件。

人们常说：“读书使人进步。”这是就理论联系实际，学而致用而言的。读书必须坚持“活读书，读活书”，才能达到“读书活”；如果“死读书，读死书”，就很容易导致“读书死”。梁武帝和梁元帝父子都是“书痴”，但在联系实际方面却出现了谬误或空白，是“死读书，读死书，读书死”的典型。他们父子都是帝王，是搞政治的。梁武帝读书虽有联系实际，却联上了如何做佛事，搞“以佛治国”，丧权灭国在所必然。梁元帝却什么也不联，在大兵压境时光会念老子的《道德经》，这就跟宋襄公打“义战”一样的荒唐。看来，如何正确对待读书的问题，仍需要引起人们的认真思考。

言宜慢心宜善

东汉昭帝年间，山东昌邑城里一家酒楼，一位身着青布长衫的年轻人正在孤杯独酌，脸上现出愁云。他叫王吉，本在云阳县当县令，因通经明史贤名远播被调进昌邑王府担任中尉，由七品官升至五品官。虽然平步青云，但昌邑王刘贺虽属汉武帝嫡亲，却荒淫无度，身边聚集一批贪婪无度的小人，在这样的王爷手下为官，又与这班无耻同僚共事，将来是祸是福令人担心。王吉正在借酒浇愁之时，忽见邻桌一老者儒雅亲和，顿生好感，便趋身上前请教。他与老者并成一桌，谈诗论史，谈古论今，一见如故。老者在酒话间知道他的身份和心事后，随即酣然大笑："你不必说了，我全明白了。我送你三个字，保你顺顺畅畅。""哪三个字？"老者回答："言宜慢。""言宜慢？"王吉细细品味这三个字的含意，若有所悟，定神回头一看，那老者已飘然而去，不知所踪。

自此以后，王吉谨记老者的教诲，低调行事，勤于政务，三思而后言，在昌邑王府终于躲过各种险恶而平安无事。在刘贺被立为皇帝前后，王吉经慎重思考后，多次劝谏他要尊重大臣，勤于国事，均未得到采纳。刘贺因荒淫无度，当了 27 天皇帝就被废黜，他周围的人均被处死或下狱，王吉和另一个幕僚因劝谏过他而幸免。

后来汉宣帝登基，王吉被起用为博士谏议大夫，专门评议政事，弹劾失职官员。一日，王吉回家乡琅琊省亲，路过昌邑城，遇见了 10 年前酒楼相会的那位老者，便急忙下轿上前躬身行礼："感谢 10 年前前辈教诲之恩，晚生可是终身受益。"老者哈哈大笑："当年送你三个字保你十年顺畅，我再送你三个字保你一世无忧。"王吉连忙洗耳恭听："哪三个字？”“心宜善。”老者说完又飘然而去。王吉对照这三个字，回想这几年成为朝中重臣，权高位重，但曾参与党派之争，弹劾过不同政见者，如长史赵珞为官清正，因与自己政见不同，遭自己恶意弹劾，导致他被罢官后郁郁而终。经过自我反省，他更加严格要求自己，既善对自己，保持清正廉洁，又善对别人，超脱党派之争，终于成为西汉的一代名臣。“言宜慢，心宜善”不但成为王吉本人的座右铭，也成为他的家训代代相传，使琅琊王氏延袭下来的家族，成为中国历史上最为显赫的家族。自西汉至明清 1700 余年间，据《二十四史》有明确记载的，王氏后人有 36 人成为皇后，36 人成为驸马，35 人成为宰相，被称为“中华第一望族”。

言宜慢，就是说什么话都要经过慎重思考，不要随心所欲，意气用事；心宜善，就是办什么事都要坚持原则，按规矩来，不能有私心，更不能居心不良。据说向王吉传授这六字“真言”的老者，系隐居于昌邑的汉武帝时期著名宰相公孙弘。中国的优秀传统文化，就是这样一代一代地流传下来的。

乐天皇帝和聪明大臣

东晋的简文帝生性乐天，平时很爱跟大臣开玩笑。有一天他问一个近臣："魏元孚长得那么矮，脸庞又那么短，又秃顶，这种丑八怪怎么能在朝廷为官呢？"近臣说："魏公是先帝看中的。有一回先帝外出打猎射中一只鹿，高兴之余吟诵一首古诗，却忘记了出处，问周围大臣却无人应答得出来，很是扫兴。后来魏公出来说出诗的出处，先帝对他非常欣赏，便提拔他当近卫侍郎，一直服侍至今。"简文帝说："这么说，魏元孚是个很有学问又聪明的官员喽？那他的主要缺点是什么？"近臣说："好酒贪杯。"

有一天，简文帝叫人安排宴席，请大臣们来喝酒。简文帝又叫太监在大殿里摆上一条长椅子，上面摆上十几个又圆又短的酒瓮子，还在酒瓮子头上戴上类似魏元孚日常戴的帽子。宴席开始后，大臣们遵照简文帝事先的吩咐，纷纷向魏元孚敬酒。魏元孚虽然贪杯好酒，但见今晚气氛异常，苗头不对，杯杯应对后便托词上厕所，把喝进的酒全都吐出来，然后又佯醉进入酒席准备继续应对。这时简文帝借着酒兴把众大臣带到大殿，魏元孚见众大臣个个笑得前仰后合，简文帝也笑得直不起腰来。他不知究竟，傻乎乎地直打激灵，然后回头一看：天哪！那十几个酒瓮子一字开去，齐刷刷地摆列在一条长椅上，个个形状都像我魏公本人。他知道这是爱开玩笑的皇上在拿自己开涮，便急中生智指着酒瓮子说："嘿！这不都是俺的兄弟吗？你们也太大胆无礼了，怎么没有邀请都私自跑到皇宫里来啦？来来来，快随俺回家去！"说着便把椅上的酒瓮一个个抱下来说要带回家。简文帝和大臣们见他如此造作，更是笑得上气接不住下气在满殿打滚。

魏元孚把这十几瓮美酒带回家后，叫家仆四处放风说皇上赐他十几瓮美酒，他准备卖钱用于救济穷人。卖完钱在救济穷人时又说：“这是简文帝的恩惠。”简文帝事后感慨地说：“人不可貌相。魏元孚酒不乱性，甚有分寸，九分清醒一分醉，确实是个聪明人。”自此以后，魏元孚成为简文帝器重的大臣之一，他运用自己的聪明才智，辅助简文帝做了许多利国利民的事，深受百姓拥戴。

人们识别和使用人才，一般都要经过长期考察，但有时也可以见微知著。简文帝的父亲正是通过一个偶然的场合，才发现魏元孚的才学高过众大臣。识别和使用人才，通常都要通过严肃的场合进行认真的考察，但有时通过宽松的场合，更可以看出人的本质。爱开玩笑的简文帝，正是通过饮酒作弄魏元孚的形式，看到他的才华和品位。所有这些，都是那些平庸、呆板、僵化的官员所无法做到的。由此联系同志间提意见时，通过一些宽松的场合或开玩笑的形式，可能会收到不伤感情又事半功倍的效果。

康熙帝哭师

清朝的顺治帝立玄烨为太子，他很想找一个德才兼备、知识渊博的人当太子的老师。有一天他摆下御宴宴请众大臣，席间问道：“我有一事不明，人说耳大是福，但我是皇帝，你们都是我的臣下，为什么我耳朵这么小，你们的耳朵却都比我大？”众大臣听后你看我、我看你，个个惊出一身冷汗，谁也答不上来。此时列于朝班最后一排的翰林庶吉士郑天经朗声答道：“皇上是龙，所以耳小；臣下是象，所以耳大。”顺治帝惊诧之余又问道：“这是你的杜撰还是古书上有记载呢？”“这是写在《百藏经》第13篇上的文字。”顺治帝当即命人从藏书中找来此书，郑天经当即翻出此段文字，令众大臣个个咋舌，顺治帝当即封他为太子太傅。郑天经虽然从七品官连升五级成为二品官，但打心眼里是一百个不愿意，因君命难违，只好禀奏说：“如让微臣教太子，当严遵师生规矩。”顺治帝满口答应。

玄烨当时年仅七八岁，天性好玩，有几回教他读书，竟吊儿郎当，嬉皮笑脸。有一回郑天经实在忍不住了，便拉他到六月的烈日下跪地罚晒，自己也陪跪在旁边。皇后看了于心不忍，斥责郑天经说：“太子读不读书，日后照样当皇帝，你不要折磨他！”郑天经义正词严地说：“树不剪不成材，玉不琢不成器。少儿不读书，长大变蠢猪。既然不可教诲，我就辞官回家种田去！”说罢便摘下乌纱帽扬长而去。顺治帝得知此事后，急忙叫太监追回郑天经，责令玄烨跪拜严师赔礼。严师出高徒，自此后玄烨再也不敢偷懒，终于成为一个博学之士。到玄烨继位成为康熙皇帝的前一年，郑天经推说身体欠安乞退，回到苏州老家。

转眼十多年过去了，康熙帝已成为一代英主。有一回他下江南时路过苏州，想去看望当年的恩师。已是耄耋之年的郑天经听后诚惶诚恐。他担心康熙帝会记住当年烈日暴晒之仇，为防株连全家，便交代家人如此这般。待康熙帝登门时，只见郑家白幔高挂，丧联飘摇。一听恩师已于昨晚去世，康熙帝大恸，赶到灵柩前放声哭诉："学生来迟一步！"他让掀开棺盖瞻仰遗容后，泣不成声即时朗诵祭文。当他念到"感念师恩，感念师情，眼泣泪雨，心如刀绞"时，躺在棺里的郑天经感动得禁不住泪水双流。康熙帝弄清原委后转悲为喜，并不究他"欺君之罪"。宫廷画师感于皇上与他恩师的深厚情谊，画下金殿选师、东宫跪师、郑府哭师三幅画。后来康熙帝把这三幅画挂在自己的寝宫里，作为永久的纪念。

古时作为御医，如治不好皇帝皇后的病，常有杀头之祸，甚至株连全家。当太傅教好或教不好太子，也常是命系黄泉，如履薄冰。郑天经幸好遇上顺治和康熙这两个开明皇帝。他们尊师重教的言行，应当为后人们所仿效！

粗俗圣旨害死人

张献忠是明末与李自成齐名的农民起义领袖。他与李自成起义后不久分道扬镳，率兵进入四川建立大西政权，做了两三年皇帝后便国灭身亡。也许是这个原因，民间评说一直把他当成“草头王”。粗俗圣旨害死人的传说，便是对这种“草头王”认识的产物。

话说张献忠成都称帝建立大西政权后，也学着历朝历代要开科取士。首次科举取士120名，状元名叫张大受，年方三十，长得仪表堂堂，不但博学广闻，还善于弓马，可谓文武双全。众大臣纷纷上表向张献忠道贺，说天降大贤于皇上，尤其是张状元系古今奇才，大西王朝不久将一统天下。张献忠听后喜不自禁，连忙召见张大受，又是赏金，又是赐宴，还叫宫廷画师为他画像，并赐美人四个、高级住宅一座、家丁20人。几天后，张状元准备上朝谢恩，大表一下愿肝脑涂地为大西王朝效力的忠心。张献忠因那天召见张状元后，兴奋得整夜睡不着觉，听他又要来朝拜，怕见他今晚又会失眠，便挥了挥手对太监说:“这驴养的，老子爱得他紧，见他就害得老子睡不着觉。你快去把他给收拾了，叫他免来见我。”张献忠用的是乡下人粗俗的语言，“这驴养的”是昵称，“把他给收拾了”是通知他的意思。没想到太监以为是皇上骂张状元是“这驴养的”，要赶快“把他给收拾了”。可怜张状元荣华富贵没享受几天，竟连同一家人和皇上所赐的美人及家丁，一个不留尽被斩杀，成了一群冤死鬼。

张献忠的部将刘进忠驻兵遂宁，多次想进攻清兵据守的汉中，张劝他不要轻易出兵，刘却不听劝告，导致失败。张闻讯大怒，下旨责备:

“奉天承运，皇帝诏曰：老子叫你不要攻汉中，你偏要去，如今折了许多兵马。驴球子，入你妈妈的毛！钦此。”太监宣读圣旨后，遂宁的文武官员或战战兢兢，或掩嘴窃笑。刘进忠听到“入你妈妈的毛”后方寸大乱，生怕张献忠又会搞出些什么无厘头的勾当，索性一不做二不休，连夜带着老妈子和一家人跑到汉中，投靠清兵去了。

张献忠虽出身乡野，但也读过几年书，粗通文墨，还会写诗。他出身乡野说话较为粗俗可能是事实，但说他把乡下粗俗语言作为官方语言，却有点言过其实。不过，从张献忠的起落沉浮看，他不是一个战略性的人物，经常采取一些过激的做法，只懂得冲杀搞破坏，不懂得政通人和搞建设。他不懂得争取民心，经常不讲政策滥杀无辜且手段残忍。在中国的历史上，类似张献忠这样的农民起义领袖不乏其人。虽然中国有着“成者为王败者为寇”的传统观念，但民间百姓把张献忠当作“草头王”，不单纯是受此观念的影响，而是张献忠本人所作所为之所然。人们常说“不破不立”，但凡要成就大事者，只懂得破而不懂得立，总是不能成功的。

急于求成酿恶果

唐朝后期，西北大漠边陲有个小梁国，梁王虽嫔妃成群，却没有一个给他生下个太子。梁王已年过半百，日夜苦恼王业后继无人。老太监见景便对他说："弥曼寺据说有尊送子观音很是灵验，不如前去朝拜祈子。"梁王大喜，便决定光临佛寺。此时一皓首老人飘然而至："王爷莫急，十年后将有太子诞生。"梁王知他是异人，连忙跪拜："人生变化莫测，我岂能再等十年？""你将享75大寿，百年后太子正好接班。""我求子心切，能否及早如我所愿？""太子前身仍在弥曼寺修炼，十年后方可转世。时辰未到，不可强求。此是天意，不可泄露。切记！切记！"皓首老人说完便飘然而去。

梁王与皓首老人的密谈被老太监听到了。他知道王爷求子心切，便附在他耳边说"不如如此如此"。梁王听后眉毛一展，立即吩咐他"依此照办"。几天后有人前来禀报："弥曼寺忽遭大火烧毁，寺里僧人无一生还。"梁王立即下旨："重建寺庙，厚葬僧人。"一年过后，仍不见太子"转世"。梁王正在苦恼，忽见皓首老人又出现在他跟前，斥责他无端残害出家修炼之人，梁王连忙跪下请罪。皓首老人厉声说道："我可以告诉你，太子的前身就在你王宫里头。"梁王一听顿时睁大眼睛："在哪里？""就在那群畜牲中间，待那畜牲死了，必然转世。"皓首老人说罢又飘然而去。

皓首老人与梁王的密谈又被老太监听到了。他禀告梁王："畜牲命贱，迟早要成为我们的盘中餐，口中食，不如趁早把它们全部杀掉，以期太子早日出世。"梁王连连点头，第二天就下令把王宫里所有的牛马驴羊猪狗鸡鸭全部杀光，过后不到一年，老太监乐颠颠地跑来报喜："太子生下来啦！太子生下来啦！”梁王乐得连胡子都吹翘了起来。

转眼十几个年头过去了，太子已长成彪形大汉。此时的梁王已年过六旬。他想自己可活到75岁，承前启后顺利交班自是一番幸事。没想到有一天老太监慌颠颠地跑进来哭告：“大事不好了！太子带兵包围了王宫，要废黜王爷让他及早登基。”梁王简直不敢相信自己的耳朵，跑出王宫一看，只见太子正秣马厉兵指挥部下：“把老王爷和老太监抓起来禁闭在后山的山洞里。”梁王气得破口大骂：“你这个畜牲！你这个畜牲！”不久后梁王和老太监便双双饿死在山洞里。

梁王没有太子，按照“天意”须在十年后才会拥有，可他因急于求成却偏偏要违背“天意”，搞了许多害人杀生的事。由于他违背“天意”，终于受到“天意”的惩罚，让他在畜牲里头“转世”出一个畜牲太子，最后饿死了自己。古人所说的“天意”，其实就是我们现在所说的规律。人们可以运用规律，却不可以违背规律。凡是违背规律的人，必然要受到规律的惩罚。

风波亭后遗风波

众所周知，在风波亭害死岳飞的秦桧是千古一奸，为历代人所唾骂。南宋时，人们听到岳飞遇害，“天下冤之，闻者流涕”，并捏秦桧形状的面团下油锅猛炸，称为“油炸桧”（即现在的油条）。元朝时，人们常在秦桧墓前便溺，称其坟为“遗臭冢”，并留诗云：“太师坟上土，遗臭遍天涯。”屠户亦常在去毛的猪腹上留字：“秦桧十世身”。明朝时，有人在岳飞坟前植桧树，然后劈开，称为“分尸桧”，并铸秦桧夫妇和他两个帮凶的跪像于岳飞坟前。到清朝时，演“精忠戏”中秦桧的演员，经常遭到观众登台痛打。

先人作恶，累及子孙。秦桧死后，他的后人因他的臭名，面对一阵又一阵的风波。在秦桧死后75年，金兵再次大举南侵，直逼蕲州。宋宁宗召集群臣商议对策，老将赵放力荐年富力强、文武兼备的秦钜领兵退敌，马上遭到其他大臣的强烈反对：“秦钜乃秦桧曾孙，用他为将，不但贻笑大方，亦有害国家！”赵放据理力争：“人各有志，心心相异。秦钜对其曾祖通敌卖国、陷害岳飞深恶痛绝，早有杀敌洗辱之心，岂可因其先人而断其好坏呢！”宋宁宗对秦钜心志早有所闻，便擢升秦钜为蕲州通判兼领军备。面对十万金兵团团围城，秦钜和他的儿子秦光带领全城军民誓死奋战，他负重伤血染战袍仍拼死御敌。金兵破城后，他与儿子及妻女一家七口，皆跳入火海以身殉国，演绎了一首“精忠报国”的悲歌！

到了清乾隆时期，秦桧的后代秦大士（号“涧泉”）在科举中名列榜首。乾隆帝在钦点状元时，见他姓氏、籍贯和秦桧均相同，心里犯疑：

此人是不是秦桧的后代？如果录取一个奸臣的后代当状元，怎么向全国百姓交代呢？便在金銮殿上当面对他发问。秦大士俯伏在地浑身冒汗：如否认将犯欺君之罪，如承认功名将打水漂，便急中生智答道："皇上，一朝天子一朝臣。"乾隆见他一语双关，才思敏捷，龙颜大悦，当即钦点他为新科状元。为了平息社会舆论，秦大士事后又特地到杭州西湖岳坟祭拜岳飞，写下了流传千古的"人自宋后少名桧，我到坟前愧姓秦"的名句。

由风波亭后的风波，不禁想起"文革"时期"龙生龙，凤生凤，老鼠生儿打地洞"的"血统论"和"出身不由己，道路可选择"的"政策性语言"。前者是地地道道的谬误，后者则是科学的认识。秦钜和秦大士都对先人的劣迹深恶痛绝，并用自己的行动和才华，赢得了人们的景仰和历史的钦叹。然而有些人却总爱用世俗的眼光去审视人的出身，而不看他本人是龙是虎；有些出身"高贵"的人自己不努力，总爱去炫耀自己的血统，沾先人的光；有些出身不好的人因受到某种歧视或牵连，经常垂头丧气甚至自暴自弃。上述人家，当以赵将军与秦钜、乾隆帝与秦大士互动的史话为宝鉴。

“知无不言”和“无则加勉”

范纯仁是北宋名臣范仲淹的次子，宋哲宗时期的宰相。程颐是北宋著名的理学家和教育家，曾任崇政殿说书等职。范、程二人交往颇深。有一天程颐去拜访刚刚卸任的范纯仁，范纯仁回忆官场春秋自有一番感慨。程颐却不以为然，直言不讳道：“你不要以为当官很风光，你职内有好几件事办得不妥，你不觉得惭愧吗？”范纯仁不知他所指何事，说愿洗耳恭听。程颐说：“在你入相的第二年，苏州一带发生暴民抢粮事件，你应该在皇上面前多多进言，可你却闭口不言，害得许多无辜百姓受到惩罚。”范纯仁说：“是呀！当时应该多多进言才对。”程颐又说：“过了一年吴中发生天灾，百姓以草根树皮为食，地方官员多次请求朝廷赈灾，你却置之不理，你不觉得惭愧吗？”范纯仁连连点头：“是呀！实在惭愧！实在惭愧！”程颐接着又指出范纯仁其他一些失误，范纯仁都没有辩解，一一承担责任。

几天后，皇上召程颐入殿问政，程颐切中时弊，畅谈安邦治国之策，皇上听了十分欣赏，赞扬程颐说：“你真有当年范宰相之风范啊！”程颐自视清高，不甘与范纯仁相提并论，忍不住问道：“难道当年范宰相也曾像我这样直谏进言吗？”皇上命人抬来一个大箱子，指着箱子说：“这里面都是当年范宰相进言的奏折。”程颐似信非信地打开那些奏折，看到几天前他指责范纯仁那些事儿，范纯仁在任职期间都曾进言，因为种种原因未能付诸实施。第二天，程颐急忙登门向范纯仁说明皇上召见情况，并为他错误指责范纯仁深表歉意。范纯仁哈哈大笑说：“不知者无罪，何来道歉！”

程颐信奉“知无不言”，范纯仁信奉“言者无罪”；程颐意欲范纯仁“有则改之”，范纯仁对程颐的批评持“无则加勉”。程、范二人，真不愧是一代君子！尤其是范纯仁，那宽容大度、闻过则喜的精神，堪称风范！这跟他注重自己的道德修养密切关联。据史书记载，范纯仁一生持“以责人之心责己，以恕己之心恕人”，并曾自我总结：“懂得恕人，受之不尽。”这不但体现在他对待他人的批评方面，也体现在日常生活和处理政事方面。他被称为“布衣宰相”，日常用咸菜、咸豆腐下饭，生活十分勤俭在朝野闻名。有一次他留秘书监晁端在家里吃饭，特地给他上了几片肉。晁端过后郑重其事地对他人说：“范家家风开始败坏了，吃饭开始上肉了。”殊不知这是他严待自己宽待客人的表现。他任齐州知府时，有一年出现饥荒，他冒着丢乌纱帽的风险，未等通过朝廷同意便开仓赈救灾民。后来有人告他粮库空虚，朝廷派人来稽查，灾后农民丰收纷纷挑粮填满粮仓，说范公不怕自损救了我们，我们不能让范公受罪。当今我们提倡讲道德讲风范，范纯仁是一个应当推崇的榜样！

“公安三袁”论做官

明朝晚期，湖北公安县出现了袁宗道、袁宏道、袁中道三兄弟联袂的大才子。他们在学术各领域互为影响，推陈出新，形成了中国文学史上重要的文学流派——“公安派”，对往后数百年以至“五四”新文化运动，都产生了重大而广泛的积极影响。湖北等地由此流传着“公安三袁”论做官的故事。

袁氏三兄弟共尊一师。十年寒窗即将结束时，老师召集三兄弟问道：“论你们三人的学识，考上进士然后谋上一官半职我看不是难事，为师是想先听听你们如何对待做官？”老大袁宗道说：“人！做官就要坚持以人为本，关心百姓疾苦，为百姓办实事，不当欺压百姓的恶棍。”老二袁宏道说：“忍！做官就要有不为金钱所诱和权贵所压的忍性，守住廉洁和人格的底线，不以权谋私，以势压人。”老三袁中道说：“能！做官就要充分发挥自己的智慧和能力，为官一任，造福一方，不当平庸和饱食终日的官混。”老师听后高兴地说：“这样我就放心了！”

后来，兄弟三人先后考中进士，分别到朝廷和地方为官。但过不了几年，兄弟三人又纷纷辞官返回故里。有一天兄弟三人又一同去拜访恩师。老师问：“你们为什么又纷纷辞官不干呢？”老大袁宗道说：“我为官不人呀！官场里多以欺压、盘剥老百姓而为常，甚至草菅人命，而且上行下效。在这种环境中当官简直不是人，我只好辞职不干。”老二袁宏道说：“我为官不忍呀！官场里尔虞我诈，经常互相攻讦，又到处巧立名目搜刮老百姓的血汗钱。在这种环境中当官实在忍无可忍，我只好辞职不干。”老三袁中道说：“我是为官不能呀！官场里溜须拍马、说谎造假成风，想为民请命，实话实说，多办实事，却要经常受到打压。在这种环境中当官有能也变无能，我只好辞职不干。”老师听后长叹一声说：“既然你们不愿同流合污，这样回来我就放心了，只是苦了天下的老百姓啊！”

正史中的“公安三袁”都先后考中进士，除了老二袁宏道曾辞官后又重返官场外，均是为官到头，而且都清正廉洁，两袖清风。其中老大袁宗道任东宫讲官时，经常“鸡鸣而入，寒暑不辍”，年方41岁时，“竟以惫极而卒”，死后“仅余囊中数金，几至不能归葬”。民间老百姓运用他们在中国文坛的重大影响和在政坛的良好形象，编出了“三袁”论做官的故事，严厉抨击了明末官场的腐败和黑暗，同时寄托了老百姓对清正官员的基本期待，这就是“人”——坚持以人为本；“忍”——自觉抵制各种不良思想的诱惑；“能”——为官一任，造福一方，为百姓办实事办好事。老百姓对官员这种基本的期待，时至今日仍然具有重要的现实意义。

慈禧太后“反腐”

晚清时期，慈禧太后曾展开一次较大规模的“反腐败”行动。展开这次行动的动因，则来自李宝嘉所著的谴责小说《官场现形记》。

李宝嘉幼年丧父，无钱读书，便投靠在山东做官的堂伯父李翼青家里。李翼青是个民本意识很强的正直官员，有一次因支持百姓抗捐抗税，挨到上峰严责，一气之下丢下乌纱辞官回家，辅导李宝嘉读书。李翼青同僚幕友众多，上至尚书、御史、钦差大臣，下至知府、知州、县令乃至盐司等基层小吏，无阶不有。他们拜访李家时，经常谈论官场出现的一些丑陋现象，没想到尽囊括在李宝嘉的脑海之中。李宝嘉后来只身闯荡上海滩，先是办起一张《游戏报》，后又办起一张《世界繁华报》，成为中国小报的鼻祖。他把听到的官场丑陋现象写成短篇小说，在《世界繁华报》上连载，引起轰动效应，发行量由几千份猛增到几万份，一度出现洛阳纸贵、报贩加价出售的现象。这些短篇小说后来结集为《官场现形记》，受到当时社会名流的高度肯定。章太炎称之为“固执大义，以文救国”，柳亚子称赞他是“强项不低首，力作扫妖氛”，连远在日本留学的秋瑾女士也寄来热情洋溢的勉诗：“刺破画皮促民醒，元群不愧轩辕孙。”鲁迅先生评该书相比于吴敬梓的《儒林外史》，乃“冠其首”。该书在国外也引起很大的轰动，许多在华的外国人纷纷把该书带到国外。

《世界繁华报》刊载的这些故事，很快地传到慈禧的耳中。她看后非常生气，把当时清朝的衰落都归罪在这批腐败官员的身上。由于故事中的人物针对性和真实性都很强，慈禧便下令把小说中官员索贿、受贿和行贿等腐败行为分别罗列出来，然后下令全国官员按图索骥、对号入座，并开展侦查活动，凡有此行为者，皆列为重罪惩处。其中仅在平反杨乃武与小白菜的冤案中，就惩处和罢免腐败官员130多名。《官场现形记》一书，竟由此成为慈禧的“反腐指南”。这场“反腐”行动震慑了朝野，贪腐官员由此收敛了很多。

然而这场“反腐”行动并不能阻止清朝的衰落，挽救清代的灭亡。其一，这场“反腐”行动自上而下，是搞“运动式”的，虽在一定时期里可起到震慑作用，但不能维持长久。其二，特殊利益集团为了维护自己的权益，不惜打击提供“反腐指南”的作者。当时的摄政王载沣就下令要查封《世界繁华报》，并派人刺杀李宝嘉。这说明这场“反腐”行动主要是要维护封建统治阶级的利益，并非真正意义上的反腐。但不可忽视的是，《世界繁华报》连载的这些揭露官场丑陋现象的文章，为这场“反腐”行动起到舆论的引导和监督作用。因此可见，加强制度建设特别是法制建设，依靠民主监督包括依靠舆论监督，应是有效反腐的题中之义。

李鸿章老娘的运气

清末重臣李鸿章是洋务运动的主要倡导者，却因与外国签订不平等条约被国人骂得半死，是个有争议的历史人物。但本文并非要讲他的故事，而是要说说他老娘的“运气”。

李鸿章的老娘小时因患天花，被她父母遗弃路边，被李鸿章爷爷李殿华抱回抚养。因无爹无娘，长大后除了麻脸，还因为没有缠脚落得一双大脚盘，常受到人们耻笑。为了报答李家养育之恩，她整天踏着这双大脚跑进跑出，再重再脏的活儿都揽着干。李殿华的四少爷李文安面慈心善，看到这苦命的姑娘没爹没娘，非常同情她，有一天晚上出门回来后见她因劳累倒在灶门口睡着了，便顺手脱下身上的大衣盖在她身上。李殿华见儿子对姑娘有感情，便让他们俩结为夫妻。

苦命的姑娘嫁给李少安后，依然起早贪黑、任劳任怨忙着李家的各种活儿。不管是丈夫因读书备考，还是在官场为僚为官，家里的一切都由她打理得条条是道，是个地地道道的贤内助。她还为丈夫生下并抚育六男二女，其中李鸿章和他的大哥李瀚章，后来都成为清朝的总督大员；两个女儿，一个嫁给记名提督，一个嫁给候补知府，都嫁得十分风光。每当丈夫和儿辈们升迁，人家喜笑颜开，她总不露喜色，不以为然，反而沉静地告诫他们要以盈满为戒，是个非常典型的贤妻良母。

上苍回报了这个苦命苦心的女人。她后半生大富大贵，活到 83 岁，比她丈夫多活了 28 岁。她晚年跟两个当总督的儿子过，在总督府里当她的太夫人。有一年总督“换防”，李鸿章调进京城担任直隶总督，他大哥李瀚章接任他湖广总督一职。调走了一个总督，新来了一个总督，但老母亲只有一个，并不需要“挪窝”，令同僚们羡慕不已：“你看人家李府总督换防，老太太却不需要换防！”

李鸿章的老娘是个苦命儿，但她一生遇到三次好运气：第一次是被父母遗弃路边时，为好心的李殿华抱回抚养；第二次是她在李家当女佣时，遇上了富有同情心的李家四少爷，后来娶她为妻；第三次是儿女长成后没有出现纨绔子弟，个个都是风光无限。然而，她非常珍惜遇到的好运气：第一次是起早贪黑报答养父养育之恩；第二次是尽职尽责料理家务报答丈夫怜爱之恩；第三次是告诫子女勿盈勿满高处为官低调做人。如果她不是用良好的思想和行动来珍惜好的运气，而是以一个懒妇、悍妇、贵妇的面目出现，她所遇到的好运气可能就会化为乌有。联想东汉光武帝刘秀本娶阴丽华为发妻，后因政治需要又娶郭圣通为次妻，并让她当了皇后。没想到这个郭皇后不懂得珍惜这个好运气，经常争风吃醋大闹后宫，终被光武帝废弃。运气即机遇。人们常说要抓住机遇，抓住机遇后却不懂得珍惜机遇，机遇就很容易得而复失。

宁为民妇不为妃

唐德宗李适是唐代第十代皇帝。他好琴知韵，当太子时与同样好琴知韵的王承升成为知音，有空常到王承升家喝酒聊天，抚琴作乐。某日，李适到王承升家，忽听一阵悠扬悦耳的琴声，循声望去，只见抚琴的是一红衣少女，长得妩媚动人。他听呆了，看呆了，想呆了，急问王承升："此女是何人？"王说是他小妹王珠。李适说："早就听说令妹才艺双全，何不叫来一会。"王珠不同凡俗，并不因太子召见而惊宠，迟迟不愿出来，只是碍于哥哥情面才勉强出来相见。李适见到王珠回宫后，食不甘味，寝不安位。皇后知道事情原委后，禀告皇上娶王珠为太子妃。王珠听后啼哭不止："皇宫嫔妃成群，互相攻讦邀宠，最不是人待的地方。我宁为贫民妇，不为王子妃！"怎奈家人苦苦相劝，最后只好来个缓兵之计：待太子继位后再进宫。

李适继任皇位时已有皇后，皇后在一次兵变中冒死保存玉玺，后因病早逝。李适思念皇后功德，十分悲伤。臣下见景便召王珠进宫，因有约在先，王珠不得不来到李适身边，但整日愁眉不展。皇妃有贵、淑、贤、德四级之分，王珠一进宫便被封为贵妃，实际上是让她代行皇后地位。她每天澡浴，均有一班宫女在一边侍候更换；每顿用餐，均有八个宫女端菜盛饭；每次出行，总有一班宫女、太监前呼后拥。为讨得王贵妃欢心，李适命人把皇宫所有珍珠串成衣服让王珠穿戴，还专门为她建造一座"水晶楼"。楼成之日李适叫众大臣、众嫔妃欢聚一堂，王珠却在楼上对李适倾心泣诉："妾生来命贱，性爱自由，享受不了天福。宫中礼节繁多，步步都要循规蹈矩，有如豪华监狱。虽皇上百般恩宠，我则如芒刺在背。望皇上放妾出宫，还我自由。”另有一次，李适见王珠头发散乱，横钗乱裙，夹杂在宫女中和她们一起在洗衣舂米，植花种草。李适哭笑不得，无奈之余只好传旨废去她贵妃名号，退回王家，并规定她今后不可嫁给官宦之家。

再说朝中有个中书舍人，名叫元士会，亦深通琴音韵律，与王承升亦是好友，亦认识王珠。他听说王珠宁为民妇不为皇妃后，十分叹服。后因其妻早逝，在与王承升交往过程中，与王珠琴瑟相韵结为知音，后辞去中书舍人一职，与王珠结为百年好合，回到故里过起隐居生活。他们不慕荣华富贵，追求自由和爱情，成为千古佳谈。

监狱里行动不自由，这是众所周知的事实。皇宫是人间的天堂，但高处不胜寒，称为“豪华监狱”也并非妄谈。曾有报纸报道说，美利坚的小布什和奥巴马两位第一夫人也曾怨叹说：住进白宫就像住进“豪华监狱”。令人惊叹的是，在一千多年前王珠就有这样的认识，这说明她确实是个奇女子。奇女得到自由和真正的爱情，我们应该为她感到庆幸！

奇丑女子当王后

被列为中国历史上四大丑女和十大丑女之一的钟离春，后来当上了齐宣王的王后，这里有一段离奇的故事。

话说这钟离春，要说她有多丑就有多丑：额头突出，双眼下凹，大头少发，鼻孔朝天，皮肤粗黑，颈部和喉结都比男人粗，再配上一副畸形的胸部连接佝偻腰，年过四十从没见过有男人上门提亲。因为她家住无盐，人们便叫她“无盐女”，有人利用谐音，讥笑她为“无艳女”。她虽长得奇丑，但知识渊博，还身怀绝技，曾大言不惭地说：“草民们不娶我为妻，我就嫁给帝王当王后！”听者无不掩嘴窃笑。

有一天钟离春进入都城，见齐宣王正在发榜招贤，便揭榜告诉王宫守门将：“我是齐国最优秀的女人，想当王后为齐王管理后宫，请予禀报。”齐宣王听说有人揭榜想当王后，连忙接见。众大臣见她奇丑无比，或目瞪口呆，或交头接耳都等着看稀奇。齐宣王问她：“你为何揭榜？”“我因仰慕大王高义而来。”“你想当王后，有什么才能吗？”“我会隐身术。”“隐身一直是本王的追求和愿望，能不能在我面前展试一下？”没等齐宣王说完，钟离春就不知去向。

齐宣王由此知道她是一位高人，连忙派人四处寻找，再次召她进宫问她隐身之法。她却避开隐身的话题，直切齐国存在的弊端，大喊：“危险啊！危险啊！”齐宣王因见她有“特异功能”便刮目相看，直说“愿闻其详”。钟离春说：“齐国西有秦国虎视眈眈，南有强楚伺机而动。你内政不修，众子不教，太子不立，一旦你身有不测，必然出现内乱，此危险之一；你兴造渐台，高耸入云，饰以金珠彩缎，玩物丧志，利令智昏，此危险之二；你忠奸不辨，贤良隐逸山林，谄谀环伺左右，谏者不得通入，谠论难以听闻，此危险之三；你花天酒地，夜以继日，女乐俳优，充斥宫掖，外不修诸侯之礼，内不秉国家之治，此危险之四。此谓‘危机四伏’，如不面对则危险至矣！”齐宣王没想到这奇丑女子，竟胸罗锦绣口吐珠玑，分析问题入木三分，讲出道理如雷贯耳，听后浑身冒出冷汗。事后赶紧拆渐台，罢女乐，用贤良，斥谄谀，招兵马，充府库，一改过去奢迷淫逸之风，使齐国开始蒸蒸日上。过后又选择良时吉日立了太子，并封钟离春为王后。

古时的王后并非个个都羞花闭月、沉鱼落雁，但立钟离春这样的奇丑女子为后，确实是个奇闻。钟离春能够成为王后，主要靠她丰富的学识包括她丰富的政治见识，她所谓的“隐身术”，只不过是她想引起齐宣王刮目相看的技巧而已。齐宣王立她为王后，也是从治理国家的需要，把她当作“王后幕僚”。世上有许多事物都在互相转化，东天不亮西天亮，黑了南方有北方。当人们在某个方面遇到挫折的时候，应当像钟离春那样从另一个方面去努力，以期获得成功。

许允娶丑妻

东晋名士许允官居吏部郎。那年春天，他娶阮德慰之女阮氏为妻，大花轿，拜天地，吹吹打打好不热闹。到人群散尽已是深夜，最幸福的时光即将来临。许允拿起喜秤杆子，满怀喜悦地掀起新娘的红盖头。不看便罢，一看竟吓了一跳——新娘子丑似妖怪！许允惊得丢下喜秤杆子跑出洞房，自此以后再也不敢进入洞房，不敢再见新娘子那张丑陋的面庞。

一晃过去了一个多月，陪嫁的婢女对阮氏说："我们阮家好歹也是个名门望族，却遭如此冷落，如何是好？"阮氏说："不要紧，心急吃不了热豆腐。他会回心转意的。"并交代婢女：如有一个名叫桓范的名士上门，要告诉她。有一天桓范果然登门，阮氏便叫婢女观察桓范与许允的动静并如实禀报：聊天、下棋、品茶直至许允离座如厕。阮氏便教婢女利用许允如厕的机会，到厅堂向桓范如此诉说。许允回来后，桓范便对许允说："阮家把丑女嫁给你，必有原因，你应当认真考察她一番才对，切不可以貌取人，失之子羽。"许允连连摇头。桓范又说："此女能言善辩，你未必是她的对手。"

许允听桓范如此之说，当天夜里出于好奇心理，第二次走入洞房，但一看到阮氏那张丑脸，又赶紧拔腿开溜，却被阮氏一把抓住衣裾，挣脱不开，连声叫喊："妇有四德（妇德、妇容、妇言、妇功），你符合几条？"阮氏说："我仅差妇容，而读书人有百行，你符合几条？"许允说："我百行俱备。"阮氏说："百行德为首，你好色不好德，怎能说是俱备呢？"许允一听，自觉理亏而哑口无言，内心开始对她产生几分敬重。

天长日久，许允愈加佩服丑妻的才德，夫妻俩感情日深，还养育了两个儿子——这就是历史上有名的“许允妇捉夫裾”的故事。

后来有人告发许允任用的地方官都是同乡人，有结党营私之嫌，皇上把他从家里抓入监狱，阮氏赤着双脚边追边喊：“别怕！举贤不避亲，知人当善任。你据实说明道理即可，却不可低眉求情，失了气节。”她见家里人哭成一团，便安慰说：“不要紧，他很快就会回来的。”并开始熬小米粥等待夫君回家。果不出她所料，皇上在查证许允所录用的官吏个个都十分称职后，便放他回来，还赏他一件新袍。后来司马师、司马昭兄弟专权要铲除政敌，许允因“站错队”惨遭杀害，有人劝说阮氏把两个儿子藏起来以免被害，阮氏却教两个儿子装疯卖傻应付上门盘查的人，终于保全了性命。后人评价阮氏时，称其“才华出众，办事沉稳，从容大度”。

中国历史上被列为十大丑女中的才德出众者除阮氏外，还有发明养蚕缫丝的黄帝丑妻嫫母、开疆治国的齐宣王丑妻钟离春、制造木牛流马机械设备的诸葛亮丑妻黄月英等多人。由此可见：衡量美与丑，应当跟着心灵走，跟着才华走。

小偷和大偷

清道光年间，鸦片战争爆发，英国上校巴加率舰船攻破宁波，道光帝派兵部尚书载奕率军前去收复宁波城，鄞县知县舒真到载奕帐前听候调遣。某夜，舒知县听兵士说抓到一名奸细，押前一看，原是鄞县出名的小偷许二，说是想偷点喝酒钱不慎被抓。舒知县此时无暇处理这些事，正色对许二说："现在国难当头，你却还在干此勾当，枉当七尺男儿！"便挥挥手叫人把他放了。许二羞得无地自容，连连谢罪告退。

第二天大早，舒知县听说许二有急事求见，心里狐疑，在召见他时，只见他拿出一个小布袋，里面装着一个洋毛人头。原来许二昨夜被舒知县放走后，即潜入敌营割下一个洋鬼子的人头。舒知县又惊又喜，连忙带他去见载奕。载奕大喜，要赏他十两银子，许二却迟迟未接。载奕问："你莫非嫌少？"许二说："小的虽是偷儿，也知道国家兴亡，匹夫有责。这银儿就暂时存下，待小人召集几个同行多偷几个洋毛头儿，再来论功行赏。"载奕听后大喜："好，今后凡偷来一个洋毛头儿，都当加倍行赏！"往后几天，许二和他的同伴天天都带着洋毛头儿前来营中报功，有一天还按照载奕的旨意绑回一个活洋人，搞得巴加军营人心惶惶，加强戒备。宁波城里到处都在传说："城里来了天兵天将，专取洋人脑袋。"

许二对舒知县说："光取脑袋不行，还要逼他退兵。"他和他的同伴根据抓回洋人提供的情况，第一天夜里潜进敌营偷回一支火药枪，第二天夜里偷回一把军刀，第三天夜里偷回一顶头盔，这些都是巴加上校的贴身用品，并留言如不退兵，就要取下巴加的脑袋。巴加因疑神疑鬼而惊恐万状，连忙下令弃城登舰而去。载奕大喜，大摆宴席为许二庆功。

然而载奕回京向道光帝汇报收复宁波城战绩时，大讲他如何破敌，却从没提到许二等人的功劳。道光帝把一颗最心爱的大宝珠奖赏给他，他大大咧咧挂在胸前四处炫耀。有一天他坐轿出门时，忽见一顶大轿挡路，走下一长有白胡子的官员跟他打招呼，还摸摸他的胡子说：“多年不见，你我胡子都白了。路上不便细谈，改日登门拜访。”那人说罢复上轿子扬长而去。他听对方口音很熟，却想不起他是何人，回府时才发现胸前宝珠没了，顿时吓得面如土色：丢失皇上所赐宝珠可是杀头之罪呀！便不敢声张。几天后，那颗大宝珠忽然出现在舒知县的案头。舒知县知道这一切都是许二等人所为，便将载奕食天之功窃为己有的事向道光帝上了一本，并送还丢失的宝珠。道光帝大怒，当即革了载奕的职。

小偷顶多偷钱币，而载奕偷窃的却是公权力。小偷盗窃不可取，而“大偷”盗窃“公器”关系到国家的存亡，这就是人们“仇官”的主要原因。要杜绝大偷恣意妄为，就必须加强制约和监督，真正做到“把权力关进笼子里”。

造反只为一顿饭

唐朝末年，朝廷政治腐败，社会矛盾激化，民变四起。唐敬宗时期，长安有个算命先生叫苏玄明，与染坊工匠张韶是好朋友。有一天苏、张两人喝酒，苏对张说："我给你算了一卦，算定你会坐在皇宫的龙椅上，跟我共进晚餐，共饮美酒。现在皇上贪图享乐，不理政事，整天热衷于打猎和玩球，这正是你夺取皇位的好机会。"张韶听后喜不自禁，第二天马上召集一百多个染坊工匠和街头无赖，把兵器藏在制作染料用的紫草里，装上车，直朝皇宫进发。车还没到皇宫，便被巡逻的禁卫军发现破绽，要他下车接受检查。张韶抽出刀来杀了那个禁卫军，号召部下拿起武器向皇宫冲去。这一冲竟然冲进了宫门，宫里的太监、宫娥见有人造反，纷纷四处逃散。这时皇帝李湛正在后宫与太监们打球，见有人冲进宫来，吓得魂不附体，被一太监背到神策军大营里躲藏起来。

踏破铁鞋无觅处，得来全不费工夫。张韶没有想到造反竟然如此之容易，便大摇大摆地坐上龙椅，叫皇宫御厨立即捧上好酒好菜，并令部下去请苏玄明进入皇宫来共进晚餐。他兴高采烈地对苏玄明说："你这小子算得可真准！老子今天当上了皇帝请你吃饭，也算是不失旧约！"苏玄明原本的意思是要鼓励张韶成就一番事业，没想到他竟单纯理解为要请自己到皇宫里来共进晚餐，不由得大惊："你造反就单纯为了吃这顿饭？"此时得到消息的官军从四面八方赶来，张韶和苏玄明的饭还没吃成，便连同他的一班追随者，全被官军抓获并一一砍头。这就是历史上有名的苏玄明、张韶谋反事件。

中国历史上有不少农民起义，由于领导者缺乏战略目标和战略思维，最终都归于失败。李自成领导的明末农民起义和洪秀全领导的太平天国起义，都是因为起义的领导者只贪图眼前的利益和享乐，忘记了政权的永固和大局的稳定，终将辛辛苦苦打下的江山毁于一旦，那些目光短浅、思维狭隘的领导者，也大都落下个身首异处的悲惨下场。张韶造反只为一顿饭，更为形象地反映出这种领导者目光的短浅性和思维的狭隘性。其实，像这种只顾眼前不思长远，只顾小局不思大局，只贪小利不思大利的思维定式，及其所产生的可悲后果，在我们日常生活中并非少见。君不见有的人因为一个小小的矛盾而“忍不下这口气”，便来个“拳脚相向”，甚至来个“白刀子进红刀子出”，等到法律找上门来了，才来个“悔不当初”，但已难逃法网；有的官员因为贪图眼前利益而索贿受贿，待到东窗事发后进了牢笼，才来个悔声连连，但已为时过晚；也有人仅为一点蝇头小利而导致血本全亏。这都是目光短浅、思维狭隘、因小失大惹的祸。可见，只有棋局求大，目标求远，思路求宽，才能铺设美满的人生。

天下第一菜

慈禧太后整天吃山珍海味，后来竟得了厌食症。这可急坏了宫廷大太监李莲英，急忙召集御膳房所有高级大厨师研究菜谱，然后分头掌勺，做出 30 多道色香味俱全的佳肴，由李莲英从中挑选出三道菜：一道是首席大厨赵东海做的“百鸟朝凤”，入口即化，回味无穷；另一道是川菜大王刘祥福研制的“绝味叫花鸡”，酸辣搭配，奇香扑鼻；再一道是金刀御厨郭金生最拿手的“佛跳墙”，调味适中，让人垂涎欲滴。

李莲英命人把这三道佳肴端到慈禧面前，没想到她看了一眼“百鸟朝凤”，便叫宫女拿开了；又闻了闻“绝味叫花鸡”，皱起眉头说：“这不是想辣死哀家吗？”掀开那道“佛跳墙”，慈禧闻到气味后拉下脸说：“药味那么浓，我又没生病。”李莲英吓得连忙跪下连声谢罪，然后赶回御膳房大骂厨师们无能。这时一个年轻厨师端上一只紫砂锅说：“小人所做的这道菜，包管太后老佛爷满意。”李莲英听后火气又朝他身上发：“你滚到一边去！三大名厨做的菜老佛爷都不满意，你裤底才长几根毛，也敢来凑热闹！”年轻厨子却笑嘻嘻地说：“我这道菜如果老佛爷不满意，你就把我的头砍到锅里去炖大蒜！”李莲英见他口出豪言，将信将疑：“你把锅盖掀开，让我看看里面煮的是什么好东西？”年轻厨师说：“掀不得！锅盖掀开味道就跑掉了。”李莲英见他敢拿脑袋担保，便带着他把那道菜送到慈禧跟前。打开砂锅后，李莲英看到锅里煮的仅是大白菜加葱花，脸色都吓白了。没想到慈禧闻到那股热腾腾的菜香味时，精神为之一振：“这味道好清香呵！”竟连菜带汤把整个砂锅吃了个精光。过后慈禧连吃几次这道菜，脾胃大开，竟把厌食症给治好了。

慈禧大喜，便召见年轻厨师，问他叫什么名字，这道菜怎样做成。年轻厨师说他叫鲍国安，徽州人氏；这道菜叫“孝心菜”，是早时他专门做给他奶奶吃的；白菜先生烫后泡浸鸡汤，再用清水文火细炖，弃油腻后撒上葱花；食后可解热除烦，通胃利肠，养胃生津。慈禧问他需要什么奖赏，他说他自小与翠儿姑娘青梅竹马，后翠儿被选入宫当太后侍女。他就是为此入宫为厨，寻找机会报效太后，以期赎回翠儿。慈禧听他名字叫“鲍（报）国安”，又向她献上“孝心菜”，又如此有情有义，便欣然让他与翠儿结为夫妻，并让夫妻俩在京城开一间酒楼，专门经营“孝心菜”，并亲自题写“天下第一菜”的横匾，高挂在他家的酒楼上，生意十分兴隆。

笔者解读这个故事，并非要赞美鲍国安对翠儿的痴情，而是要说明一个道理：改革是个永恒的课题。宫廷山珍海味，依靠的是一套僵化的菜谱，不管什么人吃久了也会犯腻。鲍国安采用逆向思维改革菜谱，终于获得认可。故事在告诉人们：不管什么行业，只有不断地革新，才会有不断的生路！

真假“免死铁券”

明朝李得禄为朱元璋建立帝业立下汗马功劳，朱元璋为了嘉奖他，赐他一块“免死铁券”。所谓“免死铁券”，就是持券人即使犯再大的罪也可以免死。但过了不久朱元璋就后悔了。他看到李得禄在朝野很得人心，人气很旺，担心他将来如果篡夺了朱氏江山怎么办，便决意施展手段收回那块免死铁券。他密召锦衣卫头目杜先，要他在一个月里收回这块铁券。杜先起先谋划采用偷的办法。他得知监狱里关着一个名叫时万的要犯，据说是梁山泊“鼓上蚤”时迁的后代，而且飞檐走壁、偷鸡摸狗功夫比他祖上还要高明，因进皇宫盗窃皇上饮酒时使用的“九龙樽”时，贪喝杯中美酒醉倒皇宫而被擒获，便下令让他出狱，要他运用技能把这块铁券偷来，将功折罪。几天后，时万便偷来这块铁券，杜先打开捧起一看，冰凉冰凉的，不久便冒出水来，原来是块用冰制成的假铁券。杜先一怒之下，令手下把时万拉出去砍了。

杜先见偷的不行，眼看时限将到，便密令几个心腹装成蒙面贼，利用深夜入门抢夺。李得禄见众贼把刀搁在他脖子上，战战兢兢地说：“金银财宝都在床下箱子里，只要留我一条老命，任你们去取。”众贼说：“听说你有一块御赐的免死铁券，是无价之宝，赶快交出。”李得禄只好打开墙壁暗门，交出免死铁券。杜先认定这是一块真铁券后，便拿去向朱元璋邀功。朱元璋问明铁券得来之道时大怒：“你竟敢指使手下抢劫大臣官邸！”下令把杜先等一帮人推出午门斩首。

朱元璋杀人灭口后，自认为再也没人知道他已夺回赐给李得禄的免死铁券，便寻找一个罪名要把李得禄开斩。没想到李得禄竟当庭叫喊：

“虽说‘君要臣死，臣不得不死’，但‘君无戏言’，皇上当年赐给臣一块免死铁券，当免我一死！”朱元璋惊问：“你免死铁券在哪里？”李得禄当场从他大腿上解下那块免死铁券，经验证系御赐真品。原来李得禄得知朱元璋火烧功臣楼后，揣度朱元璋可能会反悔，为保全身家性命，便预先仿制几块免死铁券，以防不测，那块真铁券却一直绑在自己的大腿上。被锦衣卫抢归朱元璋的那块铁券，却是仿制品。朱元璋只好当着众大臣的面，赦李得禄免死。

这个故事真假无从考证，却记载在《凤阳县志》里头。故事告诉人们：凡事预则立，不预则废。人们不管干什么事，都应当未雨绸缪，用现代语言叫“超前思维”。由李得禄预而免死，又想起一个搭渡船的故事，说的是早时有一个人去搭渡船，看到河水湍急，便预想如果半途沉船，船头一片木板可成为救命稻草。船到半途果然下沉，他急忙去抱住那片木板，不但自己得救了，还把一个不会游泳的人也拉到木板上。事后被救的人问他：“怎么我上船时没有想到那片木板，你却想到了？”——这就是超前思维的益处！

皇帝当小偷

西汉后期，大将军梁冀权倾朝野，在汉顺帝“驾崩”之后，立年仅 8 岁的刘缵为质帝。汉质帝早慧，见梁冀专横跋扈，当朝骂他为“跋扈将军”，梁冀便把他毒死，然后又立 15 岁的刘志为桓帝。桓帝继位后不理政事，整天贪图玩乐，还沾上一个癖好：爱偷别人的东西。几年中朝廷大臣官邸除梁冀之外，几乎被他偷了个遍。他把偷来的东西存放在一个密室，还设有专门的登记本，记录某年某月某日偷了某人什么东西。有一天汉桓帝微服上街，走进一家酒肆，听见邻桌有两个人在闲聊。一个说：“大千世界无奇不有，当今皇上拥有龙椅不坐，却整天偷鸡摸狗，据说朝中大臣都被他偷了个遍，下一回可能就偷到梁大将军家了。”另一个说：“梁大将军权倾天下，放个屁也会晕倒一大帮人，谅皇上也不敢去摸他的屁股。”桓帝听后亮出玉玺把桌子一拍：“你们胡说八道！过几天本皇就上梁家府中，让你们看看朕的手段！”那两人吓得脸无血色，连忙下跪直喊该死，然后抱头鼠窜而去。

几天后的一个黑夜，汉桓帝黑布蒙面，穿就一身夜行服溜出皇宫。他翻过梁府高墙后七弯八拐，进入内门正要撬锁，周围忽地冲出一帮人大喊“抓贼”，然后把他按倒在地拳打脚踢。他疼痛难忍大喊“救命”。梁冀上前揭开他的蒙面黑纱，发现蒙面贼乃是当今皇上，惊恐得连忙下跪请罪，然后说：“皇上欲进敝府，怎么不预先通告一声？”汉桓帝说：“我向你通告了就不叫偷。这回被你们抓到了，说明我的偷技还不精。下回我还要再来一次，你们好好提防着。”梁冀急忙叫人把他护送回皇宫，然后交代家人说：“皇上早时脚部受过伤，走路一跛一跛的。今后如见他如此身影，就放他去偷，谅我府中贵重的东西，他也偷不走。”一个多月后，汉桓帝宣梁冀入朝面君。梁冀刚一进殿，便被御林军按倒在地五花大绑捆了起来。梁冀大喊“臣无罪”。汉桓帝却说:“你怎么无罪?是我亲眼看到你毒死先帝，又听说你家中存有一本你在各地死党的花名册。我便装着爱玩小偷的活儿，一来好麻痹你，二来想盗取你那本花名册。我偷来的东西专门登记专室保管，就想将来归还人家。为了探明路子，那天我故意派人在酒店里替我放风，好让你在我入府探路过程中不至于打死我。第二次我便得手了。我已按花名册把你死党一网打尽，今让你入朝受刑，你还有何话可说?”梁冀见自己因麻痹大意竟栽在这毛孩手里，气得口喷鲜血，当场气绝身亡。

历史上确有汉桓帝剪除梁冀的故事，但上述故事情节却是后人编纂出来的。故事表明：办事有用硬功夫，也有用软功夫。汉质帝以硬对硬指骂梁冀，结果被活活毒死；汉桓帝靠软功夫偷袭梁冀，终于剪除了政敌。用硬功夫比较简单，但效果有限；用软功夫比较复杂，但往往会用出奇效。

两个美男子

中国历史上有“十大美男”之说，兰陵王高长恭和卫阶是其中二位。拿这两位古代帅哥作个比较，对于后人应当有所启示。

兰陵王高长恭出身于南北朝时期北齐王室，可能他父皇有幸于地位卑贱的宫廷美女，他出生后就不知道自己的母亲是谁，在皇宫里自小被周围的小兄弟看不起，因此苦练出一身超强的武艺。也许是得到美丽母亲的遗传，他竟长成一副俊美的相貌，《隋唐嘉话》竟形容他似“白类美妇人”。虽然他膂力过人，武艺超群，但是因俊美秀气，一领兵上阵，常被敌军看不起，甚至讥笑他是好看不好使、图有虚表的白面书生。为了威慑敌人，亮出军威，他每逢上阵，便戴起一个狰狞的假面具，在无数次战斗中所向披靡。有一回，北齐重镇洛阳被北周十万大军团团围住，岌岌可危，高长恭带领五百精骑，奋力杀入敌军重围，势如破竹，直达洛阳城下。守城将士被困多日，不敢贸然开城。高长恭拿下面具，守军见是帅哥统帅搬来强悍救兵，上下欢呼，军心大振，与救兵合力杀敌，终于打败周军——这就是历史上著名的“邙山大捷”。将士们在获得胜利后喜悦无比，编唱歌颂兰陵王高长恭的《兰陵王入阵曲》。此曲到隋朝时被正式列入宫廷舞曲；唐朝时渐褪武曲本色，演变为“软舞”，并传入日本；到宋朝时又演变为乐府词牌名《兰陵王慢》；后慢慢失传，却为日本人保留了下来。至今日本奈良每举办一年一度的古典舞曲表演时，仍将《兰陵王入阵曲》作为第一个独舞表演节目。1986 年河北磁县文物人员通过日本专家又找回此曲，《兰陵王入阵曲》由此又返回故里。1988 年，被后人挖掘出来的兰陵王碑，被国家列为重点保护文物。

卫阶则是三国时期吴国的美男子，因长得美如冠玉，被称为“玉人”。他政治上毫无建树，文学上胸无点墨，又无武功，光会天天坐着羊车，手中挥动着拂尘，在大街上展示他的外表美，观看的人群特别是女人一拨又一拨，经常望不到头。由于天天上街展示，最后美得累倒了，死时才 27 岁。

同样是美男子，历史对他们的评价大不一样。《北史》《北齐书》评说高长恭“貌柔心壮，音容兼美”，《旧唐书·音乐志》说他“才武而面美”，《兰陵忠武王碑》说他“风调开爽，器彩韶澈”，可见历代人们对高长恭“内才外表”兼备的由衷称叹。而对卫阶，却仅在中国的成语宝库中增加了一句“看杀卫阶”。他不是为了展示才华而死，仅是为展示自己的外表美而死，常令后人为他的悲剧而扼腕长叹！通过这两个古代美男子的对比，使人看到凡事光讲究外表或形式不行，光亮的外表还应当有充实的内容才能达到真正的完美。不然的话，很容易成为外表亮丽、有体无魂的木偶人。

“东施效颦”与“孟阳效游”

有句成语叫“东施效颦”，说的是春秋时期越国有个美女叫西施，长得美貌无比。她衣着朴素，不用化妆，却像仙女下凡，不论举手投足，还是言谈嗔笑，都显得十分迷人。她走到哪里，哪里就是一道风景线，都有许多人向她行“注目礼”，出现很高的“回头率”；甚至连在水中漫游的鱼儿看到她在溪边浣纱，也为她的美貌所吸引，骨头都酥软了游不动而沉落水底。她患有心口疼病，每当病起便双手捂胸蹙起双眉，更显出一副惹人怜惜的娇盈柔弱的媚态。西施由此成为中国历史上“四大美女”和“十大美女”排名之首。与西施相邻的另一个女子叫东施，长得奇丑无比。她见路人投予西施那么多的“注目礼”和那么高的“回头率”，便天天浓妆艳抹，四时梳头更衣，仍然没人理她。有一天她看到西施捂胸蹙眉竟引起一大群人注目，也学着捂胸蹙眉，结果更是丑上加丑，许多人见到她那般矫揉造作就直想呕吐。

无独有偶，到了西晋时期，又出了个中国历史上“四大美男”和“十大美男”排名之首的潘安。论潘安之美，有古文人誉他“妙有姿容”“花样美男”，到河阳任县令时，又被称为“河阳一枝花”，不但年轻女子为之倾倒，成为“梦中情人”，连老太婆也为之着迷。后人曾编《潘安》一歌，称他“眉目如画”，为“万人迷”。他年轻时经常驱车到洛阳郊外用弹弓打鸟，经常引得一群少女追逐着他，并热情地向他投掷鲜果，每每满载而归，由此出现了“掷果盈车”的成语。潘安不但相貌俊美，而且有才有德，在西晋时期是与陆机齐名的大文学家，娶妻如一，事母至孝。同一时期也有一个大文学家姓张名载，字孟阳。这张孟阳相貌奇丑。他看到潘安每次驱车出游都满载而归，鲜果都吃不完，也学着他驱车出城郊游，没想到妇人们一看到他也来凑热闹，不是向他吐口水，就是向他掷石头，结果不是“掷果盈车”，而是“掷石盈车”，只得败兴而归。

两个故事发生在不同的朝代，却说明同一道理：凡事不能不讲前提不讲条件简单模仿。且看那东施姑娘因先天生来貌丑，后天理当从其他方面去努力去发展去超越西施，以赢得世人的尊重与敬仰，可她却浓施粉黛、乔装打扮欲与西施媲美，难怪让人看了就直想呕吐。再说那张孟阳既然在文学上很有造诣，理当继续埋头做大学问，可他却因羡慕人家潘安貌美郊游引得少女芳心而“掷果盈车”，竟不顾自己貌丑，胡乱去跟人家凑热闹，结果挨了石块，幸而没被砸伤流血。类似故事在我们现代也曾发生过。回想当年“农业学大寨”，人家大寨因山高水远高建渡槽引水灌溉，我们南方水渠纵横交错，也非建个渡槽才能显示出学习大寨的气魄，结果至今大都悬置在半空中。故事往矣，后人当鉴！

貌美心毒数子都

在中国历史上十大美男的排行榜中，潘安第一，宋玉第二，故有“貌似潘安，才比宋玉”之说。而常被排在第三或第四位的，则是被称为“春秋第一美男”的公孙子都。子都是郑国人，论他之美，《诗经》有云：“山有扶苏，隰有荷华。不见子都，乃见狂且。”子都在这里被当作帅哥的代名词。当时郑国的少女都把子都当作梦中的白马王子和假想中幽会的情人，都以能见到这个举国闻名的美男子而为荣，如果见不到他就十分伤心。《孟子》一书又云：“至于子都，天下莫不知其姣也。不知子都之姣者，无目者也。”也就是说，连被称为“亚圣”的孟夫子都说啦：“不知道子都是个帅哥，是个没长眼睛的人。”子都美好的容颜，不但得到郑国妇人们的认同和学术权威孟夫子的认可，连国君郑庄公亦视他为国之骄子，你说子都美不美？帅不帅？

然而，就是这样一个美男子，心胸却十分狭隘，心地亦十分险恶。子都是郑庄公手下的大将。时郑国会同齐、鲁两国要讨伐许国，郑庄公想选一名武艺高强的先锋，但手下强将如林，到底要选谁呢？郑庄公最后决定在战前举行一场争夺战车的比赛，赢者为先锋，郑庄公由此成为中国“选秀”的始祖。子都在这场“选秀”的争夺中输给了另一名大将颍考叔，竟然嫉妒成恨。当战斗开始后颍考叔举着国君赐给的帅旗冲上敌军城楼时，子都想起战前比赛失败之恨，又怕颍考叔在战斗中再立头功，竟拉起满弓，箭头不是射向敌人，而是射向颍考叔。这场战斗虽然最终取得了胜利，颍考叔却连同手中的帅旗，从城头上倒栽了下来。“暗箭难防”的成语，便随着这个悲剧性的故事而产生。

郑庄公对颍考叔之死十分悲伤。他通过详细调查，认定颍考叔是被自己人射杀的。子都最后也逃脱不了“不得好死”的结局。传说中有三种死法：一种是“魂追说”，即郑庄公在祭奠颍考叔时，颍考叔冤魂不散附在子都身上，大喊“子都暗箭伤人”后自刎而死；再一种是“咒死说”，即郑庄公令全军每百人出猪一头，每25人出鸡犬各一只，举行诅咒用暗箭射死自家人罪行的盛大仪式，子都在千万人的诅咒声中头脑发胀而死；另一种是“逼死说”，即郑庄公知道真相后逼死了子都。不管是传说中的哪一种死法，都充分反映了人们对心术不正、心肠狭窄、心理阴暗、心地险恶、心灵卑鄙的龌龊之徒的无比厌恶和憎恨——尽管他是个眉清目秀、衣冠楚楚的美男子。

故事表明：人不但要追求外表美，更要追求心灵美。一个人如果光会为自己涂脂抹粉，为自己制造美丽的光圈，却隐藏着龌龊的灵魂，不惜算计陷害人家，充其量只会成为一只满腹遗臭的金苍蝇，终为世人所不齿。

丑男引发洛阳纸贵

有句成语叫“洛阳纸贵”，这句成语因西晋诗人左思的《三都赋》而引起。左思相貌奇丑，常被后人跟中国历史上出名的丑男晏婴、庞统、武大郎等人并列。他父亲左熹从一个基层小吏做起，官至朝廷御史。父亲见他身材矮小，相貌丑陋，说话又严重口吃，老显出一副痴痴呆呆的样子，常对人说后悔生了这么一个儿子。到左思成年时，父亲还对外人说：“他现在拥有的学识，还不如我小时候。”

左思面对父亲的鄙视并不气馁，继续发奋读书。当他看到东汉班固的《两都赋》和张衡的《两京赋》时，虽佩服他们文中的气魄，却认为文中存在虚而不实、大而不当的毛病，决心超越他们，便以三国时魏都邺城、蜀都成都、吴都南京为题材，写了一部《三都赋》。为了写好这部赋文，他认真收集大量的地理、历史、物产和风土人情等资料，请教诸多行家，并亲临三个国都实地考察，然后闭门谢客，先后十年埋头作赋。他的居室包括院落和厕所，铺天盖地到处堆满书纸，一得佳句即时笔录。即使蹲在茅坑里屙屎一想到佳句亦照录不误。有时为了推敲出一个满意的句子，经常夜以继日冥思苦想而废寝忘食。有道是“十年磨一剑”。左思经过十年苦写，一部凝聚着他全部智慧和心血的《三都赋》终于面世了。

《三都赋》面世后，一些文人见作者是个无名小辈，或不屑一顾，或摇头摆手，甚至连著名文学家陆机也加以讥讽。陆机曾动过写《三都赋》的念头，见名不见经传的左思竟捷足先登，讥笑说：“不知天高地厚的小子，竟想超过班固、张衡。他写的东西，只能拿来给我盖酒坛子。”

左思不甘自己的心血由此被埋没，便请著名文学家张华指正。张华逐字逐句细读《三都赋》，竟爱不释手，连声赞叹说：“真是奇文！那些世俗文人只重名气不重文章，是不值一提的。”然后又推荐给当时的名士皇甫谧。皇甫谧看后也连连称叹，不但为之作序，还专门请著作郎张载、中书郎刘逵分别为魏都赋和蜀都赋、吴都赋作注。在务实文人的推介之下，《三都赋》风靡洛阳，人们看后都啧啧称奇，争着传抄翻印。原来一刀一千文的纸竟涨到两千文、三千文，直至脱销，只好到外地进纸满足人们的传抄和翻印。当初讥讽左思的陆机细读赋文后，才觉察到文章的魅力，自料再写也超不过他的水平，便搁笔不写了。“洛阳纸贵”由此流传千古。

“洛阳纸贵”由丑男引起，说明“人不可貌相，海水不可斗量”；“洛阳纸贵”由无名小辈引起，说明后生可畏，新生事物不可藐视。小皮球滚滚有气，压力越大蹦得越高；糯米团柔软无气，压力越大越往下沉糊。左思是一只充满志气的小皮球，面对父亲和世人的鄙视，发奋而起，终于铸就了惊奇。其情其志，堪为人们的楷模！

“赶驴宰相”王及善

王及善的父亲是唐太宗手下的功臣，官居大将军。得益于这层关系，王及善在他父亲战死后便袭承爵位，14 岁就官居朝廷的散朝大夫，后升任宰相，属于官二代。但他能力平平，在官场里没有什么作为，就是对官员上班的考勤抓得比较紧。当时官员上班，上了等级的可以坐轿，不上等级的只能骑着毛驴，皇宫和衙门外经常毛驴成群，沿途驴屎狼藉。为了确保京城的环境卫生，维护皇宫和衙门的尊严，他作出一条规定：所有官员均不得骑驴上班。为了落实这条规定，他派出人员在长安街上分兵把口，驱赶骑驴上班的官员，并好几次亲自出马沿街督查。长安城里的市民经常看到一位穿着朝服的大官员追着驴子满街乱跑，上街的驴子一见到那个穿朝服的大官员都嘶声蹿蹄，搞得满城驴鸣不已，鸡飞狗跳。官员们不能以驴代步，又怕点卯迟到，只好鸡鸣则起，来个马拉松小跑或快速散步赶着上班。

因为王及善担任宰相没有什么突出政绩，光会赶驴，官员们背地里都称他为“赶驴宰相”；又因为古代朝廷中最容易接近皇上的是宰相，宰相办公的地方被称为“凤凰池”，朝廷官员因瞧不起王及善，又说他是“鸠占凤巢”。意思是宰相的位置应该是凤凰所处的地方，却让你这只没有本事的斑鸠给占据了。后人经常引用“赶驴宰相”和“鸠占凤巢”的故事，用于讥笑那些占据高位而缺乏领导能力的官员。

王及善虽然被当作历史的笑料，但他并非一名庸官。史书中记载他为官清正，临事坚定，有大臣之节。他在担任太子幕僚时，因太子爱看杂技表演，有一回叫周围大臣挨个表演“掷倒”，就是把人倒立。大臣们因没受过专业训练，个个倒得满地跌滚，甚至头破血流。轮到王及善表演时，他正色对太子说：“表演‘掷倒’这是伶人做的事，你叫大臣大头顶地，将来哪有脸皮在朝廷为你谋划大事？”太子听后马上叫表演的大臣都正过身来。唐高宗听到此事后，认为他有大臣风范，便把他召到身边升任三品官。后来武则天当政，他看到武则天的男宠为非作歹，也曾多次要求武则天制止他的不法所为。酷吏来俊臣滥用权力，罗织莫须有的罪名，陷害无数官员和百姓，制造了无数冤假错案，后来因犯事被判死刑，武则天想赦免他。王及善据理力争：“来俊臣罪行累累，天怒人怨，如不除恶，必将动摇朝廷根基。”来俊臣被处死后，长安百姓倾城出来观看，对他剜肉抽筋，欢声四起。

王及善有德且具大臣风范，却因缺乏领导才能拿不出治国方略，只会抓“赶驴”一类的小事，铸成了一段历史笑话，但他疾恶如仇和清正刚直的优点却被人们所忽略。官员是治理社会，服务大众、众目所瞩的公众人物，有才无德不行，有德无才也不行，只有真正做到德才兼备，才能不负众望。

一身两状元

清康熙年间，山东沂州府柳河庄王三玄父母早逝，靠叔父周济度日。他穷不夺志日夜苦读，19岁时中举。某日晚上他正在苦读，忽听屋后传来一阵痛苦的呻吟声，出去一看，只见一断臂女子昏死在地上，便背她回屋内救醒。女子名叫玉兰，母亲死后父亲又续弦。某日她见继母与账房先生私通，继母怕她抖搂出去，竟恶人先告状，诬称她与家里长工私通。糊涂的父亲听后说“败坏门风”，一怒之下竟持斧砍断女儿的左臂。家里的奶妈为玉兰包扎伤口，劝她外出逃命，终被三玄所救。三玄同情她悲惨的境遇，便留她在家里养伤，日久而生情。三玄的叔父见景便从中撮合，让他两人结为夫妻。

后王三玄考中状元，府衙回乡送喜报时停留在一酒家吃饭，那酒家正是玉兰的继母与账房先生私下所开。他们担心王三玄当官后玉兰会找他们算账，假装热情把府衙灌醉后，在喜报下端添写上“状元当休断臂妻”等字样。宣布喜报那天，玉兰先喜极而后悲泣，抱着包袱忍泪出走。王三玄衣锦还乡后找不到老婆，查明原委后，以欺君和害命之罪把玉兰的继母及其奸夫双双判处死刑，然后找回玉兰带回京城。

玉兰继母的父亲认为女儿仅是从犯不是主犯，被处死刑属于冤枉，便以金钱铺路打通关节买通一名朝廷命官，把告王三玄“公报私仇、草菅人命”的状子送到康熙帝手里。康熙帝不明就里，下诏剥夺了王三玄的功名。王三玄此时已有儿女，叔父和大哥均已去世，返回原籍后便寄住在二哥家里。二哥要长年供养三弟，自然没有好面色，在他老婆的怂恿下，竟用蒙汗药灌昏二弟后用草席裹捆，准备夜半填落水底，然后赶玉兰母子出门。三玄的大嫂子偷偷救下三玄，放他出走。三玄抛妻弃子改名刘玄亡命他乡，认当地一对没儿没女的夫妇为干爹干娘，并谋得一份职业糊口兼日夜苦读，在当地又先后考中秀才和举人，后又以刘玄之名和异地乡籍，再次赴京赶考再中状元。他再次衣锦还乡后，二哥和告状人目瞪口呆，二嫂惊吓得自个儿去上吊。他重谢救他的大嫂和收养他的干爹干娘，并寻回失散多年的妻子和儿女，再次上京赴任。

这个故事的主人公是虚构的，因为在清代的状元榜上，并无王三玄和刘玄的名字，但故事的内容却是社会真实生活的反映。故事形象地反映了情、义、利和世态炎凉演变等复杂的社会现象，勾勒出王三玄的叔父、大嫂、二哥、二嫂和玉兰的父亲、继母、继母的情夫与父亲等不同的脸谱，使人从中看到社会复杂的图景和处世的艰难。故事也歌颂了王三玄的善良、情爱与正义，以及他面对各种挫折与事变，不气不馁，百折不挠，硬是依靠自己的刻苦与努力，在艰难的人生旅程中不断闯出生路，拓展新路。他是“有志者事竟成”的榜样！

“老抠”天子道光帝

清代的道光帝是中国历史上有名的节俭皇帝。皇帝权倾天下，富甲四方。历代皇帝无不穷奢淫逸，而以皇帝之尊崇尚节俭并保持终生，道光帝可谓是凤毛麟角，绝无仅有。

道光帝的节俭从自己做起。他每餐只用四样普通饭菜，各种御用品皆以普通用品为主。他穿的衣服除龙袍外，“非三浣（旬）不易”，也就是说一个月才换一套衣服，破了打上补丁再穿。由于皇上尽穿破衣服，大小官员不敢僭越，上朝时竞相仿效，出现“满朝文武皆破衫”的景观，京城旧货铺的破衣服竟然脱销，价格比新衣服还贵。一些买不起旧衣服的中小官员，只好把新衣服缀补成旧衣服应付“时潮”。有人形容说：当时的朝廷大会，就像一群乞丐在聚会。

道光帝节俭还从身边人抓起。他规定重大节日不许举行庆贺宴席；日常除皇太后和皇帝、皇后外，皇宫的人非节庆不许食肉；嫔妃平时不许使用化妆品，不许穿锦绣衣裳。有一年皇后生日，他特批宫廷宰杀两头猪，大臣前来祝寿留人家赴宴，一人只安排一碗打卤面。他主动压缩各省贡品的数量和种类，如规定辽阳进贡的香水梨一年只限200个。大臣说宫廷人员那么多，两百个梨子怎么够吃。他说只作敬神的供品用，宫人不吃。

道光帝曾作《御制慎德堂记》，告诫子孙切莫将富贵视为己有，当懂得一丝一粟皆出于民脂民膏，不可逞欲妄为，并率先示范。这种精神难能可贵，但效果不彰，清朝竟逐渐走向衰落。究其原因：其一，忽视制度建设。皇宫所有开支均由内务府经办，由于缺乏制度和监督，内务府到处报“花账”，宫廷进账的一粒鸡蛋在外面可以买几只母鸡，道光帝一个补丁的工钱，到外面可以买几件新衣裳。道光帝再怎么节俭，难御内务府这帮硕鼠的贪婪。皇宫如此“灯下黑”，举国如何可想而知。其二，不分轻重缓急。作为皇上对国家的必要开支常舍不得花钱，一听到大臣要求拨经费就皱起眉头。镇守新疆本需 1.8 万兵员，为节省经费竟然砍掉三分之二；平定新疆张格尔叛乱的庆功宴也舍不得花钱，功臣们看到宴桌上冷冷清清只有几道菜，都不敢动筷。其三，只重节流忽视开源。作为一国之君不注重开源兴利，却只注重在一衣一食上锱铢必较，虽节省不少钱，国家财政却未见富余，反而每况愈下。后人评价道光帝节俭一事，多用调侃语言，称他“一生勤政却政治日荒”“未揣其本而徒齐其末”，甚至称他为“史上最抠的皇帝”。

通过道光帝的作为和后人对他的评价，可以看到严格自律和示范仅是道德的范畴，如无必要的制度约束，很容易成为形式也不会长久。再者，凡事须从大处着眼，从根本抓起，如果仅在小处打转，甚至本末倒置，往往会事与愿违。

天下第一剃头匠

唐朝初年，长安城里有个剃头匠名叫杨三，靠精湛的祖传剃头手艺而名闻京城。有一天剃头店刚一开门便进来两个壮汉：一个是年轻人，脸上长满青春痘，却透出一股英武之气；另一个长出一脸络腮胡。那个年轻人坐在椅子上问道："我这张脸可以剃吗？"杨三轻松地回答："这有何难！"便拿一块湿毛巾敷在年轻人的脸庞上，然后掀开毛巾，把磨蹭得锋利发亮的剃头刀在年轻人脸上来回飞刮。年轻人闭上眼睛，顿觉刀锋过处如春风拂脸，自是怡爽无比，剃完脸后对镜子一照，满脸的杂毛尽弃，青春痘却无一破皮，不禁惊叹："真神刀妙匠也！""络腮胡"依年轻人的意思，递给十两银子作为剃头钱，见杨三不敢接，便问："怎么，嫌少？"杨三说："如是百姓家，剃一次头只要五文钱即可；如果来自帝王家，十两银子才是算少哩！"年轻人惊问："你认定我们来自帝王家？"杨三说："小人虽出身粗鄙，每日剃头也常接触三教九流，听说当今秦王年纪轻轻，有一股英武之气，又因精力充沛，长出满脸青春痘，且见你剃头后又出手阔绰，如果小人没有猜错，客官可是秦王？"年轻人笑指"络腮胡"问："如果我是秦王李世民，那他是谁？""很可能是秦琼秦大将军。"李世民亮明身份后，便想让杨三入宫专职为他剃头，并想封他个五品官。杨三一听连忙行跪拜之礼，然后连连推辞："圣人说过'独乐乐不如众乐乐'。小人在市井生活惯了，还是愿意为百姓剃头，不敢平步青云。"李世民听后对杨三说："既然你不愿入宫，我也不勉强你。因我公务繁忙不能经常出宫，今后我如想剃头便召你进宫，剃完头后你再回家为百姓剃头。如何？"杨三连声答应。

过了不久，又有20多个壮汉簇拥着一个年轻人进入剃头店。年轻人对杨三说："我是齐王李元吉。我大哥李建成乃当今太子，我二哥李世民却想篡位。今我送你一包毒药用于浸泡剃头刀，待到你给李世民剃头时，只要稍伤他一点皮毛即可夺他性命。"杨三一听连声拒绝："这可是诛灭九族的事，小人不敢。""你如抗命，我现在马上诛杀你九族。"杨三迫于淫威只好答应。李元吉为防他变卦，便抓走他的妻、儿作为人质。杨三感戴李世民乃仁义之君，而李建成、李元吉乃暴虐之徒，便利用给李世民剃头之时告发了这件事，最终引发了"玄武门之变"。李世民诛杀了李建成、李元吉后当上皇帝，杨三的妻、儿却被李元吉所杀害。杨三便用那把剃头刀，把自己剃了个大光头入白马寺为僧，李世民因他护国有功，封他为"护国禅师"和"天下第一剃头匠"。

这个故事显然是后人编造的，因为在唐朝时期顶多时兴刮脸，并无剃头此业。但故事却蕴含一个很深的道理：得民心者得天下，失民心者失天下。天下归之于民心，古今如此！

汉武帝敕封柏树

话说汉元封元年秋，汉武帝率 18 万大军讨伐匈奴凯旋，途中驻辇河南嵩山脚下。大臣李广利靠着他妹妹是汉武帝嫔妃而当上高官，是个名闻天下专会溜须拍马的庸才。他见汉武帝击败匈奴宏图大展，便极力吹捧汉武帝功高盖世，应效法秦始皇上嵩山封禅。汉武帝因此次迫使匈奴俯首称臣，开始飘飘然，便采纳李广利的意见上山封禅。

嵩山是“五岳”中的中岳，山上有七十二峰，以峻极峰为最高，峰上古柏森森，遮天蔽地。汉武帝车队进入峰上第一道山门，见一擎天古柏挡住视线，令七八个武士连手环抱都抱不拢。汉武帝见景惊叹：“我足迹遍于环宇，从没见过如此巨大之古柏，可谓是树中之王啊！”李广利趁机上前拍马屁：“皇上圣明，何不重封此柏，让恩泽及至山川草木。”汉武帝说：“我此次威镇匈奴，乃靠三军之力，可封此树为‘大将军’。”李广利又率一帮人上前道贺：“从此柏树封号，足显示我大汉之威！”随驾的史官司马迁因他父亲曾弹劾李广利而触怒龙颜，见皇上封树为将，觉似不妥，但不敢明言。

皇家车队进入第二道山门，又见一株古柏比刚才那株更为粗壮，这可把汉武帝给难住了：刚才封那株古柏为大将军，这株古柏要封它什么呢？但皇言难改，为了维护自己的尊严，便将错就错：“那就封它为‘二将军’吧！”司马迁此时再也忍耐不住，上前谏道：“此柏高过前柏，封它‘二将军’恐难以服众，不如封它为‘总将军’。”李广利见皇上面呈不悦，急忙上前训斥司马迁：“封号是皇上说了算，还是你说了算？”然后又对汉武帝一阵谄媚：“皇上圣明，无人可及！”

皇家车队进入第三道山门，又见一株古柏比前两株古柏更为粗壮而高大。汉武帝傻了：一株比一株高大，我要封它什么呢？便转头问难于司马迁。司马迁说："第一株既然封为'大将军'，第二株理当封为'总将军'，这第三株则应封为'帝将军'方为合情合理。"汉武帝说："我既为帝，岂可让它也与我一样为帝？我就封它为'三将军'吧！"李广利又立即带领一帮人跪下高唱："皇上圣明，无人可及！"

奇怪的是，在汉武帝敕封这三株古柏的第二天，这三株"将军树"都变了形："大将军"自觉比人家矮小，却得到大封号，惭愧得直低下头弯下腰无颜见人，成了"弯弯柏"；"二将军"因封号名不副实，越想越恼火，竟把肚皮给气破了，变成了"空心柏"；"三将军"更是怒不可遏，奋起一臂直刺青天以示抗议，变成了"振臂柏"。故事由此表明：如果处事不公，赏罚不明，不要说人，就连草木也难以见容。而产生这种不公不明的原因，乃是汉武帝为了维护自己的颜面而知错不改，以及喜欢阿谀奉承而听不得诤言之所致。当领导者切不可学汉武帝和李广利，而应当以司马迁为楷模。

猛将怕悍妇

常遇春系明朝的开国功臣，是朱元璋手下的猛将。他常率十万雄兵打头阵，被称为“常十万”和“天生的先锋”，在历次征战中杀人如麻，又爱屠杀投降的敌方将士。可在野史中，这个杀人不眨眼的将军却是个“惧内”的男子。

据明《龙兴慈记》记载：常遇春的夫人是个悍妇，常遇春对她竟俯首称小，服服帖帖。有一回朱元璋听说常遇春的夫人不育，便赏他两个宫女以便传承香火。那两个宫女早就听说常遇春夫人为人凶悍，谁都不敢亲近常遇春。某日清晨，有一个宫女端热水给常遇春洗脸。常遇春见她手如玉脂又十分细嫩，摸了摸那双手后赞叹说：“好白的手啊！”但怕夫人看见，叹了一口气便上朝去了。他退朝回家后，夫人叫人端来一个红盒子，打开一看，他差点没昏过去：自己清晨赞赏和抚摸过的那双玉手，竟被砍断，血淋淋地装在盒子里。

常遇春受此惊吓，第二天上朝时竟显得精神恍惚，人家下跪他还站着，人家起立他却还跪着，惹得朱元璋大发脾气。常遇春连忙把实情禀报皇上。朱元璋听后哈哈大笑：“宫女多的是，我再赏你两个就是了，你且到后宫喝酒消愁。”常遇春不知喝了多少闷酒，宫廷太监端来一碗汤：“这是皇上所赐的‘妒妇汤’。”“什么？‘杜甫汤’？”常遇春感到稀奇，喝上一口，味道极佳，便咕噜咕噜一下子把它喝完了。回家路上，喝得醉醺醺的常遇春看到大臣们各拿一个小包包，说是皇上所赐的“悍妇肉”，心里犯疑：怎么皇上赐我“杜甫汤”，却赐他们“汉甫肉”？

回到家里，常遇春怕夫人怪罪，刚到房门口就连声向夫人禀报：“夫人，我回来了，今天皇上请我喝酒。”连叫几声却无人回应。此时一婢女上前诉说：“夫人因欺君逆旨，被皇上派人抓进皇宫肢解成肉块，说是要分给大臣，还要熬汤让大人你喝。”常遇春一听酒气都散了：原来刚才喝的是老婆的“妒妇汤”，大臣所拿的是老婆的“悍妇肉”，不由得把酒汤全都吐了出来，从此患上了癫痫症，39 岁早逝。

正史中常遇春的夫人叫蓝氏，系同朝大将蓝玉之姐，嫁给常遇春后，为他生育三儿三女，并不存在不育的问题。常遇春确实是英年早逝，却因患“卸甲风”（上阵穿盔甲身上发热，战后卸甲因凉风吹袭而中风）而非患“癫痫症”而亡。上述故事显然是后人基于什么目的编撰出来的。但故事的内容却表明：“恶马恶人骑”。故事中常遇春的悍妇因嫉妒成性，容不得丈夫钟情于其他女人，竟残忍地砍断人家的双肢。朱元璋因她欺君逆旨，竟肢解了她的躯体。一个是悍妇，一个是暴君，以恶治恶，恶恶相报，结果陷入了恶性循环。大凡在世间为人，理当以善为本，以善化恶，如果老爱恶恶相报，往往会陷入恶性循环的魔窟而不能自拔。

诸葛、司马同拜师

诸葛亮和司马懿是《三国演义》中两个棋逢对手的军事家，他们到底师从何人，后人又是如何评价他们两个人呢？

对于诸葛亮的老师，人们争论不休：有的说是推荐诸葛亮的好好先生司马徽，有的说是庞统的叔叔庞德公，有的说是诸葛亮的岳父黄承彦，有的说是廖化的爷爷廖九公，还有人说是诸葛亮貌丑才高的老婆黄月英。其实，诸葛亮和司马懿都同拜一个老师，叫无名氏。

东汉末年，朝廷极端腐败，政治十分黑暗，满腹经纶的无名氏因对现实极端不满，隐姓埋名躲进了深山。无名氏存有一部先人秘传的奇书，书中涉及天文地理、阴阳八卦、行兵布阵、奇门遁甲等诸多内容。诸葛亮和司马懿的父亲都是无名氏的好友，都想让自己的儿子拜无名氏为师。无名氏已年过花甲又无儿无女，很想把这部奇书传给一个有志于安邦治国、救百姓于水火的后生，便很乐意地收下这两个学生。

这两个学生都非常聪明伶俐且勤奋好学，学业长进很快，谁都拐不了谁。某日无名氏在屋后的小山头上讲解山川地理和行兵布阵的诀窍，忽见对面山头一个樵夫不慎跌落山崖，无名氏装着没看见继续讲课，司马懿也装着没看见继续听课，诸葛亮却跑过山头把那个樵夫扶救起来，并为他包扎伤口，这时无名氏才带着司马懿过去帮着把樵夫扶送下山。次年秋天，诸葛亮接到家书说他父亲病重在床，急得连忙向老师请假，连夜踏着月光赶回家门。父亲去世后他料理好丧事才返回老师跟前继续听课。过了不久，司马懿也接到一封家信，说他母亲病重，司马懿担心他回家后老师会把奇书交给诸葛亮，便编造理由回了一封家信，没有下山探母。第三年秋天，老师病重，诸葛亮上山采药，司马懿守在老师床前，见老师昏迷不醒，偷偷溜进老师的书房找到那部奇书，便急匆匆带着奇书偷偷地下山去了。诸葛亮回来后，看到老师睁开双眼，艰难地从身下取出一个黄布包交给诸葛亮说："这是司马懿没偷走的真奇书。我死后，你把我连同这座茅房一起烧掉，赶快远走高飞。"说完才闭上眼睛。诸葛亮遵照老师的遗嘱，含泪葬师并烧掉茅房后，才背着奇书到南阳卧龙岗，隐姓埋名自称卧龙先生苦读奇书，直到刘备三顾茅庐请他出山。司马懿偷书下山后翻开一看，只见书中写有一行字：治国需安民，尽孝敬双亲。两者皆相悖，怎做传书人。

司马懿后来跟诸葛亮交兵总是略输一筹，缘于他偷走的并非真奇书。由于他早时就阴沉狡诈，所以他在《三国演义》中所表现的，亦是一副让人不寒而栗的阴谋家形象，他的儿子也被冠上"司马昭之心路人皆知"（野心家）的成语万古流传。作为他的对立面，诸葛亮则以"鞠躬尽瘁，死而后已"的贤相而流芳百世。善恶正邪，历史老人总在无情地评判。

从送银票到送马桶

被称为窃国大盗的袁世凯，自小由他叔父袁保庆养大。有一回叔父带他看戏后对他说：“戏场如官场。不论演戏或做官，都要善于把假做成真，最大的本事就在于装假的做工和技巧。”

袁世凯当时年方十来岁，并不理解叔父这句话的含意。后来他进入了仕途，才想起叔父这句话，反复琢磨，认定官场假戏真做的捷径和技巧，就是以钱铺路。庆王府的奕劻喜欢银子却不喜欢袁世凯，袁世凯便通过他的幕僚，把一张十万两的银票送到奕劻手里。奕劻的儿子载振喜欢女色却不喜欢袁世凯，袁世凯便通过得力干将，以十万两的身价，将天津妓院的花魁杨翠喜赎出，送到载振的房间。十万两银子加一个美女，使袁世凯变成了庆王府父子的座上宾，并把他们作为自己的政治靠山和政治玩物。

有一回袁世凯叩见慈禧太后，见太监李莲英不时在慈禧耳边嘀嘀咕咕，便瞄上慈禧这个“身边人”，逢年过节都派人给他送上厚礼，并一次性送上 20 万两的银票，然后请教李莲英如何才能讨得慈禧欢心。李莲英说你叩头后就看我这双脚板，我的脚板叉开你就开口，我的脚板闭合你就闭嘴。袁世凯依此照办，果然讨得慈禧欢心。当时宫廷办有一张《邸报》，是专门送给皇帝看的。有一期袁世凯专门刊登政敌岑春煊的几大罪状，便通过李莲英转呈慈禧太后，终于扳倒了他政治舞台上的对手。

袁世凯又把目光锁定在给慈禧送什么礼物上。他知道慈禧不缺银票，便绞尽脑汁别出心裁给慈禧送马桶。那只马桶不但外观精致，坐下去又十分舒服，更绝的是马桶里头还有透风透气的设备，慈禧出恭竟闻不到臭味。慈禧每坐在马桶上，就会想起袁世凯那张热脸一直贴在自己舒适的屁股上。

袁世凯以钱铺路，上至王爷、大臣，下至部属、下人，无所不送。有一次他的一个亲信对他说："大人如此大把大把地撒钱，何日才有尽头？"他说："吃小亏得大便宜，来日他们会十倍回报于我！"

袁世凯依靠金钱铺路把假戏做真而掌握大权后，篡夺了辛亥革命的成果当上了大总统，又想复辟帝制当皇帝，因怕民众反对又整日提心吊胆。此时他却非常害怕民众"假做成真"。元宵节他听到街上有人在叫卖元宵，便忌讳"元宵"谐音"袁消"，下令改称"汤圆"。后来又忌讳"汤圆"有"汤煮袁世凯"之嫌，又下令改称"汤团"。然而，假的就是假的，伪装应当剥去。袁世凯不是依靠正道，而是依靠假功夫攀上了权力的最高峰，其爬得越高就摔得越惨，最后跌进了万劫不复的深渊。古今中外经常出现"机关算尽太聪明，反误了卿卿生命"的事例，袁世凯算是典型之一例。

商汤辨味识奇才

商汤是夏朝属国商国的国君。夏朝末年的夏桀是中国历史上有名的暴君。他荒淫无度，穷奢极欲，昏庸残暴，惹得天怒人怨，众叛亲离。商汤决定推翻夏桀的残暴统治，拯救百姓于水火。他懂得要当亭亭玉立的荷花，必须有绿叶扶持，便很想找一位足智多谋、运筹帷幄的栋梁之材，来辅佐他开创大业。正当他心急如焚，求才若渴之时，一个反常的现象引起他的注意：他的王后有一个陪嫁的奴隶叫伊尹，在宫廷担任厨师，平时做菜都十分可口，这几天却有时平淡无味，有时竟咸得难以入口，气得他把伊尹叫来训斥一顿。伊尹却不慌不忙地说："我也知道做菜要咸淡适中，五味调和，才能味美可口。这些日子我看到大王坐不安位，食不甘味，烦心国事，便故意把菜或煮得淡一点，或煮得咸一点，是在提醒大王：治理国家就和煮菜一样，既不能操之过急，也不能放松懈怠；既不能煮得太淡，也不能煮得太咸。只有掌握好火候，配料恰到好处，才能如愿以偿。"

商汤听后大为惊奇：一个奴隶出身的厨子，竟能说出如此深入浅出的道理！他事后通过了解得知：伊尹原是莘国一位博学多才的大学士，还曾当过莘国公主的宫廷教师。莘国灭亡后，他作为自己新婚妻子的陪嫁奴隶辗转到商国。在当厨师的日子里，他经常一边煮菜端盘子，一边聆听大臣和使者在吃吃喝喝之间谈论时事，因此对天下大事了如指掌。商汤大喜过望：这是一位胸怀大志，精通韬略的奇人。便立即解除他的奴隶身份，并任命他为右相。在伊尹的辅佐之下，商汤先是"下油"大造舆论，再是用"热火烧煎"那些负隅顽抗的敌手，结合用"五味调和”那些中间力量，终于推翻了夏桀的统治，建立了大商王朝，实现了中国历史上封建王朝第一次的朝代更替。

数百年后的春秋时期，老子在他的《道德经》第六十章中写道：“治大国，若烹小鲜。”后人对这句经典语言有不同的解释：一种是说治理国家就像煎鱼，不能老是翻过来翻过去瞎折腾，把鱼给搅糊了；另一种是说治理国家就像烹调，只有掌握好火候，调味适中，才能达到理想的目标。应该说，后一种解释显得比较贴切。然而在数百年前，伊尹就提出了这个见解，足见伊尹确实是个奇才。伊尹的奇才，还表现在他利用厨师的平台，既大胆、果敢，又间接、迂回地去显示自己的才能，去推荐自己，终于脱颖而出。从伊尹的奇才，反衬出商汤这个国君亦是一个奇才。他能够见微知著，品味识才。如果他仅是个昏庸的国君，即使是金子闪亮在他眼前，他也只能把它当成废铜烂铁。在中国历史的官场上，经常会出现“乌龟爱王八，奇人爱奇才”的不同现象，商汤与伊尹的搭配则是属于后者。我们应该为他们的奇妙结合而击掌！

对子夫妻

清朝时期有个书生叫李调元，为人正派又风趣幽默。他经过十年苦读而一举成名，在大考时高中进士，被派到地方担任县令。他娶了一名才女为妻，日常对话经常互作对子进行交流，被称为“对子夫妻”。

有一天，李县令带夫人去寺庙烧香，在回家的路上，见有两个小孩在打架，便连忙叫衙役上去拉架。衙役回来禀报说：“这两个小孩是兄弟，他们在玩比赛摔跤的游戏。”李县令听后哈哈一笑，便借题发挥，指着那两个小孩对夫人出了一个上对：“手足相残，捉乎？”他认为兄弟本是手足，在玩相残的游戏，便把提手旁和“足”字合在一起，形成“捉”字，问夫人这对兄弟该不该抓？他夫人想了想，从容答出一个下对：“心血来潮，恤也！”她认为丈夫因不明就里就叫衙役去拉架，属于心血来潮，再把竖心旁和“血”字合在一起，形成“恤”字，表示了解情况后就应该理解体谅人家。李县令听后连声称妙叫好，乐得嘴巴都歪了。

李县令有个女儿嫁给本县王举人的儿子。他女儿自恃是县令的千金，不把公婆放在眼里。有一回小两口拌嘴，婆婆说她几句，她竟反唇相讥，还差点把婆婆推倒。王举人见景，气呼呼地跑去找李县令评理，李县令听后很生气。他知道王举人夫妇都是出名的忠厚人，女儿的行为确实不对，很想去教训教训自己的女儿。但他听王举人说话很大声，害怕让房里的夫人听见，如果夫人袒护女儿，会出来跟他争吵怕有失体统，便连忙示意王举人压低声喉，低声对他说：“内人在内，不可大意！”不料他夫人在房内听得清清楚楚，待王举人离开后，便走出房门问他：“什么事不可大意呀？”李县令只得把女儿和夫家闹矛盾的事，一五一十告诉夫人，并说因怕你听见后袒护女儿出来跟人家争吵，才说了句“内人在内，不可大意”的话。夫人听后略加思索，便回答说：“汝女由汝，何必小心！”李县令的“内人在内”中有三个“人”字；夫人的“汝女由汝”亦有三个“女”字，对仗十分工整，又很明白地告诉丈夫：你认为女儿该怎么办就怎么办。李县令一听左手拍腿叫好，右手拍案叫绝，连声赞叹：“真吾妻也！”便连夜赶去王举人家，教训女儿的不是，使女儿、女婿重归于好，也使王举人夫妇感动不已。

有道是“金榜题名时，洞房花烛夜”。李调元大考高中进士，又娶了个满腹经纶的才女为妻，在日常生活中夫妻俩又经常互出对子，互吐珠玑。应该说，这是个十分美满的家庭。但美中不足的是，虽然成了书香门第，但对子女的道德教育可能出现了欠缺，不然也不会出现女儿到夫家后差点推倒婆婆的一幕。如果把学识与道德两个教育更好地联系起来，李县令一家肯定会被现代“文明委”评选为“五好家庭”。

野狗灭南汉

唐朝末年天下大乱，群雄并起各踞一方。盘踞广州的地方军阀刘隐、刘岩兄弟东征西讨，先后占领了两广和云南的大部地区，设置60个州府，建立了南汉政权。刘隐死后，刘岩继位，一度国力蒸蒸日上。刘岩并不满足，立志要扩大周边，逐鹿中原。没想到因为一只野狗的蹿入，使南汉的国运发生了逆转。

在一个春暖花开的日子里，刘岩在皇苑里看到百花盛开，群蝶飞舞，心想野外景色必定更加迷人，便带着十几个随从和卫士到城外的野鹤谷踏青赏景。刘岩看到谷中平湖清澈如许，在阳光的映照下闪烁着粼粼银波，竟心血来潮脱掉皇袍下水畅游，上岸后躺在一片绿草地上，在温暖的日光下享受日光浴。这时鬼使神差不知从哪里突然冒出一只野狗，跑到刘岩身上咬住他的命根，待到随从和卫士赶上来杀死野狗时，刘岩身上已是鲜血淋淋。他被救回皇宫后，虽经过医治伤愈痛消，但已落下了残疾。他每天坐在龙椅上经常暗自思忖：朕乃一朝天子，竟然雄风不起，如何服得满朝文武。某日，他突然金口大开："凡在本朝为官，如果贪恋女色，必然不会专心报效朝廷。唯有像太监那样实行阉割，才能专心为国效力。"此言一出，满朝文武个个目瞪口呆，面如土色。皇上圣旨刚下，殿前武士便闻风而动，把一个个官员推进"行宫处"实行阉割。多数官员不敢抗旨，泪眼双垂任从医官宰割；少数官员不甘断了传宗接代的生命线极力抗争，一个个被拖去火床上烘烤，受尽折磨而死。

皇上变态了，那些被阉割的大臣也变态了。他们联名给刘岩上了一道奏章，要求把官员阉割作为一项基本国策确定下来，这正中刘岩下怀，当即准奏。自此以后，凡是考中进士要入朝做官者，得先进“行宫房”挨上“御赐一刀”，然后才委以重任。南汉朝廷由此出现了“满朝文武皆弃势”的怪象，南汉因此又被称为“太监王国”。许多有志之士由于不愿意走“先阉后仕”的道路，纷纷卷席外逃，导致南汉人才大量流失，朝中国士和策士奇缺，国力日益衰落，最后导致亡国。

根据正史记载：刘岩是一个既奢侈又残暴的国君，喜欢对人使用炮烙、截舌、割鼻、刀锯等酷刑，还喜欢到现场观看行刑。当他看到受刑人痛苦挣扎时，经常高兴得手舞足蹈，甚至笑得口水都流了出来。南汉确实实行当官阉割的基本国策，仅“编制”内负责阉割的医官就有500多人，主宰南汉政权的“阉官”则多达两万多人。刘岩本人并没有被野狗咬掉命根，上述故事是时人或后人为了诅咒他而编造出来的。从正史的记载，到人们编出野狗灭南汉故事的演变中可以看出：咬掉南汉小朝廷“命根”的并非野狗，而是刘岩自己。

边做灯笼边做官

清光绪年间，天津武清县赵德亮精于灯笼制作，被称为“灯笼赵”。他做灯笼要先交钱，然后依序按期付给灯笼。有一天县衙役上门要他做个大灯笼，三天后交货。灯笼赵说：“我做灯笼是依序交钱取货，你要做的灯笼须在一个月后才能取货。”衙役见他顶硬，便把他拉进县衙。县太爷常寿会说慈禧太后要做六十大寿，本县令要进献一只“五福捧寿”的大灯笼，高六丈六，宽九丈九，需在三天内完成。灯笼赵说我历来讲信用，与客户定下的交货日期不好往后推。常县令见他执意不肯，下令将他和另一名女犯关进同一个死牢。

那名女犯名叫柳英姑，嫁给“豆腐张”为妻。邻居的李公子见柳英姑长得如花似玉，便毒死豆腐张，欲将柳英姑占为己有。柳英姑至死不从，李公子用钱买通常县令，给柳英姑挂上个毒死亲夫的罪名关入死牢。灯笼赵听同牢的柳英姑诉说她的冤情后，灵机一动，马上要狱卒告诉县太爷，说他愿意三天内完成大灯笼的制作。常县令把他放出监牢后，他便日夜加工，还向常县令建议在灯笼中配置一根三丈三的大蜡烛，点燃后可照亮灯笼且让“五福捧寿”的多幅图画转动。常县令听后连声称妙，乐得小胡子都翘了起来，心想这回进京献灯，说不定慈禧老佛爷一高兴，还会给他连升三级哩！

灯笼做好后，灯笼赵对常县令说：“因运输不便，灯笼各零部件要到宫廷才好组装。”进献灯笼那一天，常县令乐颠颠地带上灯笼赵进入宫廷。夜幕降临，慈禧太后看到那巨大的灯笼点上蜡烛，好像从天上掉下来的天灯，其心大悦。她看到“五福捧寿”图会转动，便问这是依靠什么神功？灯笼赵连忙跪下启奏："这是因为灯内点燃蜡烛吸进灯外空气，推动灯内机关转动。"慈禧更是喜笑颜开。突然，慈禧看到灯笼上出现一县令接受贿赂，把一女子投入死牢的画面，惊问这是怎么回事？常县令见景吓得瘫倒在地，灯笼赵却将柳英姑的状子跪投上去："这是发生在本县的一大冤案，望老佛爷为她做主。"慈禧可能见到神奇的灯笼心情大悦，并不怪罪灯笼赵告御状。她看了状子后问吏部官员："武清县令叫什么名字？""叫常寿会。"慈禧大怒："什么？常受贿？难怪他县里会出现这样的冤案！"便下令将常县令推出去砍了。

事后，慈禧在高兴之余，竟然让灯笼赵回乡担任县令。灯笼赵原先不愿当官，但想到要替柳英姑平冤，便勉强走马上任，救出了英姑，把李公子关进了死牢。其后他又想辞职，当地百姓说他为人正直，又讲信用，苦苦恳求他继续留任，他便一边做灯笼一边做官。老百姓都说这灯笼县官真不错，打着灯笼都难找。老百姓痛恨贪官，欢迎清官，特别是喜欢与老百姓打成一片的官员的强烈愿望，在这个故事中表露无遗。但愿现代的官员，都能成为这样光明磊落的"灯笼官"！

姜尚在此

早时每年春节将近，老百姓家家户户都要在自家的门楣上，贴上一幅姜太公身骑麒麟手舞神鞭的版画，版画下端写有“姜尚在此”几个大字，也有写“姜太公在此百无禁忌”“姜太公在此诸神退位”“姜太公在此诸神回避”等字样的，用于驱魔辟邪。

姜太公名尚，字子牙，系辅佐周文王、周武王灭商兴周的第一功臣。他出身寒微，前大半生因穷困不堪而漂泊四方。他因刻苦好学而满腹经纶，且胸怀壮志，相信自己终有一天会干出一番事业。到他年逾七旬之时，仍独自在渭水旁垂着一根竹竿，不用弯钩用直钩，又不上饵，吊离水面三尺高在钓鱼。他一边垂钓一边吟唱：“鱼呀鱼呀，你如乐意就自愿上钩吧！”——“姜太公钓鱼，愿者上钩”的成语，便由此而生。一个路过的樵夫见景对他说：“你如此钓鱼，再钓一百年也休想有所收获。”他却笑着说：“我岂止是在钓鱼，我乃在钓天下，钓王侯哩！”

当时商朝的纣王腐败透顶又残暴不仁，导致百姓怨气冲天，哀鸿遍野。地处西岐的周文王，很想找一位才高八斗的人来辅佐他推翻暴政，建立新朝，听说姜太公如此钓鱼的奇闻后，知他乃非常之人，便叫一个兵士去请他入朝共商大事，他装着没听见，一边钓鱼一边吟唱：“钓呀钓，鱼儿不上钩，虾儿来胡闹！”周文王见景，又叫一位官员去请他上殿共谋大计，见他仍在一边钓鱼一边吟唱：“钓呀钓，大鱼不上钩，小鱼来胡闹。”周文王见景，进一步觉察到这是个栋梁之材，决定斋食三日，沐浴整衣，带上聘礼，亲自出马礼请他出山辅佐自己共建大业，救百姓于水火。姜太公不负文王所望，经过运筹帷幄，南征北战，终于帮助周文王继而帮助周武王推翻了商王朝，建立了周王朝。

传说姜太公乃元始天尊的弟子，奉元始天尊之命前来辅佐周文王、周武王灭商兴周。大功告成后元始天尊便与截教通天教主和西方教接引道人等两位教主共立封神榜，让姜太公奉命敕封天下众神。姜太公封完众神之后，才发现位置已满，自己却无神位可封。老百姓因感戴他疾恶如仇，除暴安良，劳苦功高且办事公正，却不居神位，便让他高登在自家门楣之上，一来可以让他威慑鬼魅，确保合家平安；二来可以让他监察众神，如果他所封之神因蜕化变质而成为凶神恶煞，亦可运用他手中的神鞭来敲打敲打他们的脑袋，警示他们甚至惩处他们，不让他们胡作非为。可见，姜太公负责封神的“组织部长”，是元始天尊封给他的；而负责监督鬼神的“监察部长”，却是老百姓民主推选的。“姜尚在此”的故事，说明了姜太公的“官衔”，先是由上司委任再是由老百姓民主选举的演变过程。

姜太公封妻“扫帚星”

说到姜太公封神的事，就不能不说到姜太公与马氏的一段姻缘。姜太公 32 岁上昆仑山拜元始天尊为师，修行 40 年，到 72 岁领师尊法旨下山，因举目无亲只得投靠宋家庄义兄宋异人，经宋异人撮合，与邻村马员外一个 68 岁未嫁的女儿马招弟结婚。两个年老的剩男剩女结成连理，本应成为一段佳话，但是由于马氏目光短浅，素质低下，最后闹得不欢而散。

姜太公因长期吃住在宋异人家，出身富家的马氏很看他不起，要他去做点小生意。怎奈姜太公所学的均是宏观的文韬武略，对于那些微观的斤斤计较却一窍不通。他编过篱，磨过面，开过酒店，因不会做生意，早上挑出去卖的篱晚上又如数挑回来，面卖不出去又全部滑落在路面上，开的酒店因乏人上门导致备料发臭。他曾去贩卖猪羊牛马，因朝廷禁屠被抓而束手空归。最后他去摆摊算命卜卦，因没有名气竟无人问津。马氏见他做什么亏什么，横挑鼻子竖挑眼，骂他是“饭桶”“窝囊废”，天天吵着要离婚。后来商纣王见姜太公有才，要封他为上大夫监造鹿台。姜太公因拥有自己的理想和抱负，认为纣王是暴君，周文王才是明君，一心想扶周灭商，便拒绝了纣王的委封。马氏见他有官不做，更加暴跳如雷。姜太公劝她要把眼光放远一点，同他一起离开商都，到西岐投靠周文王。马氏一听更是反唇相讥：“你一穷二白，身值几文钱，还想去投靠什么王？要去你去，我绝不去！你快写下休书，两人各奔西东！”姜太公苦苦相劝，马氏就是不听。他见马氏如此绝情，无奈写下休书，不禁仰天长叹：“青竹蛇儿口，黄蜂尾上针。两般由自可，最毒妇人心！”

姜太公到西岐后，运用他的才华与智慧，先后辅佐周文王、周武王打败纣王，建立周王朝，官居一品，位列公卿，后又奉元始天尊敕命，敕封天下众神。马氏后来改嫁一个屠夫，仍然过着穷不零当的生活。她见姜太公发达了，十分懊悔，便又找上姜太公想复婚。姜太公把一盆水泼出去后说：“你如果能把这盆水收回来，我们就复婚。”马氏赶紧趴在地上想要收水，却收回满身泥浆。马氏想复婚遭拒后，后悔不已，羞愧难当，回家后拿起一条绳子上吊自尽，魂魄飞到封神台，见姜太公正在封神，便吵着要封给她一个神位。姜太公见她虽然无情无义，但跟自己也曾夫妻一场，便利用手中所掌握的权力，封给她一个让人瞧不起眼的“扫帚星”。

其实在正史上，姜太公的夫人姓姬非姓马，这个目光短浅的马招弟是后人虚构的。然而这个故事却在警示人们：看人必须看本质不能光看表面现象，凡事必须投出战略眼光不能只看眼前利益。作为夫妻不能光讲家庭和物质上的门当户对，却应注意思想素质上的门当户对。两人思想素质差距太大，缺乏共同的理想和语言，很难和谐相处，白头偕老。

县太爷跪接丑举人

明朝时期，山东堂邑县（今山东聊城一带）有个赵员外，生了个儿子自小跛脚，又因出天花落下一张麻脸，长相十分丑陋。赵员外虽给他取名为“士扬”，却总为他未来的前程而担忧。赵士扬人小志大，不因貌丑而自暴自弃，发奋读书，决心为父母和乡里争光。

功夫不负有心人。那年童试，赵士扬初试便考中秀才。开榜后众秀才集中县衙，县太爷见他后鄙视地说：“如此丑陋之人也能考中秀才，算你走运！”三年后府试考举，赵士扬又到县考院报名参加生员初试中榜，县太爷见到他后又冷嘲热讽：“看你又是麻脸又是跛脚，能考上个秀才就不错了，还想考举人、中状元？”赵士扬回答：“考举全凭才学，岂可以貌取人！如我考上，又将如何？”县太爷不屑一顾地说：“你若中举，我就搭天桥立牌坊，红毡铺地，香盘顶头，跪接你到北门之外。”赵士扬说：“县太爷乃堂堂父母官，金口玉牙，一言既出，驷马难追，切莫反悔！”

赵士扬考举，不但受到县太爷的藐视，也受到一些纨绔书生的歧视和作弄。应考那一天，众考生云集考院门口，却见大门久久不开，几个官宦和富家子弟便纷纷起哄要去敲开大门。他们见赵士扬是个丑八怪，便把他推拥到大门口去撞门。此时考院大人正好带着众考官前来开门，众书生见景纷纷退后回避，赵士扬却被众人推拥撞倒在大门口，受到考院大人的斥责。因考试铃声已响，赵士扬顾不上申辩，便瘸着脚步赶入考场。他翻开考卷，下笔生风，一气呵成，竟交了头卷。考院大人见交头卷者竟是那个带头撞门的丑书生，余怒未消，心想如此轻狂之徒岂能写出好文章？他打开考卷一看，文墨字字遒劲；再细观其文，字字珠玑，立意深远，不禁拍案叫绝。考试完毕，他立即召见赵士扬，问他考前撞门一事，赵士扬便把受人作弄过程如实禀报。考院大人听后叹道："这些纨绔子弟如此欺侮残疾之人，真是有伤风化！"赵士扬说："歧视我的何止他们？"便把屡受县太爷歧视并跟他打赌的事也说了一遍。考院大人亦叹道："堂邑县令乃我门生，想不到他亦如此张狂！"后来赵士扬被评定为头名举人，考院大人就此事给堂邑县令修书一封，内云："海不可斗量，人不可貌相。其貌虽不扬，其文为奇苑。当官当恭谦，却莫轻寒贤。以貌取人者，堪受输牌坊。"堂邑县令接到恩师书信，后悔莫及，便倾其积蓄，建起牌坊，并铺上红地毯，捧上顶头香，跪接赵士扬于北门之外，兑现当初的诺言。

人居高处，当时时事事懂得谦恭自卑，却切莫趾高气扬而傲人；人享富贵，当事事时时懂得同情弱者，切莫盛气凌人而张狂。尤其是为官为腕者更应当懂得自尊和自谦，如在为人处事方面妄自尊大，目空一切，必将引起人们的侧目。

徐士林“以言代金”

徐士林是清代有名的清官，历经康熙、雍正、乾隆三代。他出身寒微，却奋志励学，17岁就入了县学，成为少年秀才。23岁时他背着一袋子炒黄豆要赶赴登州考举，半路病倒在旅店里，病好后考期已过，为了还清住宿费，便留在旅店打工。当地儒士杨同翁见他是个志向高远的“千里马”，便替他还清店里债务，接回家中继续指导他读书，指出他文风谨慎有余，但气势不足。两年后徐士林赴考一举成名，归途中拜谢恩师，杨同翁题写“敏事、慎言”四字作为赠言。徐士林29岁赴京大考又高中二甲进士，归途拜见恩师，杨同翁又题写“温良恭俭让”赠他。后徐士林官拜内阁中书，回家探亲途中再拜恩师，杨同翁又赠他六字：“爱民、致君、保国”。这“四五六字箴言”由此成为徐士林终生受用的无价之宝。

徐士林有一度担任江苏巡抚要职，经常进京向乾隆帝面奏。当时凡逢年过节或皇亲国戚操办喜事，地方官都要进献金银珠宝；地方官进京也要带上价格不菲的“伴手礼”。徐士林所处的江苏乃富庶之乡，本该进贡更多的礼品，但他在任数年，对此全不理会，有人便指责他不敬朝廷，不懂世故。这种议论传到徐士林的耳中，有一年的春节前夕，他便准备一份礼物，派人星夜送入京城，献给乾隆皇帝。

宫廷负责收存礼物的太监，当年和徐士林都当过乾隆帝的侍读，曾一起陪同少年乾隆帝读过书，和徐士林的关系不错。他看到徐士林送给乾隆帝的礼物仅是几本重新装裱的旧书，心想如把这些旧书献给皇上，显然是藐视皇上，皇上不怪罪才怪哩！为保护好友，便不拿去大殿陈列而存放于后宫。没想到乾隆帝除夕日在观赏各地贡献的礼品时，特地问宫廷太监："徐士林今年又没有进贡礼品？"宫廷太监不敢隐瞒，说他只送几本旧书，我不敢陈列。乾隆帝急叫把徐士林进献的礼物端上来。他翻开旧书，细看徐士林夹在书中首页的贺年奏疏："……恭逢元旦，理当进贡方物。奈皇上知道，臣一身之外，寸丝粒粟，都是皇上所赐，黎民供给，我自己尚有何物贡奉皇上呢？……臣自幼学《尚书》，谨择典谟要义，写成数卷心得体会，具裱缮册，适逢元旦拜呈。只要皇上肯赏脸御览，对治国安民略有得意，臣就不胜荣幸之至……"乾隆帝一边翻看奏疏和旧书，一边不住地点头赞许，令王公大臣们大惑不解：皇上对那些金银珠宝不感兴趣，对这几本破书却爱不释手？乾隆帝看后命人取来文房四宝，挥笔写下"赠人以金，不如赠人与言也"几个大字，回赠徐士林。

金银珠宝属于物质产品，文字赠言和学习心得则属于精神产品。徐士林把恩师杨同翁的三次赠言作为胜过黄金的人生箴言，乾隆帝亦把徐士林人生感悟写成的书籍作为胜过黄金的治国良言。他俩意相同，感相似，心相通，值得庆羡！

钟馗捉鬼

钟馗捉鬼有多种传说，但有一个共同点：他是唐朝人，外表虽丑陋如鬼，心里却嫉鬼如仇。其中有一个传说：钟馗早时本是个帅哥，还有个长得如花似玉的妹妹，家住终南山，父母早亡，兄妹俩相依为命。钟馗苦读经书，想进京赴考却苦于缺少盘缠，好友杜平便慷慨解囊。他途经一座寺庙，见一群和尚正在为杜平超度亡灵，惊问杜平还活着，为什么要为他超度亡灵？和尚说有人要他早死，出钱要我们给他做法事。钟馗一听火冒三丈："你们见钱眼开，披着袈裟却专干坏事，这跟鬼魅何异？"说完便掀翻灵桌，并推倒案上的观音佛像，然后扬长而去。这时有几个恶鬼的鬼魂已被和尚的经文召到旁边，便与和尚一起向观音菩萨告发钟馗推倒佛像一事。观音菩萨不明就里，让钟馗折减阳寿五十，事后这批恶鬼又把钟馗推进恶水沟，泡出一副面目全非的丑脸。

钟馗在应考中写了一篇《策论》，立意高深，文笔精美，被主考官评为榜首，为新科状元第一人选。在皇帝殿试时，奸相卢杞见钟馗长相丑陋，向唐皇进谗说："选此丑八怪为新科状元，有辱朝廷门面。"钟馗因此仅被列为末名进士。他为人直爽，性情暴烈，见朝廷如此不公，一气之下竟一头撞死在殿柱上以示抗议。唐皇见景后悔莫及，以状元名分厚葬他。不久后唐皇患了一场大病，御医都治不好。有一个夜间唐皇梦见一个小鬼进入皇宫盗窃珍宝，此时又见一个身穿大红袍的大鬼捉住小鬼，张口便把小鬼吃掉。唐皇惊问大鬼来历，大鬼说他乃是殿试时撞柱而死的钟馗，专门在捉拿那些害人的鬼魅。唐皇梦醒后，竟大病痊愈，便命当时著名画师吴道子根据他梦中的印象，画出一副《钟馗捉鬼图》

挂于厅堂，并追封钟馗为“捉鬼驱魔大神”，用于捉鬼驱魔。

钟馗捉鬼驱魔也得到上天的认可。据说钟馗撞柱后阴魂不散，到玉皇大帝处诉说自己的冤情。其时观音娘娘正好在旁边，听到钟馗的诉说后，觉察到当初自己因听信恶鬼诬告，才导致钟馗毁容折寿，便建议玉皇大帝封钟馗为“斩鬼将军”，率领三千鬼卒，专门捉拿危害人间的各种鬼魅。钟馗为报答好友杜平生前的恩典，亲率鬼卒在除夕夜赶回生前老家，把妹妹嫁给杜平，由此又引出了《钟馗嫁妹》的故事。

钟馗生前先后遇到想花钱咒死好友杜平的恶人、见钱眼开的恶和尚、奸相卢杞等人间鬼魅，也遇到把他推进恶水沟的阴间恶鬼。他死后视鬼如仇便成为一种必然。由于这个缘故，唐皇命吴道子画出的《钟馗捉鬼图》，很快就在民间普及开来。时至今日，许多居家依然置有钟馗的神像。问题是：钟馗是负责打鬼捉鬼的，置钟馗像者应当心中无鬼，如果自己心里有鬼却不自清，到头来让钟馗打鬼打到自己身上，还不是恶有恶报，自寻霉头，自讨苦吃？

吴起之德

吴起是战国初期卓越的军事家、政治家和改革家。尤其在军事方面，他创立了《吴起兵法》，在中国历史上与《孙子兵法》齐名，后人便把这两种兵法合称为“孙吴兵法”。

吴起少有大志，到18岁时就满腹经纶，很想干一番事业。他倾尽家资游走四方，想得到诸侯们的重用，却屡屡失望，受到乡人的耻笑，一怒之下杀了乡人辞别母亲：“不得卿相，决不还乡！”他到曾子门下学习儒术，一年后母亲去世，他却没有回家奔丧。曾子认为他不孝，把他赶出学门，他便逃到鲁国继续深造兵法。鲁穆公四年齐国攻鲁，齐强鲁弱，鲁国一时找不到强将御敌，有人推荐吴起为将，因吴起的妻子是齐国人，鲁穆公不信任他。他求建功名心切，竟杀掉妻子，表明心迹，然后指挥鲁军大败齐军。事后鲁国有人指责他母丧不归，又杀妻求将，鲁穆公便又夺回他的兵权。

吴起在无奈之余又投奔爱才如命的魏文侯。在魏国期间，他创造了“大战七十二，完胜六十四，其余不分胜负”的奇功伟绩。他成为常胜将军主要依靠两条：一是坚持官兵一致，体恤部下。他衣食住行与最下层的士卒同一标准，睡觉不用卧席，出门不坐车子，并经常与士卒一同背军粮。由于他与士卒同甘共苦，深得士卒爱戴，大家都很乐意跟随他去拼死作战。有一士卒因身上生有脓疮痛苦不堪，他竟亲自为他吮吸脓水。士卒的母亲听到这件事后悲怆异常，人家问她：“将军为你儿子吸脓你为何悲切？”她说：“当年孩子的父亲生疮是吴将军为他吸脓，结果他父亲感动得拼死杀敌而战死在沙场。今吴将军又为我儿子吸脓，我儿子不知什么时候又会感动得战死在沙场上啊！”二是严明纪律。有一回吴起带领魏军与秦军交战，尚未下令击鼓交锋，有一名兵士因克制不住情绪，冲上前去砍下敌军的两颗人头。他下令将此兵士斩首，军中执法军因该兵士作战历来十分勇敢而替他说情。吴起惋惜地说：“我知道他作战历来十分勇敢，但他违反军纪，不依纪处置岂能治众！”

吴起在魏国后来又受到排挤，却受到楚悼王的重用，在楚国实行一系列富国强兵的改革，史称“吴起变法”，使楚国日益强大，因触及贵族阶层的利益，后为楚国贵族所害。

纵观吴起的一生，从“官德”上讲应是无可挑剔。特别是他爱兵如子，与士兵打成一片，这在远古时期确实难能可贵。他不但严守纪律，对朋友也很讲诚信。据说有一晚他邀一个朋友来他家里吃饭，那个朋友可能忘记了，他竟不吃饭一直等到第二天早上，待请到那个朋友后才动筷。但他由于功利心太强，母丧不回又杀妻求将，在伦理道德方面经常遭到时人和后人的诟病甚至谴责。虽然说“鱼和熊掌不可兼得”，但如果能尽力兼顾到两个方面，那可是再好不过了。

曹彬之仁

曹彬是宋朝的开国名将。他为人仁敬和厚，为相为将从不妄杀一人；亦从不高高在上自视为异人，路见士大夫必定引车回避，接见部下必先正其衣冠；一生从不私受馈赠，不图余积，即使是皇上所赐亦常分给部下或族人。“曹彬之仁”常为后人所称颂，灭掉宋朝的元朝宰相脱脱在编纂《宋史》时，亦据实称他为“宋朝第一良将”。

“曹彬之仁”主要体现在他的工作方法。曹彬在后周时跟赵匡胤是好朋友，时赵匡胤是将军，他仅是管理茶酒的小官。有一回赵匡胤要在家里宴请宾客，向曹彬要酒。曹彬说：“此官酒，不敢私与。”便自己掏钱去买酒送给赵匡胤。赵匡胤陈桥兵变当上皇帝后，曹彬成为他手下的得力干将。有一回赵匡胤派他当主帅征服南唐，临行前问他有什么要求，他说让田钦随军使用。部下们一听都傻了：田钦此人既狡诈又贪婪，经常在背后拨弄是非，打小报告，朝里的人躲都躲不开，怎么却把他调到军中来呢？事后曹彬才告诉大家：“此次南征任务艰巨，时间很长，需要朝廷全力支持。如有人在朝廷搬弄是非，就会坏了大事。把田钦调到军中来，给他一份事干，然后分给他一点功劳，就可以堵住他的嘴，才能确保南征成功。”部下们一听连称主帅用意深远，手法高明。

曹彬的民本意识很强。他率师进攻南唐时，许多将士扬言在城破之日要实行屠城，即把全城百姓杀光。曹彬听后突然装病，将士们前来探望，他说：“我这病是块‘心病’，如果全军同意入城后不妄杀一人，我这病自然会好起来。”众将答应下来，一起焚香为誓，终于在城破之后保全了全城百姓。另有一次他领军攻克成都，看到有些兵士抢掠民间妇女，便下令把这些妇女集中起来，说是要献给朝廷，谁也不许侵犯，并派专人加以保护，供给饮食，待局势安定后再派人送还她们的亲属，没有亲属的则由他做媒，许配给适当的对象。

曹彬历来执法严明，可有一次他一下属犯法，他却睁一眼闭一眼好像没犯什么事一样。待到一年之后，他才叫来那个犯法的下属，重打几十大板，说是对一年前犯法的惩罚。众人不解。他说：“此人一年前刚新婚，如果那时候处罚他，新娘的公婆可能会说新娘‘克夫’而辱骂她，新娘可能会自觉命苦或没面子而出现其他意外，故我才拖到一年后才做出处罚。”众人都称叹他温情执法的良苦用心。

马克思主义哲学强调世界观决定方法论。然而有正确的世界观方法却不对头，亦往往会事与愿违。曹彬所持有的世界观是实行仁政，以人为本，严明纪律，谨防小人。为此他艺术性地运用各种方法，把人与人、人与事、人与法之间的矛盾化解到最低的程度，保证各种工作的顺利开展。这种炉火纯青的工作方法，应当为后人所欣赏和仿效。

赤兔义马

一部《三国演义》豪杰争雄，被后人拥戴为神的唯有关羽；战马奔驰，为后人赞叹不绝的唯有赤兔。个中原因，很值得后人思考。

赤兔又名“赤菟”，是一种红色的，跑得比兔子还快，比老虎还要魁伟的烈马。出现在《三国演义》中的赤兔，产自西凉，据说可以日行千里，夜行八百，先归暴虐军阀董卓所有。董卓为了收买武艺绝伦的勇将吕布，以赤兔作为诱饵，诱使吕布杀死其义父丁原而叛投自己。吕布乃当时天下第一勇将，得到赤兔后如虎添翼，时有“人中吕布，马中赤兔”之说；吕布后来又得到被称为中国历史上四大美女之一的貂蝉，故又有“男中吕布，女中貂蝉，马中赤兔”之说。白门楼吕布被曹操擒杀，赤兔归曹操所有。后关羽战败暂投曹操，曹操为留住关羽的心把赤兔赠送关羽。关羽得知刘备下落后，骑上赤兔马过五关斩六将重归刘备。自此后赤兔马跟随关羽征南战北，直至关羽败走麦城，赤兔马为东吴大将马忠的绊马索绊倒，关羽被擒杀，赤兔马归马忠所有，绝食而亡。

赤兔马一生五易其主：董卓、吕布、曹操、关羽、马忠。令后人不解的是：赤兔马离开董卓、曹操和吕布并不绝食，一离开关羽归马忠后却绝食而亡，个中原因为何？2001年高考，南京第13中学理科生蒋昕捷得到满分的作文《赤兔之死》，试解了其中的部分谜团。该文描述了关羽被擒遇害后，吴主孙权把赤兔马赠给马忠，马忠见赤兔马绝食数日，赶快报告孙权，孙权叫懂得马音的伯乐后裔伯喜跟马交流。伯喜对马说：“昔日曹孟德作《龟虽寿》：‘老骥伏枥，志在千里；烈士暮年，壮心不已。’你今日如此轻生，岂不有负千里之志哉？”赤兔马回应说：“我生就西凉，后为董卓所获。此人飞扬跋扈，毫无人性，我深恨之。后归吕布，见此人见利忘义，毫无诚信，驮他乃是我平生之耻。后再归曹操，见他虽率猛将如云，却无一是真正英雄。幸而曹操将我送给关将军，此人忠勇信义齐全。常言道：‘鸟随鸾凤飞腾远，人伴贤良品质高’。其人如此，我敢不以死相报乎？！”说罢悲鸣数声，伏地而亡。伯喜见景大恸：“物犹如此，人何以堪！”报告孙权后，孙权亦泣，遂传旨将关羽和赤兔马厚葬。

许多动物都具有灵性，如陆地出现的“义犬”和海上救人的海豚；尤其是久经沙场的战马，其心灵与人经常是相通的。《三国演义》没有说明赤兔马绝食而亡的原因，蒋昕捷用他的推想，说出了许多《三国》迷的普遍印象和共同想法。关羽遇害后赤兔马绝食而亡，除了蒋昕捷文中所说的原因外，它因被绊马索绊倒导致主人被擒而自责，可能也是它绝食的另一个原因。马尚能崇尚忠义并为自己的失误而自责，作为人如未能具备这种素质，真可谓是“禽畜不如”也！

黄骝节马

清末将军陈连升，上峰配给他一匹战马，他近前一看，肚腹便便，体态孱弱，却脾性暴烈，见人就踢。在战场上，马与战将是生死相依的战友。陈连升凭他行伍数十年的经验，感到这匹马不是好马，心里直骂：上峰纯粹是在应付差事，分明是拿我的性命在开玩笑！部下见他皱着眉头，问他如何处置，他说：“熬吧！”

所谓“熬”，就是驯。先是连续几天不喂草料，饿其肚，去其力；再是轮番逼它不停地奔跑，累其体，夺其劲；回到马厩后又将它四肢绑定在马柱上，固其身，困其志。没想到这马就是不低头，便又用浸泡盐水的马鞭朝它身上猛抽。血，染红了马鞭，也染红了马厩，可它却一直倔强地顶着它的头。陈连升看了开始动容。他由这匹桀骜不驯的烈马联想自己一生的经历：面对无数艰难困苦，参与无数次惨烈的战斗，凭着一副铮铮铁骨，从没低过自己的头，弯过自己的腰，难道这匹马的禀性与我相通？他拿起一把青草，挑弃草中杂物，送到马的嘴边。马把他手中的草撕在地上，还咬破他的手皮。部下又开始鞭抽烈马。他看到马已饿到极点，就是不肯低头吃掉在地上的草料，便喝止抽马的士兵，说他要坐这匹马，并给它取名“黄骝”。

陈连升第一次坐黄骝是到山中指挥剿匪，不幸中了土匪的埋伏。临危之际，黄骝奋蹄疾飞，让陈连升躲过凌厉的箭射。自此后，陈连升把黄骝视为珍宝，每回出征都在营帐旁为它安排一个专门的马厩，并规定任何人不得动黄骝一根毫毛。有一回他随军的儿子想试骑黄骝，被黄骝掀下马来，便抽了它几鞭子。陈连升知道这件事后，以盗马罪重打儿子三十大板，手下人都说陈将军把马看得比儿子还珍贵。

1839 年陈连升父子随林则徐到广东禁烟，1841 年 1 月 7 日在沙角炮台与英军血战，父子俩双双以身殉国，黄骝被英军掳至香港。英兵靠近它，它就奋蹄猛踢；英兵想骑在它背上，马上被它掀翻倒地；英兵喂它草料，它都昂首不顾而拒食。香港同胞喂它草料，如双手捧送到它嘴口即食，如撒落在地上则不食。它每听到周围有人在议论它是陈将军的战马、陈将军父子以身殉国的事，即刻涔涔泪下；如说要带它回大陆，则频频摇尾相随。英兵气得拿马刀砍它，它都不屈服。最后英军把它放养在山中，它草也不吃，水也不喝，每日对着西北大陆方向嘶声悲鸣。1842 年 4 月，黄骝带着对故土的眷恋和对主人的思念，在香港绝食而亡。后人为之竖起“节马碑”，题有“古来骐翼传名驹，如斯节烈前古无”。

奇哉，黄骝！壮哉，黄骝！拿黄骝对比卖国求荣的衮衮大员琦善，后者乃抔土，前者乃高山；后者乃禽畜，前者乃圣贤！黄骝和岳武穆、文天祥一样，构成了我们的民族魂！

天下第一棋手

清朝名将左宗棠担任陕甘总督期间，沙俄唆使浩罕国的将领阿古柏率侵略军占领新疆。左宗棠力主采用武力收回新疆，维护祖国领土的完整，朝廷命他统率重兵西进赶走侵略者。左宗棠准备率领大军离开兰州开往前线时，有一天骑着骏马路过城郊，看见一个衣服褴褛的乞丐，在路边摆着一副棋盘，还挂个招牌，上面写着“天下第一棋手”，路人见之皆侧目而过。左宗棠自小就着迷于下棋，自认为是下棋的高手，如今竟看到一个无名乞丐摆着棋盘公开向路人叫板。他好奇之余便下马在路旁跟乞丐连斗三盘，双方你来我往此攻彼守厮杀得难分难解，最终乞丐因为落子连连失误而输给左宗棠。左宗棠临走时对乞丐说：“你还是收起你那块招牌吧！”

左宗棠率师离开兰州后经过浴血奋战，先是攻克乌鲁木齐，继而收复南疆的托克逊、达板、于阗诸城，迫使阿古柏服毒自杀，胜利收回了被侵略者占领的全部国土。鞭敲金镫响，人唱凯歌还。他得意扬扬地带领出征部队班师凯旋，路过兰州城郊时，发现那个乞丐依然在路边摆着棋盘，依然挂着那块“天下第一棋手”的招牌。他看了有些不悦，下马责问乞丐说：“你已是我手下败将，为何又冒称‘天下第一棋手’？”乞丐并不辩解，笑吟吟地请求左宗棠再与他连斗三盘。左宗棠趁着心情好，便坐下来跟他再斗三盘，结果三盘皆输，才意识到乞丐的棋艺确实比自己高出一筹。他问乞丐前回为何要输给自己。乞丐说：“收复新疆是国人之所望。那回左公肩负朝廷重任要率师出征，全凭着锐气才能身先士卒驰骋沙场。为了不挫伤你的锐气，我才故意连连失误而输你三盘。

如今你不负国人所望胜利归来，已是功成名就，国人一提起‘曾、左’（曾国藩、左宗棠）的大名，无不伸出大拇指交口称赞，所以小人就没有必要在棋艺上再让着左公了。”左宗棠听后沉吟片刻，又问乞丐：“既然你知道国人称‘曾、左’，那他们为什么不称‘左、曾’呢？”乞丐微微一笑说：“恕小人直言，那是曾公眼里有左公，左公眼里却没有曾公啊！”左宗棠听后心里一震，因为事实确实如此，自从自己屡建奇功登上高位后，对当年的老同事老朋友便开始逐渐淡忘甚至鄙视他们，对曾国藩言辞恳切的书信，也常懒得去回复。经过与乞丐两番下棋，并听他一番语言上的点拨，左宗棠开始意识到自己的缺点，事后开始放下架子，主动联系和请教故旧，终于成为一代名臣。他把那位乞丐请入军营委以重任，以至于后来竟成了生死之交。

现在的领导干部一直在提倡“接地气”，故事中的左宗棠，就是古代官员接地气的一个榜样，而且他所接的“地气”，竟是一个谁也看不起眼的乞丐。接地气要放下架子，接地气要不嫌贫贱。只有真正脚踏实地紧贴民心，才能奔走前飞！

米芾买石与拜石

米芾是北宋四大书法名家之一。他不但酷爱书画，也酷爱石头，甚至到了如醉如痴的地步，被人们称为“米癫”。

相传米芾早年在江苏涟水县为官时，有一回微服私访路过一个小村子，看到一家农户门前堆着一块怪状的石头。他在石头周围流连忘返，一会儿从上看到下，一会儿从左看到右，一会儿在远处瞄瞄，一会儿到近处摸摸，不时手舞足蹈，甚至自个儿傻笑。村里人看到这个不速之客，以为是从哪里跑来的疯子，都围在他身边看热闹。这时，那家农户的大门突然打开，走出一个老婆子，米芾便问她：“这块石头是你家的吗？”“是呀！自我嫁到这里时，它就在我家门前立着哩！”“要不要卖呀？”“什么？你要买石头？”老婆子从来没看到有人买石头的，又听到周围的人比比画画说他是个疯子，赶快退入门内，直说“不卖！不卖！”“我可以多给你点银子啊！”老婆子以为真的遇见疯子了，赶紧把门关上。

几天后，米芾身着官服路过此村，又特意下轿到那家农户门前观赏那块石头，然后亲自敲开那家农户的大门。老婆子见穿官服的竟是几天前要来买石头的那个“疯子”，吓得赶快行跪拜礼，然后问道：“官人此番前来，莫非还是为了那块石头？”“不瞒太婆，晚生正是想买这块石头。”老婆子一听连忙说：“一块破石头立在门前碍事，官人喜欢叫人抬走就是了，有什么卖头，我老太婆绝对分文不取。”“你家门前石头是块奇石，本官喜欢它，但绝不能白拿！”一个执意要送，一个执意要买，最后老婆子说：“如果官人为了名分执意要给钱，给个意思就行了。”米芾付给 30 两纹银，才叫手下把石头用轿子抬回府衙。村里人都说老婆子交了好运，一块破石头竟白得了 30 两银子。他们当然不知道，米芾正是从琢磨这块石头开始，创造了斑驳风格的山水画法，被后人称之为“米点山水”，为中国画的发展做出了重大的贡献。

后来米芾到安徽无为县为官，听说濡须河边有块奇石，当地人见它形态怪异，以为神仙之石，不敢擅动。因为石置公共地界，米芾便叫人把它抬到寓所里来，每天摆上供品，念念有词地给怪石下拜，有人弹劾他疯癫拜石，有损官员体面。他被罢官后并不后悔，特地画了一幅《拜石图》表明心迹。

米芾一生酷爱奇石，是和他酷爱书画紧密相连的。他虽然多处为官，对老百姓却秋毫无犯。每回离任，他常用的毛笔，都要叫手下把公家的笔墨洗净后才离开衙门。对待权贵，他却敢于巧取豪夺。有一回宋徽宗叫他入宫书写御屏，他写完便把宋徽宗的砚盘连盘带墨抱走。有一次他看到大奸臣蔡京的儿子蔡攸有一幅王羲之的《王略帖》，竟以死相逼把他诈走。像米芾这种不畏强权贵而敬畏百姓的“奇石”，繁衍出流传万世的“米点山水”，也就不足为奇了！

抢夺县令

隋朝年间，安徽宣城县令蒲静之接到上峰旨意，要调他到芜湖当县令，由芜湖县令接替他当宣城县令。

蒲县令在宣城为官清正，体恤下民，百姓安居乐业，夜不闭户，路不拾遗，人们称他为“蒲青天”。芜湖的县令却骑在百姓头上作威作福，且贪得无厌，大肆搜刮民脂民膏，折腾得当地民不聊生，怨声载道。两县县令一正一邪，一清一浊，百姓都听在耳中，看在眼里。宣城百姓听说蒲县令要与芜湖县令对调，害怕走了福神，来了瘟神，纷纷跪倒在县衙门口，恳求蒲县令不要离开宣城，甚至失声痛哭。蒲县令感动得热泪盈眶，说这是朝廷旨意，本官不好违拗。芜湖的百姓听说本县的贪渎县令要与蒲县令对调，一个个奔走相告，欣喜若狂，家家户户像过大年一样张灯结彩，还买下鞭炮，准备送走瘟神，迎接福神。

是日，蒲县令起程到芜湖赴任，因怕百姓挽留，只带两个仆从背着两个背包，在凌晨时从县衙后门悄悄离开。三人走到县界，忽听一声呼哨声，前头冒出一帮人齐声高喊：“蒲县令不要再向前踏进一步！”蒲县令以为遇上劫匪，连忙辩白：“本县令乃一介穷官，哪有东西送给你们？”对方说：“我们不要你的钱，我们只要你的人！”说罢便抬来一顶轿子，把蒲县令抬起就往宣城方向跑。此时前面又忽然响出一阵响锣声，冒出一帮人截住轿子高喊：“大胆歹徒，竟敢光天化日劫持蒲县令！”双方由此打成一团。蒲县令见双方都为自己的事开打，连忙喝令禁止，让双方领头的到跟前说明原委。双方领头的竟是一对亲家，一方被众人推选到县界截回蒲县令，另一方被众人推选到县界迎接蒲县令。但亲家归亲家，双方都代表各自县份的民意，依然互不相让。最后两县的县民都向州刺史投递状子，一方要求留下薄县令，一方要求迎接蒲县令。州刺史看到双方的状子头都大了起来，因害怕出现民变，连忙把事情经过写成折子连夜报送朝廷。隋文帝看到折子后，当即写下回批："既然宣城、芜湖二县都要争夺蒲静之到各自县里为官，特令蒲静之今后每逢单月到宣城当县令，双月到芜湖当县令，在两县轮流做官。原芜湖县令革职为民，永不录用"。从此以后每逢单月，宣城百姓便抬着轿子，敲锣打鼓到芜湖县衙去迎接蒲县令；每逢双月，芜湖百姓亦早早抬着轿子到宣城县衙恭候，高高兴兴地接回蒲县令。

在日常生活中经常可以看到这么一种现象：有的人要调离原工作单位，单位的人都舍不得他离开；而有的人大家却巴不得他赶快滚蛋。有的人在某地任职，在他离职时大家都依依不舍；而有的人在离职时，大家却拍手称快。为官为人，应成为人人欢迎的"福神"，而不要成为人人讨嫌的"瘟神"。

书法神断

明朝崇祯年间，京城有个名叫沈静的破落秀才，写出一手好字，开了个字摊，收有几个学生，在当地小有名气。尤其是他的狂草，深得书法爱好者的欣赏和喜爱。

有一天下午，沈静指导学生们练字后，坐在一边举杯独酌。几杯酒下肚后，乘着醉意又挥笔写了几张狂草，便伏案而睡。学生张君也模仿老师笔迹写了两张狂草，放在老师案头。此时天已落黑，学生们见老师未醒，便替他关好门户各自回家。第二天清晨学生们进入老师家，只见老师泪流满面，便惊问何故。沈静悲伤地说："沈某不幸。昨晚醉后偶书，今早醒来一看，发现这两张狂草柔弱无力，这说明本人中气已尽，定有暗病缠身，看来活不长了。"张君挤上前说："先生不要悲伤。这两张狂草是我模仿先生的，并非先生所写。"沈静听后对张君说："如此说来，小兄弟你可能身有疾病，当速去找医生医诊。"张君笑着说："我没病，先生不必过虑！"

两个月后，张君果然身染沉疴不治而亡。学生们纷纷问老师为什么看书法可以诊断人病。沈静说："中医不是讲究血气吗？人体精气和精血通过书法而融于笔端，一管在握，集全身之血气，肌肉松弛，呼吸进出，都能窥一斑而见全豹。凡有体弱疲病者，均可从其书法中看出来。"学生听后觉得有理。自此后，沈静"书法神断"的名声便传播四方。

一日，一群进京赴考的书生云集沈静家门口。一文雅书生写一"林"字，恭恭敬敬地请沈静"神断"。沈静说："瞧你这个'林'字，运笔矫健遒劲，力透纸背，尤其是那两竖犹如擎天柱，两撇两捺犹如凤凰展翅，这预示着天将降大任与斯人也！”此时又一野蛮书生也写一“林”字，来势汹汹地扔在案头上要他“神断”。沈静见来者不善，便据实评断：“你这‘林’字笔画粗拙，那两竖就像出殡用的抬棺杖，那两横连在一起疑似躺着一个人，那两撇两捺就像裹尸布。看来你今科无望，还有性命之忧哩！”气得那人当场掀翻案桌，还扬言晚上要烧掉他的鸟窝。

此次大考，那文雅书生果然高中状元；那野蛮书生因榜上无名气得吐血病倒在床，最后病死在回家的路上。沈静“书法神断”的声名由此又传进皇帝大老爷的耳中，便派新科状元传他进宫。新科状元带着一帮人吹吹打打来到沈家门口，已是人去房空。查问他的邻居和学生，都说那晚沈老师因害怕野蛮书生前来报复，已经不知所终。

书法可以体现人的思想、体魄和性格，这绝不是虚妄之谈。“书法神断”的故事，只是把书法与人的思想、体魄和性格的联系神化而已。不管是写书法还是写文章，一定要具有良好的思想和人品，才能做到德艺双馨。会写书法或会写文章，如果无德无品，往往会严重损害其所创造的艺术价值。

一女许配三夫

清朝嘉靖年间，安徽合肥县有户姓刘的人家，生了个如花似玉的女儿名叫小娇。邻居陈武官有个儿子叫陈大通，自小与刘小娇青梅竹马。双方父母见两个孩子形影不离，便订下了娃娃亲。后来陈武官职满携家带眷返回原籍，一直没有音讯。刘父死后，留下刘妈和小娇，孤女寡母生活十分窘苦，到小娇 18 岁时，刘母不得不把女儿许配给一家商户的儿子。不久那家商户又举家外出做生意，亦多年没有音讯。刘妈因生活实在过不下去，只好又把女儿许配给当地一户小财主的儿子。在小财主的儿子迎娶日子将近时，那家商户的儿子回来了，说前几年生意亏本无钱回家娶亲，现又赚了大钱便赶回来娶小娇。武官的儿子陈大通也回来了，说他父亲卧病在床多年后去世，他守孝期满便赶来娶亲。刘妈见景呼天唤地："我因生活所迫，一女许给三夫，如今叫我如何是好？"无奈之余，她只好到县衙击鼓，求县太爷公断。

县太爷姓孙。在升堂之前，他叫刘家母女前来询问，然后对小娇说："你不能同时嫁三个男人，而你母亲确实收了三户人家的聘礼。看来，这三个男人只能由你选择一个了。"小娇说："一个姑娘家选择男人不是要给人家笑话吗？即使人家不笑话，另外两个还肯跟你罢休？我宁愿选择去死！"孙县令听到小娇说宁愿选择去死，忽然眉头一皱，计上心来。

第二天孙县令升堂，问三个男人谁想退亲。商户的儿子说："我聘礼最多，我当娶之。"小财主的儿子说："我聘礼也不少，当我娶之。"陈大通说："我聘礼虽少，但我俩从小青梅竹马，感情笃厚，我当娶她为妻。"孙县令再问小娇要选择何人，小娇回答："我选择去死。"孙县令当场惊堂木一拍："本官判处刘小娇即刻就死。"他叫县衙捧出一杯毒酒令小娇当场喝下。小娇捧过毒酒一饮而尽，不一刻即直挺挺地倒在公堂上。此时孙县令对商户的儿子说："你聘礼最多，你来收尸吧！"商户的儿子直摇头，孙县令当即叫他在退亲文书上画押。孙县令又对小财主的儿子说："你聘礼也不少，你来收尸吧！"小财主的儿子也直摆手，孙县令亦当即叫他在退亲文书上画押。孙县令最后问陈大通，陈大通回想当年跟小娇两小无猜，情真意切，亲如兄妹，如今竟玉殒香消，留下刘妈孤苦伶仃，不禁泪水双流，满口答应为小娇办理后事。孙县令当即命县衙帮着陈大通把小娇的遗体抬回刘妈家。刚一进家门，小娇突然醒来——原来孙县令在公堂上让小娇喝下的并非毒酒，而是麻醉药。

这个故事虽富有戏剧性，却是真实生活的反映。君不见在我们现实生活中，有多少人一讨论婚嫁，光会羡慕金钱和地位，就是忽视了那最为珍贵的感情。感情是一种看不见、摸不着的金子，感情是无价的，是用金子也买不来的！

何举人解梦赴考

南宋年间，三年一次的大考即将来临。有道是："十年寒窗无人识，一举成名天下知。"浙江省严州府石峡书院举人何梦桂为了赴考，提前三个月赶到京城临安（杭州），住进西湖之畔的吉祥旅店，日夜复习准备迎考。临考前三天的夜里，何举人突然做了一个梦：自已爬到自家院墙上种白菜，忽然天上下起雨来，他想到父母此时还在田间劳作，急忙拿着斗笠和雨伞赶去田间给父母遮掩，回家后看到表妹鲁秀英在院里等他。父母早已为他们两人订下亲事，不知怎的当晚竟与表妹背靠背同榻而睡。他想翻过身来与表妹亲热，却一直翻不过身来，烦恼得他从梦中醒来。

何举人平时很少做梦，大考在即却做了这个梦，不知是吉是凶，有何兆头？第二天他醒来便急匆匆跑到街上，找上"铁口神断"李半仙解梦。李半仙听后对他说："你在墙上种白菜，说明你种（中）不了；你出门拿斗笠又带雨伞，说明你多此一举；你跟你表妹背靠背同榻而睡却翻不过身来，说明你空欢喜。看来你这次赴考中不了，进考场是多此一举，即使进去了也只能是空欢喜一场。"

何举人听后整个心都坍塌了：想不到十年寒窗苦读，竟一漂成水流？你若不信，人家李半仙可是"铁口神断"呀！他闷闷不乐地走回旅店，垂头丧气地收拾行李准备回乡。旅店掌柜杨成龙见景问他："大考在即你收拾行李干啥？是不是本店招待不周，你想改投他店？"何举人连连摇头，把李半仙为他解梦的事说了一遍。杨掌柜听后连忙劝导说："何举人呀何举人，你十年寒窗都把书给读糊涂了。那李半仙是混饭吃的，他胡说八道你也相信？你听我重新给你解梦：在墙上种白菜叫‘高种（中）’，拿斗笠又带雨伞叫‘有备无患’，你跟你表妹靠背同榻，说明你翻身与表妹共结连理的好日子不远了。依我之见，你这次赴考必定高中，你备考多年肯定无考试之忧，高中后你父母必然成全你与你表妹的新婚之喜。咱抛开梦境不说，你十年寒窗在此一搏，不进考场哪有高中的机会？你如临阵退缩，机会都没有了，岂不辜负了你父母和师长的养育和教育之恩？”

杨掌柜的解说，让何举人从怪梦中初醒。他冷静一想：对呀！一个梦境，两种解说。我何不上前一搏，争取实现杨掌柜给我解说的那种美好的梦境？他坍塌的心理又重新筑起了信心的高墙。果然，何举人带着自己多年苦学的知识，满怀信心地进入了考场，不仅榜上有名而且高中探花。

人在世间要成就自己，除了要苦学知识和技能，还必须具备斗志和信心，所谓“两军相遇勇者胜”，说明的就是这个道理。斗志和信心都没有了，你即使拥有再丰富的学识或技能，也只能成为无所作为的牺牲品。个中道理，浅而易见！

张求善画佛

不知道在哪个朝代，四川隆昌县出了个画师叫张求善，擅长于画佛。隆昌人多信佛，张求善的佛又画得好，所以卖价颇高，一幅佛像卖价高达 10 两银子。如果是穷苦人来买佛像，能给多少他就收多少，实在给不了的就分文不取。人们都争相传诵：张求善名善人也善，笔下有佛心中也有佛。

有一天，镇上的刘员外请张求善到他家去画佛像。一进入刘家大门，张求善眼睛为之一亮：桌上摆列一颗珍珠，光彩夺目，便问刘员外这是何珠。刘员外说这是西域所产的宝珠，能祛百毒，治百病，名“天赐珠”。对此宝珠张求善已早有所闻，他上前捧在手上，顿觉全身舒坦，反复抚摸，爱不释手。刘员外见景便说：“此珠价值连城，乃无价之宝，若先生为我画一千幅佛像，我将以此珠相赠。”张求善一听喜出望外：“此话当真？”“决不食言！”张求善当即在刘员外的一间空房里摆开纸笔砚墨，连续五天五夜，接连挥毫泼墨。刘员外劝他休息一会儿或吃完饭再画，他因想早日得到那颗宝珠，竟废寝忘食，日夜苦干。到了第六天，他把画好的一千幅佛像交给刘员外，就想取回那颗宝珠。刘员外打开佛像一看：怎么佛像个个面目可憎？他问张求善，张求善睁开充满血丝的眼睛一看，顿时惊呆了：怎么佛像个个脸部都扭曲了？怎么佛像不像佛呀！他惊叹数声，竟神魂颠倒病躺在卧床上。刘员外连忙取来宝珠置于他心口上，待他清醒后才把他送回家门。

张求善回家休养一天，精神开始好转。他回想自己画佛无数，从无不像者，今日之败缘从何来？他左思右想，终于想明白了：心中有佛即无珠，心中有珠即无佛。自己由于一心想得到那颗宝珠，所以画出来的佛像都充满着邪意和杂念，所以个个面目可憎。他决定重新挥毫，给刘员外再画一千幅佛像。待到千幅佛像画好后，他请刘员外来验画。刘员外看后连声称叹："个个像佛，而且一幅画得比一幅好！"便要把宝珠相送。张求善明言谢绝："前次因为我心中有珠无佛，才画不成佛像。这次我心中有佛无珠，才画出佛的真容。这宝珠你就留下吧！"两人你推我却，最后商定把那颗宝珠和千幅佛像都捐献给"济世堂"。"济世堂"凡有病人需用宝珠治病者皆分文不取；凡有穷人买不起佛像者则低价出卖或免费赠送。据说后来许多挂佛像的居家生病因宝珠得救，也纷纷挂起了张求善和刘员外的画像，称他们是"活佛"。

日常曾看到有些人敬神拜佛十分虔诚，口中念念有词，却忘记了"为人莫做亏心事，举头三尺有神明"的古训，欺人者有之，诈人者有之，害人者有之。似此类说一套做一套、跪一套站一套的两面人，神和佛还会保佑他们吗？

老掌柜识人

清朝康熙年间，北京有家“义和”当铺，老掌柜叫郁道生，带着少掌柜郁昌跟班站柜台。一天上午，少掌柜见有个人在门口不断徘徊，便招呼他进店并叫伙计上茶。那人连声道谢，自称名叫程国玉，系东桥下“九味斋”的老伙计，因老东家去世，新东家赌输钱欠债，要把“九味斋”半价盘出。他心疼“九味斋”的老招牌，想全价盘下这个店铺，尚欠八千两银子，想从“义和”当铺贷出。少掌柜认为来人一不认识，二无保人，谁人敢贷钱给你？便婉言拒绝了。

程国玉长叹一声便拱手告辞，正遇天上下雨，便急忙从背包里拿出一套旧长衫和一双旧鞋，换起身上的新长衫和新鞋。少掌柜问他为何在此换衣鞋，他说这身衣鞋是向友人借来的，如果弄脏了如何向人家交代。没想到在柜旁的老掌柜看到这一幕后，竟上前一把拉住程国玉：“客官慢行，雨大路滑，且到舍下小酌两杯。”说完便把他拉到后客厅，叫仆人端上酒菜，两人天南地北边喝边谈，席间老掌柜两次出外与伙计搭讪一些事儿。这一顿酒喝了大半天，程国玉便想告辞，老掌柜却对他说：“你想贷的银子，我已经给你准备好了。”程国玉一听惊诧不已。事后少掌柜埋怨父亲办事不妥。老掌柜说：“识人贵在识品。此人心念故主，珍惜店誉，已是让人钦佩；再见他借人东西如此珍惜，说明此人注重信誉；我还暗中派小伙计到‘九味斋’打探，证实他店前所说不假；加上我酒话中看出他满腹生意经，所以我才敢放银子给他。”少掌柜不信。一年过后，程国玉因盘下“九味斋”且经营有方，竟亲自押着本银和利息连同一块金匾，一路吹吹打打到“义和”当铺鸣谢。“义和”由此赢得“义商”称号。

几年过后老掌柜退休。某日“义和”门前来了一顶官轿，坐着新科探花祝大位，少掌柜不敢怠慢，赶紧迎进内厅。祝大位说他虽中探花，仍须候补为官，若要提前递补，需缴纳吏部一万两仪银，听说“义和”乃“义商”，故来借贷。新掌柜模仿老掌柜当年做法慨然允诺。事后老掌柜批评新掌柜说:“人看人品，官看官品。祝大位不按照朝廷规矩来，属于买官要官。他下去为官后，必然百般盘剥老百姓，刮地三尺。此人日后必定成为贪官，今后还是不与交往为好。”半年后，祝大位便把万两本银和利息全部归还，不久后又升迁江苏巡抚。几年后老掌柜去世，康熙帝驾崩，雍正帝继位，大肃贪官污吏，祝大位第一个东窗事发，被抄家斩首，受其牵连破产的商人不计其数，“义和”也被牵连在内，被罚没了大部财产，幸而少掌柜遵从父命，涉案不深，免了牢狱之灾。

知人知面不知心，识人是天下第一难事。老掌柜凭着他多年的经验正确判断，认准了人；新掌柜却光会简单模仿老掌柜，结果吃了大亏。其中的经验与教训，很值得后人品味。

两家兄弟

清朝年间，北方有个杨槐镇住有兄弟俩：老大叫罗大，开一家酒坊；老二叫罗二，开一间药铺。兄弟俩生意都做得不错，也都想扩大地盘，把生意再做大。美中不足的是，兄弟俩日常经常为一点小事吵架，弄得兄弟阋墙，妯娌不和。

在小镇的十字路口有一间旧房子，房主叫韩老五，是个无儿无女的瞎子，日常就靠左邻右舍施舍接济过活。罗家兄弟都觉得韩老五的房子虽然破旧，但位置好，四面八方人来人往十分热闹，如果修缮一下用于经营，生意肯定十分红火，便分别去打探韩老五房子要不要卖，韩老五说这是祖传的家产，不卖！不卖！

在小镇街尾也住有陈家两兄弟，无父无母都是光棍，老大叫陈忠，老二叫陈孝，给人抬轿当轿夫。陈家兄弟经常接济韩老五，韩老五也把兄弟俩当作亲生儿子看待。罗二是个鬼灵精，想通过陈家兄弟的关系给韩老五说情，让韩老五把房子卖给他，便不时给陈家兄弟送来滋补身子的药物。罗大知道这件事后，也常给陈家兄弟送来好酒，也想让陈家兄弟为他说情，让韩老五把房子卖给自己。有一天，陈家兄弟传来信息：韩老五一个老妹患了重病，需要一大笔钱看医生，韩老五决定卖房救妹。罗家兄弟俩为争着买到房子，明争暗斗互相抬价，镇上有人看到这里的商机，也纷纷参与炒作，一间破房子最后竟炒到三百两银子，谁也买不起。

几天后，罗家兄弟听说韩老五的房子已被买走，买主竟是当轿夫的陈家兄弟，便赶去问陈家兄弟：“你们哪有钱去买房子？”陈家兄弟说：

"卖药酒挣的钱呀！"原来罗家兄弟一个常给送补药，一个常给送美酒，陈家兄弟便泡成十多坛药酒，每天出门抬轿带上一壶，累了喝上一口，竟浑身来劲。前几天，兄弟俩抬送一个客人，半途突然胸口发冷面色苍白，便让他喝上一口药酒，马上恢复如初。原来那客人是县太爷的公子，不时复发这种毛病，找什么医生都治不好，听说陈家兄弟存有十多坛这样的药酒，马上以 30 两银子一坛的高价买下了十坛药酒。兄弟俩欣喜若狂，商量老是当轿夫也不是办法，不如用这 300 两银子买下韩老五的房子开个包子店。韩老五满口答应，还表示要承担旧房子装修的费用。

陈家兄弟包子店开张的那一天，罗家兄弟也来贺喜。他们看到店铺正中高挂一块横匾，上面写着八个大字：兄弟同心，其利断金。罗家兄弟你看我、我看你，无地自容。后来罗家兄弟摒弃前嫌，也学着陈家兄弟，你出酒，我出药，合伙开起了药酒店，兼营酒业和药业，生意也做得十分红火。

这是一个 $1+1>2$ 和 $1+1<2$ 的故事。陈家兄弟同心协力，结果从无到有；罗家兄弟勾心斗角，结果两败俱伤。这正印证了一句俗语：家和万事成；反之，则家乱万事衰！

“有财无才”与“有才无财”

古时在天津武清县有个大财主叫史旦，胸无点墨、满身铜臭却老想当官，花了两万两银子捐了个知县，但要经过“面试”和“堂试”。为了应付过关，他雇了一个无钱赴考的穷秀才林立当他的师爷，随他前去应试。史财主其貌不扬，又不会说话，如何混过面试这一关，便请教林秀才，林秀才教他如此这般。第二天他去见知府，知府见他人长得猥琐，紧皱眉头问道：“你就是候补知县史旦？”史财主拱手应道：“小人正是，请知府大人明鉴。”然后递上一个折子，知府打开一看，是一张一万两的银票，顿时喜上眉梢。知府又说：“能否补缺，还要看你有没有真本事。”史财主又送上一个折子：“请知府大人明鉴。”知府打开一看，又是一张一万两的银票，便挥挥手说：“明天堂试。”

面试过关，史财主乐得直跳，又急忙请教林秀才如何再混过堂试这一关。林秀才又教他如此这般。第二天升堂，史财主试坐正堂，知府大人侧座监试。前来告状的名叫张全，说他家母牛生了头牛崽，前天跑到邻居李合的牛棚里去，李合把它关在牛棚里，说牛崽是他家母牛生的。李合却咬定牛崽就是他家母牛生的，是张全想诈他。双方都要求官府大人主持公道。史财主听到这里便说：“你们等一等，我肚子痛，上个茅坑马上回来。”他跑到茅坑找到在那里等候的林秀才，把案情告诉他。林秀才教他如此这般后，他又赶快返回公堂，叫双方把两头母牛和牛崽统统牵到公堂上来，叫衙役把两头母牛痛打得伤倒在地，那头牛崽急忙跑过来舔张全家母牛的伤口，对李合家的母牛却无动于衷。史财主当即判定牛崽为张全所有。知府大人和府衙都惊叹史财主断案如神。

正当史财主在手舞足蹈之时，巡按大人要晋献给皇上的宝珠被盗，要断案如神的史县令前去破案。史财主脑瓜又大起来了，急忙向知府说他最近肚子老爱闹毛病，要带来的私人郎中也跟着他去。进入巡按府时，巡按说宝珠晚上就放在书房里，会是谁偷走的呢？史县令说我肚子痛出去吃个药，回来后又问书房里当时几个人，巡按说只有他和书童及一条看门狗，史县令又说肚子痛要再出去吃药。如此连续几回引起巡按的怀疑，终于发现他跟假郎中林秀才在勾勾搭搭，便下令逼林秀才供出真相。林秀才连连磕头请罪："学生贫穷，想筹集赴考盘缠，才受雇帮他跑官要官。"巡按当即革除史财主县官一职。后来林秀才听说书童半夜曾牵狗外出，便断定书童是盗贼，宝珠可能就被书童塞吞在狗的肚子里头，杀狗一看，果然如此。巡按见林秀才思绪敏捷，断案如神，便举荐他先到贡院做贡生，来年参加科举，后来林立果然高中。

有财无才想做官，最后露馅。无财有才发展难，本事犹在，一有机遇即可腾飞。真的假不了，假的真不了，确有道理。

《论语》换黄金

明朝嘉靖年间，安徽省泾县一家丝绸店的富商杨掌柜，生了个儿子杨聪，读书一目十行，聪明过人。杨掌柜就盼着他长大金榜题名，光宗耀祖。没想到杨聪16岁时竟染上赌瘾，百劝不回，学业荒废。杨掌柜见望子成龙无望，为防止儿子坐吃山空，便把一生积蓄锁进一只木箱里，交给生死之交的崔记当铺的崔掌柜，开出的当票只写一只木箱，并交代崔掌柜：如果将来杨聪拿当票要来取箱子，必须带一个信物，这个信物就是《论语》中的某段话。

杨聪19岁时，杨掌柜驾鹤归西，杨聪很快就把父亲的遗产给输光了。他开始翻箱倒柜，发现了那张当票，只写一只木箱，心想那只木箱肯定存有金银财宝，便天天拿着那张当票去向崔掌柜要回那只木箱。崔掌柜说："你父生前交代，须当票加信物，方可交还木箱，而那信物就在《论语》里头。"杨聪回家翻开《论语》，今天揣摩这段，明天揣摩那段，天天当作信物想要回木箱，崔掌柜均说不是。杨聪天天看《论语》，感到里面讲的均是为人处世的道理，逐渐产生浓厚的兴趣，甚至读得废寝忘食，不但戒掉赌瘾，还结合博览其他经书，写下了许多读书笔记。崔掌柜发现这个变化后欣喜万分，逐月资助杨聪各种生活费用。一晃三年过去，遇上朝廷大考，崔掌柜知道杨聪想赴京应考，却苦于缺少盘缠，便资助他一百两银子。杨聪回想父亲在世时未能尽贤良孝顺之道，今落魄奋发，幸得崔掌柜相助，不禁泪水双流。

数月之后捷报传来：杨聪金榜题名高中探花，朝廷任命他为浙江桐庐县县令。上任前他特地返回泾县，感谢崔掌柜关照之恩。崔掌柜对他说:“我本想现在就把木箱交给你，怎奈你父亲遗嘱我不好违拗，你先好好去上任，待你揣摩到你父亲所交代的信物时，我即完璧归赵。”四年后杨聪升任宣州知府，忽遇一场百年不遇的特大水灾，灾民遍野，朝廷虽有赈灾，但十赈九不足。杨聪不禁想起父亲留下的那只木箱。当晚他又翻开《论语》逐篇细读，直到天明，然后令衙役备下快马直奔泾县，到崔记当铺向崔掌柜说明来意，然后坐在大厅里一字不差地背出《论语》全文。崔掌柜听完后跑到门外遥拜苍天:“杨家掌柜兄弟，你在天之灵看到了吧，你家聪儿走上正道了，今天赎当成功了！你的遗愿实现了！兄弟我没有辜负你的真心嘱托啊！”说罢打开锁门翻开箱子一看：满箱金元宝，足足三千两！杨聪见景亦急跑到门外，面对苍天垂泪跪拜:“叩谢我父一片苦心，救我宣州落难百姓！”

有句古话说“书中自有黄金屋”，曾受到不少人的批判，但“《论语》换黄金”的故事，也许它只是个传说，却似乎印证了这种说法。不管这种说法对不对，但读书使人受益，读书使人聪明，读书使人进步，却是个永远不变的真理!

天字第一号大生意

南朝齐国都城建康有家经营杂货的大商号“大元昌”，掌柜郑天顺眼光长远独到，满脑子生意经，而且乐善好施。然而近段竟然噩运不断：这年深秋他进了一大批皮货，当夜被一批盗匪入户抢了个精光。年关他又进了一大批爆竹，一家人睡到半夜，忽听门外有人呼喊：“郑掌柜，你家着火了！”郑掌柜带着家人跑出门外，见宅院四处烈火熊熊，赶紧搭上梯子摘下那块“大元昌”的金字招牌。小儿子说：“爹，房子都没了，你抢那块招牌干啥？”“你不懂。”“你不是说‘善有善报，恶有恶报’吗，为什么你做了那么多善事，却得不到善报呢？”“不是还有一句‘时候一到，一切都报’吗？”

郑掌柜知道自己得罪了当今的皇上萧宝卷。萧宝卷是南朝齐国第六任皇帝。此人荒淫暴虐，登位后先后废杀六位辅政大臣。他又特别喜欢玩屠夫贩卖的活儿，专门在宫苑里开设市场，让太监宰羊杀猪，宫女沽酒卖肉，皇妃当市令，他当助手，经常跟买卖的宫人讨价还价。他还经常到宫外偷鸡摸狗，“入富室取物，无不荡尽”，如被人发现，则格杀勿论。有一天一送葬队伍上街，遇上萧宝卷驾到，一个个跑了个精光。萧宝卷便命令手下：“把棺盖打开，把那人拽出来晒晒，让我进去凉快凉快。”萧宝卷得知“大元昌”是建康城里第一大商号，便叫手下到街上开了一家大杂货铺，要跟“大元昌”一争高低，但生意总是做输“大元昌”。萧宝卷恼羞成怒，又是抢又是偷，最后又派人把它烧掉。太监陈公公在当阉官前后屡受郑掌柜慈济关照，除了给他通风报信，还多次规劝他收起货铺转去务农。郑掌柜不为所动。他向亲友借来银两，建起一座偌大的围墙，搭起草盖，日常做些小生意维持家庭。他就在等候“时候一到，一切都报”的那一天。

某日，郑掌柜得到陈公公传来的信息：萧宝卷又处死了战功赫赫的尚书仆射萧懿，而萧懿的弟弟萧衍系握有重兵的雍州刺史。他思想片刻，立即在草屋大门上重新挂起那块“大元昌”的金字招牌，还开出高利贷到处借资，从各地大量进储白布。家人和伙计们都傻了，郑掌柜却说：“我要做一笔天字第一号的大生意！”当他进了最后一批货后，萧宝卷还没来得及派人前来烧掠，便被起兵反叛朝廷的萧衍给杀了。萧衍为了遮人眼目，立萧宝卷的弟弟、南康王萧宝融为帝。萧宝融下旨：举国为萧宝卷披麻戴孝，举哀七天。一时间，“大元昌”的生意火爆，所进万匹的白布顿时被抢购一空。“大元昌”由此又重振雄威，很快地恢复了往日的生机与繁荣。

善有善报，恶有恶报，这是一条规律。天作孽，犹可违；人作孽，不可活——不管你是天子还是平民百姓。郑掌柜正是掌握了人生的这条规律和生意场上的规律，料定暴君恶极必亡而大进白布，终使自家生意枯而复荣，死而复生。

四买槽子糕

清道光年间，关东老城有家点心作坊叫“埠源馆”，制造的“槽子糕”用料真切，做工精细，味道独特。来到老城的人如不品尝槽子糕都会大叫遗憾。城里有个做小生意的王老板，平时一不抽烟二不喝酒，也不爱吃大鱼大肉，就专爱品尝这槽子糕。某年生日，他特地到埠源馆买回两盒槽子糕，路过江边码头时，因码头工人扛运大木头断绳往下翻滚，刚好砸在他的腰上，虽保住了一条命，却为治病荡尽家财而破产。他只好带着老婆和三个女儿回到几百里外的山里老家。

王老板回到老家后，三个女儿先后出嫁。他虽然为了想吃一口槽子糕被砸伤了腰，但他的槽子糕情结并没有因此了结，而且随着年龄的增长，怀旧情绪越浓厚，就越想再吃一口槽子糕，便经常在三个女儿和女婿面前叨念：“埠源馆的槽子糕好吃呀，我这辈子恐怕再也吃不到埠源馆的槽子糕了！”言外之意，是想让三个女婿如有机会，能去买回埠源馆的槽子糕，让他在有生之年再品尝品尝。

那年过生日，大女婿想老岳父那么爱吃槽子糕，便走了一天一夜的路程，到一个小镇买回两盒槽子糕，在生日那天送到老岳父跟前。老岳父激动得伸开颤抖的手，轻轻地打开盒子看后疑问：“这是埠源馆的？”大女婿说：“是呀，不然你品尝一下。”“不用品尝。埠源馆烤出来的槽子糕上下和四面都呈金黄色的，你买的槽子糕上面是黄色的，下面却是白色的。这是假冒骗我的。”大女婿讨了个没趣，灰溜溜地走了。第二年过生日，二女婿走了两天两夜的路程到一个大集镇，真的买回两盒上下四面都呈金黄色的槽子糕，也说是埠源馆买的。老岳父看后直摇头：

“埠源馆的槽子糕软得像海绵，你买的槽子糕却硬邦邦跟马粪蛋一样。你甭骗我！”二女婿也讨了个没趣灰溜溜地走了。第三年过生日，三女婿走了七天七夜的路程，赶到关东老城埠源馆买下了两盒槽子糕，没想到那夜旅店着火，三女婿背起背包只身外逃，槽子糕却失落店内。翌日早晨车夫带他到附近店铺补买两盒便匆匆赶回家门。老岳父看后高兴得直说：“是老城的！是真的！”

不久后王老板病重，把三女婿叫到床前：“我活不久了。三个女婿中我看你是靠得住的，跑了七天七夜给爹买回了槽子糕。我死后你要好好关照你岳母娘。”然后把一个小匣子交给三女婿，里面装着三个大元宝。三女婿当晚彻夜难眠，次日凌晨又开始赶路直奔老城，待他从埠源馆买回正宗槽子糕时，老岳父已经去世。他跪在岳父棺前放声大哭：“爹呀，我前次买回的槽子糕不是正宗的，这次我买正宗的回来啦！”

这是个行孝的故事，褒奖的是真情实感。父母养儿挥汗水，父母疼儿长流水。父母用心血构成了生命的流水线，作为后辈理当真诚孝敬长辈，尤其是独生子女，更是面临考验！

死后还债

清乾隆年间，山东诸城潍河乡农民周子旺娶个妻子名叫凤英，小两口生了个儿子名叫汉宝。一家三口人其乐融融。但好景不长，在汉宝六岁那年，周子旺突然暴病身亡，留下凤英母子孤苦伶仃。凤英咬咬牙，决心把孩子抚养成人，决定去投靠远在京城的表叔薛松林。薛松林幼年丧母，是凤英的奶奶把他抚养成人，并为他娶了媳妇，薛松林视凤英奶奶如同自己的亲奶奶。奶奶去世后，薛松林夫妇到京城开了家烧饼店。当凤英携子千里迢迢到京城找到薛松林时，薛松林又悲又喜。尽管当时烧饼店生意不好，他还是义不容辞地收留了她们母子。他安排好凤英母子的房间后，决定让凤英帮他料理店铺，凤英连声道谢。这年冬天，凤英见儿子衣着单薄，便向薛松林借了三两银子给儿子添置一件棉袄。就这样一晃几年过去，凤英看到儿子一天天长大，既欣慰又欢喜，就盼着儿子早日成人，好对得起在九泉之下的苦命丈夫。

然而祸不单行。这一年凤英因患了风寒一病不起，她感到来日无多，垂泪拉着薛松林的手说："表叔，我母子来这里拖累你了，我走后，汉宝就托付给你了。"薛松林垂泪说道："你放心！我会像当年老人家关照我那样关照汉宝的。"凤英去世后，薛松林视汉宝如己出，看到汉宝已会帮着打理店铺，心里自然十分高兴。

凤英去世后不久，薛松林家养有一只芦花母鸡，每见到薛松林和汉宝时，总是咯咯咯地跟前追后，好像通人性似的，而且一口气连生三年的蛋，又大又好吃。这年夏天薛松林家来了两位客人，是多年的患难之交，本来隔天就要走，因连日大雨多住了几天。薛松林因近段生意惨淡，家里该拿出来招待客人的东西差不多都吃光了，便交代汉宝明早把那只芦花鸡宰了，用来招待客人。这天夜里，汉宝梦见母亲含泪来到他身旁："汉宝，我的儿！你小时候娘向你薛叔公借了三两银子给你做棉袄，娘死后才想起这件事。阎王老爷同意让娘先托生芦花鸡，到你薛叔公家生三年蛋还清这条旧债。明天娘就要离开你薛叔公家了，但你千万不要把芦花鸡杀了。你如果把芦花鸡杀了，娘就永远不得重生了。切记！切记！"汉宝醒后感到奇怪，再次睡去后，又梦见母亲再次来到床前如是说。他赶紧去问薛松林。薛松林说当年你娘确有向我借三两银子，都是陈年旧事了，还提它干什么？汉宝把他娘两次托梦的事说了一遍，薛松林感到奇怪，带着汉宝到鸡窝一看：芦花鸡已经死了。汉宝把芦花鸡揽在怀里，流着眼泪哭喊"娘啊！娘啊！"然后挖了个坑造了个坟把它安葬在土里。

这个传说意在教化人们懂得知恩报恩，又在教化人们注重诚信。知恩不报非君子，人无信不立——这些先人的古训，是中国优秀传统文化的重要内容，后人当切记！切记！

痴迷乌纱终断头

南北朝宋明帝时期南阳人张丑，生有两个儿子，老大叫张狗儿，老二叫张猪儿。张狗儿年轻时颇有膂力，好骑射，爱射虎，百发百中。他进入军旅后依靠战功，从普通兵士而领兵战将，宋明帝认为狗儿这名字太难听，应该文雅一点，便在狗的谐音“苟”字旁加上个“文”字，改叫张敬儿。

张敬儿大老粗一个，依靠军功混上一官半职后，一心想把乌纱做大，继续往上爬。那年晋安王刘子勋反叛，宋明帝令他带兵前去平叛，他事先提出条件：成功后让他回老家当南阳太守。后来果然如愿。不久后桂阳王刘休范又反叛，朝廷派大将萧道成领兵平叛。张敬儿主动献计愿亲往叛营诈降，经过讨价还价，萧道成答应事成后让他升任襄阳刺史。待到张敬儿割下刘休范的脑袋前来报功时，萧道成却反悔了，说他“人位俱轻”不宜担此大任。张敬儿便跟萧道成死泡硬磨，迫使萧道成不得不让他去当雍州刺史兼襄阳县侯。到宋顺帝时，荆州刺史沈攸之又反叛，张敬儿不但第一时间遣使向朝廷告变，还主动发兵攻入沈攸之的老巢，帮助萧道成除掉一个心腹大患。萧道成这次没有亏待他，在废掉宋帝自登皇位后，不但封他为侍中、中军将军，后又升迁他为散骑常侍、车骑将军，最后又授他为开府仪同三司，不但可以享受三公待遇，还可建立府署、私聘幕僚。

张敬儿虽位极人臣，但他还不满足，还想继续往上爬。他娶了个貌美如花的妻子，可能是为了邀宠，她对张敬儿说：“你的官都是我做梦做成的，起初我梦见手头发热，你当了南阳太守；后来我梦见手臂发热，你当了雍州刺史；再后来我梦见半身发热，你又获得三公待遇。现在我又梦见全身发热，不知道你又要升迁什么呢！”张敬儿听后喜滋滋地说：“我也梦见老家社树高耸至天，也许还有什么天大的喜事还在后头呢！”他把他和妻子的梦四处讲给人家听，最后传到皇帝大老爷的耳中：难道他要谋反篡位不成？便下令将他收而杀之。张敬儿被捕时才想明白，狠狠地揪起官帽丢在地上：“此物误我！”——都是乌纱帽惹的祸！

客观地讲，张狗儿从一介草民而位居三公，成为了张敬儿，靠的是他的战功。他是个有能力的人。但他有几个致命的弱点：一个是人心不足蛇吞象，不知天高地厚直想往上爬，结果引起皇帝大老爷的猜忌；再一个是缺乏自知之明，没有看到自己乃一介武夫，初进朝廷时对什么“揖让应答、空中俯仰”等宫廷礼仪都一窍不通，对“太傅”属于什么官职也一片茫然，却一直想坐高位；而最要命的是他贪钱爱财，如在平定沈攸之叛乱时，没收其财物数十万，悉数私入自己的腰包。正是这种利益的诱惑和驱动，使他成为“财迷”“官迷”而不能自拔，终而导致了身首分离、身败名裂的结局。

品茶品出两知府

宋神宗年间某日，浙江婺州知府李润生微服私访，暗察民情，走到金华北山时竟迷了路，忽见一座题有“赤松宫”的道观，便近前去想讨杯茶水喝。赤松宫相传是赤松子黄大仙成仙之地，建于晋朝。他一进入道观后，一白发银须的道长笑脸相迎，叫侍童端上茶来，顿时有一种幽香满室之感。他见那茶水色秀如碧乳，呷了一口，喉中清香持久，鲜醇柔和。他向老道长要来几片茶叶细看，只见叶条竖直略扁，茸毫依稀可见，连声称叹这是世上佳品。老道长见来者谈吐不凡，举止不俗，便介绍此茶叫“婺州碧乳”，系当年黄大仙用来修道炼气、救治病人的好茶，须用山中涌泉的水煮泡，才能泡出真味，临走时送李知府两包茶叶和一葫芦山泉水。

李知府返回府衙，屁股还没坐暖，他的同窗旧友严州知府便上门拜访。李知府见老朋友来了，便兴冲冲地把老道长送的“婺州碧乳”打开一包，精心煮了一壶茶让严州知府品尝。严州知府喝后伸出大拇指连说好茶。他听李知府一番介绍后，临走时对李知府说：“这么好的茶你不该一人独享，该送一点给我吧？”李知府虽有点不舍，但老朋友开口也不好拒绝，便把那包没打开的茶叶送给他。

严州知府较有心机，心想如此茶中佳品如送给皇上，说不定他一高兴还会给你升官晋级哩，便通过当时受到王安石重用的表兄蔡京这个门道，利用一次进京的机会面君，把这包珍贵的“婺州碧乳”贡献给皇上。皇上听他神乎其神的介绍后，当场叫他煮水开泡，没想到煮泡出来的茶叶水色浑浊，茶味不正，皇上喝后当场呕吐，斥责说这是什么“碧乳”，简直难以入口。严州知府一看脸色发青，浑身发抖，裤底湿尿，连忙解释这茶是婺州知府赠送给他的，在家开泡时确实香味缭绕，甘醇无比，怎么一到皇宫就变味了呢？旁边一大臣要他召婺州知府进京“煮茶廷证”，不然就是犯有欺君之罪。

严州知府连夜赶回婺州，直骂李知府：“你怎么把好茶留下，把坏茶送我？”李知府听他说明进京献茶的过程后，笑说你要去巴结奉承皇上，也不跟我打声招呼，便介绍说水有“硬水”和“软水”之分，北方的水属硬水，南方的水属软水。泡“婺州碧乳”须用“赤松宫”的山泉水，你泡北方的硬水，难怪茶水变味。严州知府心急火燎，直说：“甭再说什么硬水、软水的，赶快带上山泉水跟我进京！”李知府随严州知府进京后，在皇宫当场用山泉水煮泡“婺州碧乳”，皇上喝后龙颜大悦，当即赦严州知府无罪，提升婺州李知府任浙江巡抚。李知府心想“婺州碧乳”如此清净高洁，我却因逢迎献媚升官，感到无脸面对世人，不久后便借故请辞。

同一种茶叶水，泡照出了两种知府不同的内心世界和面目。人讲人品，官讲官品。无品无格的官，乃是“狗屎官”。

康熙暗访菱角树

清康熙年间，京西良乡有一棵苦梨树，有一乡民在树下卖菱角时撒落一些菱角在地上。书生秦甫铭进京赶考，途中旅银被抢，到苦梨树下已饿得走不动了，见地上散落不少菱角，剥开狼吞虎咽就吃，后到京城得到亲友资助，终于在大考中荣中探花。之后他靠不断盘剥百姓和跑官买官，竟一路做到河道督察，近段又使些银子买通朝廷大员，已被纳入吏部侍郎候补之列。他回想当年菱角树下散落的菱角救了他一命，决定前去祭拜一番。良乡县令于锦满听说秦督察要来祭拜菱角树，感到奇怪：菱角是长在水中，怎会长在树上呢？他去现场看到的是一棵用来做果树嫁接之用的苦梨树，如不用于嫁接，结出的果实又苦又酸没人要吃。但秦督察说那菱角树是他的发迹之基，救命之树，非去祭拜不可。于县令听说秦督察将来可能会成为管官的官，为了逢迎巴结他，便将错就假，命人到市场上去买回一些熟菱角，精心悬挂在苦梨树上，并在树的周围圈起一道围墙，恭候着秦督察前来祭拜。

菱角结在树上的奇闻，不知怎的传进了康熙帝的耳中。康熙帝是个博览群书又特讲认真的帝王。他看到“囊萤读书”的典故后，曾捉了百余只萤火虫前来实验，结果什么也看不见，便认定这个故事是假的。钦天监申报当年夏至计算的时间，他亲自核算，纠正了钦天监的计算错误。他朗诵梁朝简文帝的《采莲曲》：“荷丝傍绕腕，菱角远牵衣。”心想菱角分明长在水里，怎么会结在树上呢，便带着太监微服私访前去看个究竟。他来到菱角树下，低头遮帽看到吹吹打打来了几辆官轿，为首的便是河道督察秦甫铭，在于县令的陪同下，恭恭敬敬地向菱角树上香、叩拜，然后开念祭文，接着又吟诗两首。于县令带头拍手称妙叫好，令手下要把秦督察的祭文和诗词碑刻，作为永久纪念，然后交代手下上树摘下菱角，敬献在秦督察跟前谄媚地说："这菱角树原先结果味道一般，自从秦大人经过此地，沾上了大人的才气，味道竟然卓尔不凡，极为鲜美。"秦督察听后乐得笑眼眯目，胡须乱颤。

康熙帝叫太监拿二两银子私下买通一县衙，弄清事情经过后返回皇宫，传旨秦督察和于县令上奏把长在水中的菱角变成在树上栽培的政绩。秦督察马上召来于县令，于县令当场昏倒在地，直说头痛老毛病复发赶紧返回家中，当夜把县令大印高挂中堂，带着老婆和细软逃之夭夭。秦督察发现自己因功利迷心，又受于县令的蒙骗妄造菱角树，羞耻难当，后悔莫及，连忙写了悔过书兼辞职信，灰溜溜地躲回老家去。

在官场上有清官与贪官、能官与庸官、贤官与鸟官之分。秦督察和于县令或为神化自己，或为巴结上峰，除搜刮民财，还不惜说假造假。他们分明是属于贪、庸、鸟三官，为开明皇帝所不容，为老百姓所咒骂，为历史所嘲笑，在所必然。

仓颉造字

仓颉，相传是原始社会黄帝的助手，是创造中国文字的始祖。黄帝起先叫他管牲口，为了记住各种牲口和饲料的数量，他起初用不同颜色的绳子打结做记号，后来牲口和饲料日益增多，单靠绳子打结已经适应不了，便用绳子打圈，在圈里挂上贝壳，多增少减。黄帝见他精明又能干，交给他的工作任务越来越多，部落人数的增减、每次狩猎的分配等要务，都让仓颉负责管理，这时靠绳子打圈挂贝壳又适应不了。有一回仓颉随黄帝外出狩猎走到一个三岔路口，有三个手下争论不休：一个说应往东走，那里有羚羊；一个说应往西走，那里有老虎；一个说应往北走，那里有鹿。仓颉问明原因，原来他们是根据不同动物留下的不同脚印做出判断，大脑突然开窍：我为什么不能用不同的符号来代表不同的事物呢？自此后，仓颉便开始根据事物的不同特征，钻研不同的表示符号，形成文字，黄帝见后大加赞赏，在各部落全面推广。仓颉造字也感动了上苍，玉皇大帝专门传旨下了一场谷子雨，以慰劳仓颉造字的圣功，这就是“谷雨”节气的由来。

仓颉得到天地二皇的隆重表彰后，开始飘飘然，周围什么人也看不起，造字也开始马虎，不像过去那么认真了。黄帝便请一位德高望重的老人来帮助他纠正错误。这位老人长长的胡须打有 120 个结，显示他已有 120 岁高龄。他找到仓颉后对他说：“你造的字已家喻户晓，可谓功德无量，但有几个字我一直闹不明白，特来请教。”仓颉见是部落里的德高望重者登门，便热情相迎：“请讲！请讲！”老人说：“你造的‘马、驴、骡’等字都有四条腿，那牛也有四条腿，你造出来的‘牛’字为什么没有四条腿，只留一条牛尾巴呢？”仓颉一听心里开始发慌，回想当初牛的本字为‘鱼’，鱼的本字为‘牛’，因自己粗心大意，把两个字给颠倒公布了。老人又说：“你造的‘重’字是千里远的意思，应念为出远门的‘远’，可你却表明是重量的‘重’；而‘出’字是山压着山，应为重量的‘重’，可你却表明是出远门的‘出’。我因此琢磨不透，故来请教。”仓颉听后无地自容，连连自责因骄傲自满飘飘然，终而铸成大错，连忙向老人拜谢并认错。老人对仓颉说：“你辛勤造字造福苍生，世世代代的人们都会感谢你，可你千万别眼睛长在额角上，骄傲自满啊！”自此后，仓颉虚心拜人为师，每造一个字都要反复推敲字义，然后才确定是否推广，终而被后人尊为“造字圣人”。

中国的文字，应该说是先人集体智慧的结晶。仓颉可能在创造中国文字中做出了突出贡献，人们便尊他为祖为圣。仓颉造字说明文字和其他精神产品一样，都是实践中的产物，不能靠凭空捏造；同时说明人如果获得一定成就，一定要戒骄戒躁，绝不可飘飘然，否则就很容易出差错甚至翻跟斗。

伯乐和千里马

伯乐相马的故事路人皆知，但在中国历史上并无伯乐其人。据说伯乐是天上一个负责管理马匹的神仙，大概有如《西游记》中玉皇大帝封给孙悟空的“弼马温”。但在春秋时期，有个人名叫孙阳，因精于识别马匹优劣而远近闻名，人们便叫他伯乐而忘记他的本名，由此流传着许多有关他的传说。

传说之一：有一回楚王要伯乐为他选购一匹千里马，伯乐走遍了好几个国家，都不见一匹良马。在从齐国回来的路上，他忽然见到一匹瘦马非常吃力地拉着一辆盐车，艰难地在爬坡行进，累得气喘吁吁。伯乐走到马的身边，那马像是遇上知己，突然瞪大眼睛，仰天长啸，好像要对伯乐诉说些什么。伯乐听它嘶鸣，知道这是一匹骏马，马上出高价向车夫买回这匹马。车夫认为这匹马食量大，却没力气，以为伯乐是个大傻瓜，毫不犹豫就把马卖给了他。楚王看到这匹瘦马，很不满意地说：“我要的是千里马，你却牵这匹瘦马来糊弄我！”伯乐说：“这是一匹驰骋沙场的战马，却被那昏庸的车夫用于拉货车。只要把它调养好，任何战马都比不上它。”那匹马好像听懂了他的话，把四蹄踢踏得噔噔响，然后引颈长啸，声若洪钟，直贯云霄。果然，那匹马经过调养，变得精壮神骏，楚王跨马扬鞭，两耳生风，喘息之间，已过百里之外。此马后来随着楚王驰骋沙场，屡建奇功。

传说之二：周王令伯乐为他选取良马。伯乐终于为他找到了四匹千里马。宫廷的御者将四马共一辕，以驾周王之车。周王上车，御者扬鞭，四马齐奋蹄长啸而车不能行进。周王召伯乐怒责其相马之误。伯乐说："四马皆为千里马，但大王的御者却非善御之人。善御之人应当选择不同等级的马共一辕，以千里马领辕，配以中下等之马，让主次协力，才能让车跑得既快又稳。这有如大王对手下的大臣，应根据他们的能力高低合理组合使用，才能实现大治一样。"周王按其说法搭配马匹，果然行车如飞。

传说之三：伯乐著有一本《相马经》。他的儿子也想学相马，便拿着这本《相马经》四处去寻找千里马。儿子根据书中所描绘的图形和描写的特征，找来一只癞蛤蟆对父亲说："老爹，我找到一匹千里马，只是蹄子稍差一些。"伯乐见培养出一个愚蠢儿子，哭笑不得地说："你这匹马的蹄子太会跳啦，此谓'按图索骥'也！"

由伯乐相马的故事谈及识人、选人、用人。尤其是作为领导者，应当认真去对照伯乐相马的故事，经常去告诫和提醒自己：如果像运盐的车夫那样，不知手下人才的优劣而大材小用；如果像宫廷御者那样，虽知是人才却不懂得合理使用；如果像伯乐的儿子那样，光会按图索骥去识别人才，那是一种平庸或昏庸的表现，是一种愧对本职的缺失与悲哀！

三个奇女子

中国历史上出现许多巾帼英雄和女才子，也出现不少独具慧眼、富有主见的奇女子。尤其是她们在处理问题时所展现出来的豪迈，常教许多“须眉”者自叹不如。

东晋时期有户姓李的人家因家道中落沦落山中，某日李父带儿子出门，留下女儿李络秀和一个婢女看家。时地方军阀周浚上山打猎遇上大雨，带着一群兵痞涌进李家避雨。李络秀本该回避，因父兄不在家，便落落大方担起主人之责，叫婢女张罗一大桌饭菜招待客人。周浚见李络秀美貌动人，在李家父子回家时，提出要纳李络秀为妾。好男不当兵，好铁不打钉，好女岂能为妾！李家父子坚决不同意。李络秀却说：“门户单寒，何惜一女！嫁之为妾，焉知非福？”李家父子见她意决气豪，勉强同意。后李络秀为周浚生下三个儿子，对周浚说：“我屈身为妾，为的是将军能让我家富贵发达。”在周浚的仗助下，李家又搬出深山恢复高门大户。

南北朝时期的官家千金娄昭君，不但美貌动人，而且志存高远，许多富豪子弟纷纷上门求亲，均被她拒之门外。某日，她偶见一个在城墙上服劳役的小伙子，“目有精光，长头高颧，齿白如玉，有人杰表”，惊叹说：“此真吾夫也！”便暗使丫环向他表达爱意。小伙子叫高欢，见有官家千金示爱，自然受宠若惊，但冷静一想：我乃下贱的穷光蛋一个，癞蛤蟆还想吃天鹅肉？娄昭君又暗使丫环赠银要他上门提亲。高欢此人果然是个胸怀天下、志图伟业的大丈夫，婚后在娄昭君的鼎力支持下，经过南征北战，终于掌控东魏朝政达 16 年之久，后由其子高洋建立北齐政权。娄昭君由此成为神武明皇后，其四个儿子先后接任北齐的国君。

唐高宗时期，南宫县县丞崔敬因在任上犯有过失，整天夹着尾巴做人。某日，冀州长史吉懋找上崔敬，替儿子吉顼向崔敬的大女儿求婚。崔敬自觉门户低下不想答应，但考虑到自己身上犯错，如予拒绝，怕会惹上新的麻烦，没跟夫人和女儿商量便私下答应了这门亲事。到了嫁娶那一天，吉家抬着花轿吹吹打打来到崔家大门口，崔敬的大女儿死活不肯上花轿，崔夫人也大骂崔敬办出糊涂事，母女俩抱头大哭，害得崔敬有如一只热锅上的蚂蚁，汗流浃背、大气延喘。崔敬的小女儿见景挺身而出："父遇大难，为女当救，即使为婢，亦在所不辞！何况人家乃名望门第，何足为耻？姐若不嫁，妹自当之！"说完便粉妆易服，代姐出嫁。后来吉顼当上了宰相，崔小妹成为了一品夫人，崔大姐看了后悔莫及。

三个奇女子，李络秀为挽救中落的家庭而为之一搏；娄昭君慧眼识人而委身豪杰，崔小妹为排解父难而姐妹易嫁。她们都具有长远的眼光而非光注重眼前利益；都具有全局观念而非光计较个人得失。奇女子出自高素质，善哉！

吴棠的为官之道

吴棠是晚清时期与李鸿章、曾国藩、左宗棠齐名的名臣。他出身贫寒，无钱读书，一直由父母教读，经常借助雪光和月光苦吟，先后考中秀才和举人，后屡次赴京大考不第。道光年间，朝廷在未考中进士的举人中挑选优秀者为候补官员，吴棠以头名被录取。他以此为起点，一路做到官居一品的封疆大吏。史上由此流传三个有关吴棠的传说。

一个是清廉刚正的吴棠。吴棠任清河县令时得罪一些贪官污吏，他们联名诬告吴棠“吃漕吞赈”（贪污水运费和赈灾款）。朝廷派钦差大臣前来查案，没想到这个钦差也是个见钱眼开、雁过拔毛的大贪官。漕运总督杨大人很看重吴棠的官品和人品，见吴棠不向钦差行贿，在陪钦差吃饭时，想为吴棠说情开脱而吟诗一首：“有水是清，无水是青，无水有心是情，不看僧面看佛面，鱼儿无情水有情。”钦差听后并不买账，也对上一首：“木目成相，有心是想，无心添雨成霜，只扫自己门前雪，休管他人瓦上霜。”吴棠见钦差想仗势敛财，也回应一首：“有水是溪，无水是奚，无水添鸟成鸡（繁体字“鸡”字中的“又”旁为“奚”旁），得势狸猫凶似虎，落毛凤凰不如鸡。”把这个贪渎钦差顶了回去。

令人惊叹的是，吴棠顶回钦差竟然无事，而那些诬告他的贪官却得到惩处，因得不到贿赂想陷害吴棠的钦差大臣也被降职处分，由此又带出一个吴棠宽容大度的故事。据说早些年间，吴棠的好友、湖南道员刘某谢世，丧船回乡途中停泊清河县，吴棠知情后令衙役包三百两丧银送上船去。没想到那天也有安徽皖南道惠征的丧船停泊在同一个地方，衙役把丧银错送给该条船。吴棠弄明真相后并没有讨回错送的银两，而是另包银子补送到刘家船上。惠征丧船上有两个姐妹正苦于回乡盘缠不够，见素不相识的吴县令竟如此仗义，自然感激万分，而那个姐姐后来成为咸丰帝的贵妃（即后来的慈禧太后）。她早就听说吴棠是个清官，后听说有人告吴棠贪渎，感到蹊跷，想起当年丧船受其慈济之恩，便要咸丰帝秉公细查，终于还吴棠予清白与公道。

再一个是勤政实干的吴棠。吴棠初任桃园县令，常微服出行，访贫问苦，亲治匪患和水患，任职三年，境内大治。后转清河县任职，严禁苛派、赌博和盗贼，经常亲勘灾情，赈济灾民，积极兴修水利，收养弃婴，百姓无不称颂。他就是这样依靠士民所公认的政绩，一步一个脚印登上高位。李鸿章誉他为“天子知名淮海吏”；翰林院编修钱振伦称他“以民慈父，为国重臣。江淮草木知名，天下治平第一人。”

做人要讲道德，做官更要成为道德的楷模。清廉刚正、宽容大度、勤政实干，这就是吴棠的为官之道。这种为官之道，如金子不朽，时至今日仍值得大力提倡。

贪得无厌终露馅

晚清时期的胡雪岩，是中国近代著名的红顶商人。他不但开钱庄，还开了一家当铺，请来一个鉴定行家当掌柜，生意做得颇为红火。

有一天，当铺来了一个神气活现的顾客，说要亲自见老板，当掉手头一个商朝的玉器。掌柜被他先声夺人的气势镇住了，接过玉器翻来覆去地细看，越看越像是商朝古董，便问要当多少钱。那人出口三百两银子，少一两也不行。掌柜嫌价格太高，那人一听高声说道："看来你不是行家，快叫你家老板出来，不然我要拿回去啦！"那天因胡雪岩不在家，掌柜怕错失了宝贝，便依那人的出价付给三百两银子，留下了玉器。

第二天，掌柜特地邀请几个行家前来一起鉴赏，几个行家都一致认定这是个假古董。掌柜一听吓得脑瓜发胀，尿道失禁，慌忙报告胡雪岩，没想到胡雪岩不但不责怪他，还叫他翌日去邀请城里的名流士绅到家中赴宴，一起来欣赏商朝这个珍贵的古董。掌柜心中不解：我们已经被骗了，难道还要骗别人？但他还是按照胡雪岩的嘱咐照办了。

第二天，当名流士绅们觥筹交错、酒兴正浓之时，胡雪岩便叫一伙计从二楼端出那个玉器让大家欣赏，并隆重介绍这玉器是商朝珍贵的古董。正当众宾客目光专注在迎候那珍贵的古董上时，那伙计脚下一滑，手中玉器飞摔在地，砸了个粉碎。在场的人被这突然一幕吓了一跳，或拍案或跺脚直叫"可惜！可惜！"胡雪岩见景连忙向大家作揖道歉："因在下伙计失误，害得诸位未能欣赏到古董，实在扫兴，望多加见谅！"

几天后，胡雪岩打破珍贵的商朝古董的事，便在城里传得沸沸扬扬，路人皆知。那个骗子听到这个消息后，眼珠子一转：胡雪岩打破我假冒的古董，我何不借此机会再去狠狠地敲诈他一番？便带着典当出来的三百两银子来到当铺，对胡雪岩说："我要赎回我原来典当的商朝玉器，你如果交不出来，就是赔我一千两银子，我也不会干休！"胡雪岩收下那三百两银子，然后笑呵呵地把他假冒的玉器原件奉还："完璧归赵。不过我要告诉你，街坊流传我摔坏的那件商朝玉器，比你前来典当的假货还要假！"骗子一听傻了，过了老半天才弄清中了胡雪岩以假制假的圈套，顿时无地自容，慌忙抱着假古董夹着尾巴溜出了当铺。

俗话说"人心不足蛇吞象"。特别是贪字当头的人，总会显得贪得无厌。且看那个当假古董的骗子，骗走了三百两银子还不满足，听到自己典当的假古董被摔破的假消息后，又想去诈骗更多的钱财，没想到被懂得骗子心理的胡雪岩给要了回来。做人要懂得守住底线，底线守不住，很容易崩溃。

汪中的记性

汪中是清代著名的哲学家、文学家和史学家，为“扬州学派”的杰出代表。他七岁丧父，无钱上学堂读书，依靠母亲家教而自学成才。他识字后酷爱看书，因无钱买书便跑到书坊里找书看，一目十行且过目不忘，被人们称为“书痴”，街坊中还流行一句“无书不看是汪中”的俗语。汪中不但博览群书，而且记性特好。凡被他看过的书，都能从头背诵到尾。隔壁开茶馆的王老二见他身居破屋无处看书，便在茶馆一角留个位置让他看书。有一年年终，王老二被人家赊欠的账本，因半夜老鼠撞翻蜡烛台给烧毁了，王老二急得直跺脚。汪中因平时看书之余曾翻看他的账本，竟把账本中哪个茶客赊欠多少钱，一个不漏全都背了出来，乐得王老二直跳。

汪中背账本的事一传十、十传百，传得路人皆知。他便利用这个名气，在家门口挂起一块“修补天下残书”的招牌，为人修补那些绝版书、珍本书，用于养家糊口。所谓“修补残书”，就是不管是哪部书残得看不见原文，他都可按原文一字不漏给修补回来。某日，天上的魁星驾云路过此地，看到汪中门口那块招牌，感到神奇，便落下云端变成一个老翁，从包袱里取出一部残书对汪中说：“老汉家传古书一部，束之高阁，百十余年了，因鼠咬虫蛀，不成模样，烦请先生修补。”汪中一看：这哪里是本书？许多页面已被蛀得仅剩下纸屑，有的纸片霉烂得粘糊在一起，分也分不开。他小心翼翼地翻开两页较大的纸片，认清几段内文，便对老翁说：“此书乃数十年前一位高人所作，传世仅有两册，所幸小生曾见过此书中的一册。没事没事，我马上给你修补完整。”他凭着记忆开始埋头默写起来，几个时辰便把全书原文修补完整。老翁暗暗称奇，付了补书费，化着一阵清风走了。第二天魁星又变成一个年轻秀才，用仙术变出一本用几部古书拼凑起来的宋版残书，找汪中修补。汪中细看那书，倒真像宋版书，书中文章似曾见过，却似是而非。他左思右想，断定这本书是今人拼凑古人作品，假借宋版书的名义出版。秀才见他踌躇，便指着那块“修补天下残书”的招牌说：“看来你这块招牌名不副实呀！”汪中说：“莫急！莫急！先生此书乃今人拼凑古籍文章，假借宋版书欺骗世人。不过能以假乱真到此，也难能可贵。原书奉还，还望见谅！”秀才听后又用手指着那块招牌说：“汪先生果然名不虚传！佩服！佩服！”说完把手一挥，化作一阵清风走了，但见那块招牌顿时变成了一块金字招牌。汪中的名气由此又传入京城，乾隆皇帝便召他入京参与编修《四库全书》，终而名垂青史。

汪中看书一目十行、过目不忘，这是后人对他的神化。不过这种神化是建立在汪中刻苦好学的基础之上的。人们不论要成就什么，都必须进入角色。只有专注，才能出神入化。

纪晓岚趣事

随着电视系列剧《铁齿铜牙纪晓岚》的播出，纪晓岚这个名字无人不晓。而在中国民间，早就流传着许多纪晓岚有趣的故事。

纪晓岚小时候有一天与同伴在街上玩踢球，碰上太守经过，不巧把球踢进太守的轿门里。其他孩子惊吓得纷纷逃离，纪晓岚却公然上前索球。太守见他憨态可掬，便说："我出一联，你若对得上，方把球还给你。"纪晓岚当即说好。太守出的上联是："童子六七人，唯你狡。"纪晓岚当即应对："太守二千石，独公……" 最后一个字迟迟不讲。太守问他最后一个字是什么，他说："如果你把球还给我，是'廉'字，不然就是'贪'字。"太守不禁大笑，自然把球还给他。

纪晓岚成年后，有一天和一个好友路过一家酒店。据说酒店的老板娘很刁，好友便对他说："如果你能把老板娘先逗笑后再逗骂，我请你一席酒。"纪晓岚便对着酒店的看门狗高喊一声"爹"，老板娘听了笑得前仰后翻；纪晓岚又对着老板娘高喊一声"娘"，气得老板娘破口大骂："你起令（中瘟）！你夭寿（短命）！"纪晓岚终于赢得了好友一席酒。

纪晓岚进入朝廷为官后，有一个老太监看到他冬天穿着皮衣，却按文人的习惯摇着一把扇子，觉得又反感又好笑，便对他说："小翰林，穿冬装，执夏扇，一部春秋可读否？"纪晓岚见他看不起自己又操着南方口音，便回对一句反唇相讥："老总管，生南方，来北地，那个东西还在吗？"把他顶了回去。更令人拍案叫绝的是，有一个夏天，纪晓岚光着膀子在翰林院编纂《四库全书》，没想到乾隆皇帝突然涉足翰林院。纪晓岚情急之下慌忙钻进书案底下回避。他躲了老半天热得汗水涔涔，便探出头来问案边的同事:“老头子走了没有?”没想到被乾隆帝听到了:“你光着膀子我不见怪，就是骂我老头子该如何办罪?”周围同事唬得直替他打筛:这欺君之罪可不是好受的！他却慢条斯理地说:“皇上被称为‘万岁’，这不是老吗?皇上是一国之君，这不是头吗?皇上又被称为‘天子’，合起来不就是‘老头子’吗!”乾隆帝一听怒气顿消，龙颜大悦，见他固守翰林院日夜操劳过不了正常的家庭生活，专门挑选两个宫女日夜陪伴他。

传说中的纪晓岚有两个突出特点：一个是才思敏捷，另一个是诙谐幽默。这两个突出特点来源于两个方面：一个是他的博学。他四岁启蒙，博览群书，“所坐之处，典籍环绕如獭祭”，经常“彻夜构思”。另一个是他注重社会风情。他晚年所著的《阅微草堂笔记》，医卜相星、三教九流无所不涉，反映了许多民间的实情。正因为他有丰富的书本知识和丰富的社会阅历，才会出现“出口成文章，下笔如有神；诙谐经常有，幽默自然生”。博学而扎根社会，是人的成功之道！

刚正不阿刘罗锅

刘墉，因他晚年驼背，人们便叫他刘罗锅。他和纪晓岚、和珅三人，都是清朝乾隆帝身边的重臣。和珅因是个巨贪，为万民所咒骂；刘罗锅因为人诙谐幽默，又是个清官，便和纪晓岚一样，有许多有趣的故事和传说在民间流传。

据说有一年秋天，乾隆帝带着一班大臣到居庸关围猎，刘罗锅随行，和珅却留守朝廷。居庸关沿处有清河、榆河和沙河三条河流，沙河由清河、榆河汇合而成，水比上游两条河流深且急。刘罗锅一边跟着围猎，一边观察河水打着主意。晌午时分，大队人马在沙河岸边扎营休息，御膳房的太监在岸上摆起膳食。乾隆帝正要用膳，刘罗锅郑重其事地上前跪奏道：“臣有一事不明，想向皇上请教。”“爱卿请讲。”刘罗锅问：“皇上你说这沙河水有多深？”“一丈半深吧！”“那清河水呢？”“丈把深吧！”刘罗锅又问：“那你说是清河深还是沙河深呢？”乾隆帝急着用膳，回答说：“当然沙河深。”“当真？”“君无戏言，还不当真！”刘罗锅赶紧起身跑向远处向一太监传旨：“皇上下旨要杀和珅（沙河深），你速回朝廷处置，不得延误！”

第二天乾隆帝回宫要传和珅上殿，太监说和珅已在昨天被明典正法。乾隆帝大惊：“是谁叫杀的？”太监说是刘宰相传旨的。乾隆帝急传刘罗锅入宫质问，刘罗锅说：“昨天皇上分明说‘杀和珅’，我还问你当真？你说‘君无戏言，还不当真’，所以我就叫人把和珅给杀了。”乾隆帝一听气得胡须倒竖，才知道中了刘罗锅的圈套。但他又离不开刘罗锅的辅佐，便把这件事不了了之。

其实在正史中和珅并不是在乾隆帝当政时被杀的，而是嘉庆帝继位后，刘罗锅按照嘉庆帝的旨意，不畏权势，查明和珅横征暴敛、贪赃自肥的20条罪证，由嘉庆帝下令将和珅处死。但在乾隆帝执政期间，刘罗锅也曾顶住巨大的压力，严查贪赃枉法的满洲官员国泰。国泰此人时任山东巡按，结党营私，贪污舞弊。山东三年大灾，他以荒报丰，邀功请赏；对无力纳税的人一律拿办，并残杀上省请愿的进士、举人9人。刘罗锅积极配合御史钱沣，假扮成道人，步行私访，终于查明国泰一伙人的罪证，并冲破皇妃和权臣和珅的阻挠，硬是把国泰按大清法律严办。民间曾依据此事编成通俗章回小说《刘公案》，对刘罗锅大加颂扬。

中国历史上的清官，如包公、海瑞等，由于清正廉洁，刚正不阿，为民请命，经常成为广大老百姓颂扬的对象。刘罗锅也是这样，他敢于顶住强权，肃贪制邪，人们便根据他才思敏捷和诙谐幽默的特点，编出诸如“沙河深”变“杀和珅”一类的有趣故事，在民间广泛流传。尽管故事反映的事实与史实不符，体现的却是一种民意。民意不可违也！

唐伯虎戏弄土豪

电影《三笑》，说的是明朝的江南才子唐伯虎点秋香的故事，使许多人总认为唐伯虎是个风流才子。但正史中的唐伯虎一生命运坎坷。他出身商人家庭，到20来岁时家中的父母、妻子和妹妹相继去世，家道开始中落。他考中应天府第一名解元后赴京大考，因受考场舞弊案的牵连，遂绝意于功名，开始以卖画为生的漂泊人生，到54岁时在穷困潦倒中病逝。唐伯虎才华横溢，由于社会的不公，造成他愤世嫉俗、狂傲不羁和玩世不恭的性格，博得了人们的广泛同情，民间因此流传许多他的传说和故事。戏弄土豪，就是其中之一。

话说有一年夏天，唐伯虎漫游西湖后走进一家酒店，酣饮后欲算酒钱，往口袋一模，竟空空如也，便对店小二说："因走得匆忙忘带银两，可否暂时赊欠？"遭拒绝后，他环视酒店竟无熟人，急得摇起手中扇子，忽想何不用我手中扇抵押酒钱，店小二依然不肯。唐伯虎无奈之余，只好在酒店里叫卖手中的扇子。酒店中坐着一位峨冠博带的富豪，见唐伯虎叫卖扇子，便在一边冷笑："量你那把破扇，能卖几钱？""足下细看便知。"富豪接过扇子一看："扇上之画，分明是信手涂鸦，乃出无名竖子之手，分文不值！"说罢竟把扇子掷之于地。唐伯虎受此羞辱，正欲低身拾扇，旁边一书生抢先拾起扇子，看后连声赞叹："妙哉！此画乃出自名家之手！"他细观扇子的主人："先生莫非是江南第一才子唐伯虎耶？"唐伯虎笑而不答。酒店里的人听后纷纷围拢过来欣赏扇画，个个啧啧称奇，纷纷出高价要买那把扇子，唐伯虎却专要卖给那个书生。书生身上只带十两银子，怕不值扇子的钱。唐伯虎说："算你识货，这把扇子非你莫属。我只收你五两银子，付酒钱足矣！”那富豪一听唐伯虎大名，马上挤过身来邀唐伯虎和书生到他桌上，款待好酒好菜，酒话间提出要用一千两银子买下那把扇子。唐伯虎不肯，富豪竟以还他酒钱要挟。唐伯虎说：“是你请我饮酒，又非我本意，怎么要我付钱？”此时有一人在唐伯虎耳边说些什么，唐伯虎听后连连向富豪拱手作揖：“原来足下是杭州四大巨贾之一的胡天富胡大老爷，失敬！失敬！”说完便要店小二备下文房四宝，请胡富豪转过身去，当场给他作画。胡富豪听说唐伯虎要给自己作画，高兴得马上转过身去。唐伯虎在胡富豪衣背上三毫两笔挥划，然后扬长而去。胡富豪见众人大笑，急转身脱起衣服一看，上面画的是一只大王八，气得当场瘫倒在椅子上。

故事表明，胡天富虽富甲一方，却是个土豪。他虽腰缠万贯，因缺少文化，缺乏涵养，光会知道财大气粗、唯利是图或一掷千金，难怪会被手头拮据但才华横溢的唐伯虎戏弄一番。物质富有并不代表精神富有，腰缠万贯者还得在精神层面上潜心去修炼和充实一番，才不会闹出庸俗的笑话。

唾面自干娄师德

有句成语叫“唾面自干”，典出武则天当政时期的宰相娄师德。娄师德的弟弟被任命为代州刺史，上任前，娄师德对他说：“我是宰相，你是州官，可不能耀武扬威呀！”弟弟说：“我知道啦！今后即使有人把唾沫吐在我脸上，我不还嘴，自己擦起来就是啦！”娄师德说：“你也不能擦，应当让它自干，才不会让人家以为你生气了。”

在中国历史上，娄师德是一个不摆官架子、体察下属、又讲究宽容的典型官员。有一次他到并州视察，在驿馆和下属一起吃饭，发现自己吃细粮，下属却吃粗粮，便问驿长为什么用两种米待客。驿长惶恐地说：“一时没有那么多细粮，所以只能给您的下属吃粗粮。死罪！死罪！”娄师德说：“是我们来得太仓促了，让你们来不及准备。”便不再追究，然后把自己的也换成粗粮。另有一次他到灵州驿馆用餐后准备起程，手下判官诉说：“都没人搭理我们，我们连水都没喝上。”娄师德马上叫来驿长：“宰相跟判官有何区别，为什么不理他们？我本想打你板子，又怕坏了我的名声；如告诉你上官，又怕你小命难保。我饶了你，往后不可再犯。”驿长连连叩头谢罪，狼狈而去。还有一次他出城视察屯田，因有足疾坐在一根横木上，某县县令因不认识他，也跟他同坐在那根横木上。有人对县令说：“他是朝廷宰相，你怎么跟他平起平坐？”县令一听几乎吓晕过去，赶紧下跪连称死罪。娄师德笑着说：“正因为你不认识我才跟我同坐，法律也没规定这是死罪。”

对一些敏感的事，娄师德并不上纲上线，甚至还会为底下人员开脱。武则天曾颁布禁止屠杀禽畜的禁令。有一次娄师德到陕西公干，吃饭时厨子端上一盘羊肉。他惊问:“皇上已有禁令，怎么还上羊肉?”厨子说羊是被豺狼咬死的。他听后笑说:“这豺狼真懂事。”厨子又端上一盘鱼，也说是被豺狼咬死的。娄师德笑着纠正说:“你真蠢，应该说是被水獭咬死的。”

娄师德不但对下属讲宽容，对同僚也讲宽容。他经常和大臣李昭德一同上朝，因他长得肥胖，走路很慢，李昭德骂他是乡巴佬，他笑着说:“我不是乡巴佬，谁是乡巴佬?”另有一位官员指名道姓骂他，下属替他打抱不平。他说世上同名同姓的人很多，可能人家是在骂他人。狄仁杰当宰相后，多次排挤他，还把他外放，他都不计较。后来武则天对狄仁杰说:“你当宰相是娄师德力荐的。”狄仁杰听后愧叹道:“娄公的宽容与盛德，吾不及也!”

反观有些人，刚当上个毛毛官，总要装出威风八面，连拉尿也要站出个官架势;有的则习惯于打击别人，提高自己，凡事上纲上线，甚至无端诬陷人家;有的则热衷于奉上欺下，视下人如粪土。对照娄师德，似此类官员应当感到汗颜!

邓禹敬神

还邓禹是东汉光武帝刘秀手下的开国功臣。他不但是运筹帷幄的高手，还是冲锋陷阵的猛将，追随光武帝征南战北，平定四方，立下赫赫功勋，被列为东汉中兴名将“云台二十八将”之首。

据说邓禹晚年辞官回乡，先是热衷于念经拜佛。他在中堂供上一尊释迦牟尼佛像，每天烧香点烛、朗诵经文，感动得释迦牟尼佛特地从西天赶来他家，给他头烫香洞，保他千年不死。没想到这事被天庭的太上老君知道了，气得火冒三丈，怒气冲冲地驾鹤而来，指着邓禹的鼻子大骂：“你信佛不信道，只知道拍释迦牟尼的马屁，却不把我放在眼里。释迦牟尼保你千年不死，我马上让你就死！”说完马上口中念念有词作起法来，害得邓禹头痛欲裂，哀声连连，不停地磕头求饶，答应把释迦牟尼像移到东壁边角上去，留起长发，戴起道冠，塑起太上老君的神像供在中堂，每日敬奉有加。没想到这件事又得罪了城隍老爷。他怒不可遏地坐上大轿直奔邓禹家中，摘掉邓禹的道冠，剥下邓禹的道服破口大骂：“你只信天官不信地官，只拜大神冷落小神。今天我要吊死你！”见到这个地头蛇，邓禹战战兢兢又连忙求饶，答应把城隍老爷的神像安置在中堂日夜供奉，把太上老君的神像移到西壁边角上去，才平息了城隍老爷心中的怒火。

从此之后，邓禹的大堂供奉着三尊神像，每天轮流烧香点烛，忙得不可开交，但总是心神不宁。他冷静一想：如果玉皇大帝、王母娘娘、四大天王、观音菩萨、阎王老爷、四海龙王、三十六天罡、七十二地煞，还有土地公、土地婆什么的都要占居中堂，都要找我问罪，都要我三跪九叩，我哪能承受得了？回想当年我随光武帝不怕天，不怕地，不信鬼，不信邪，白手起家，横刀跃马，所向无敌，竟然打下了天下；而今我退休了，安逸了，想烧烧香拜拜神找个精神依托，没想到敬了这尊神却得罪了那尊神，拜了这路仙却得罪了那路仙，惹来了不少胆战心惊的麻烦事。他越想越恼火，一气之下拿来一根木棍，把那三尊神像打了个稀巴烂，然后说道："敬神不如敬自己！"便叫一雕刻艺人雕了一尊自己的神像，放在大堂正中，也不烧香，也不诵经，每天对着自己的神像煮酒下棋，高谈阔论，居然年年平安无事。

由邓禹从敬神到废神的传说，不禁想起主观与客观、内因与外因的哲学语言。邓禹当年协助光武帝打天下而成为功臣之首，靠的是主观上的努力和内因的释放，来保护和拓展自己；他退休后因"革命意志衰退"而走向另一个极端，凡事都想依托神仙这个客观和外因，来保护和庇佑自己，结果却事与愿违。最后他终于醒悟，重塑了自己的形象。看来，事业要成功，不靠主观的努力而单靠敬神，往往会雾里看花。